KB116165

슬픔의
무궁한
빛깔

슬픔의
무궁한
빛깔

작가의 말

어느덧 따뜻함이 그리워지는 계절이다. 세월이 참 빠르게 지나간다. 옛 어른들 말씀이 '세월이 살 같다'고 하셨는데, 요즘의 내가 그 말을 실감하고 있다. 그렇지만 내게는 요즘이 그 어느 때보다 즐겁고 행복하다. 늘 꿈꾸고 갈망하던 시간이기 때문이다. 세월이 빠르게 느껴지는 것도 그 때문인지도 모르겠다.

나는 아직도 내가 왜 작가의 길을 꿈꾸었는지 모른다. 기억컨대 내가 처음 소설이라고 써본 게 중3 때라고 생각되는데, 그때부터 그 마음이 한 번도 바뀌어본 적이 없다. 어느 스님께서 말씀하시기를, 선승이 화두를 붙잡고 참선하는 것은 내 안에 부처가 있음을 깨닫기 위함이라 했는데, 어쩌면 내가 소설을 붙잡고 끙끙거리는 것은 내 안의 그 이유를 깨닫기 위함인지도 모를 일이다.

굳이 말하자면 내 문학의 원천은 고향 집 뒤꼍의 우물이다. 어느 자리에서 이런 말을 한 적도 있다. 고향 집 우물이 원고지라면 의봉산은 나의 붓이었다고. 이 자리에서 한 가지를 더 추가한다면 내 문학을 있게 한 자양분은 책도 도서관도 변변히 없던 어린 시절에 선친에게서 들었던 많은 이야기가 아니었을까, 싶다. 일례로 첫머리를 장식하고 있는 '자전거 훔쳐 탄 녀석'은 내 고향 마을 절골(寺谷)의 전설을 현대적으로 재구성해 쓴 것이고, 이 작품 말고도 알게 모르게 그런 영향들이 곳곳에 스며들어 있다.

나는 작의를 매우 중시한다. 아무리 좋은 글감이라도 그것이 선명하지 않으면 섣불리 덤벼들지 않는다. 끙끙거려 봐야 진도가 나가지 않는다는 걸 경험상 알고 있기 때문이다. 이번 소설집은 작의가 각각 다르지만 '슬픔'을 기본 정조로 한 단편들의 모음이다. 그래서 제목을 별도로 붙였다.

계획이 일 년 앞당겨졌다. 대구문화재단 덕분이다. 얼떨결에 신청한 공모 결과 발표를 보고 내 머릿속은 잠깐 복잡해졌다. 그러나 이내, 행운이 아무 때나 오는 게 아니라는 걸 깨달았다. 진심으로 감사하는 이유다.

지난여름 장편소설에 이어 이번 소설집이 세상의 빛을 볼 수 있도록 끝까지 배려해 주신 이영철 청어출판사 대표님께 다시 한 번 깊은 감사드린다.

2019년 늦가을

이연주

차례

자전거 훔쳐 탄 녀석

아내는 끝내 침묵으로 일관했다. 텔레비전에서 어느 한심한 놈이 그런 강의를 했는지도 모르겠다. 남편을 괴롭히는 101가지 방법 중, 듣는 척하며 지며리 침묵하기. 아내는 아침부터 새로운 수법을 들고 나왔다. 현관을 나서며 퇴근하는 대로 옥실엘 다녀오마고 존조리 알렸으나 아내는 고집스럽게 듣는 척만 했다. 함께 등교하던 중학생 딸이 보다 못해 참견했다. 아빠, 오늘이 또 그날이야? 나는 금세 아내의 수법을 배워 써 먹었다.

"이 쌤, 무슨 일인데?"

종료 버튼을 누르고 안전벨트를 매는데 임현우가 따졌다. 내 옆의 건너 자리에 앉아 있던 임현우가 화장실 가고 없기에 이때다 싶어 도망쳤는데, 귀신같이 알고 식당의 전용 주차장까지 뛰어왔다. 나는 유리창을 반쯤 내리고 멋쩍게 웃었다.

"꼭 가야 돼?"

두 손을 바지 주머니에 찌르고 건너다보는 임현우의 눈빛이 애틋했다.

"미안하다."

"알았다고. 내일 보자."

허탈한 표정의 임현우가 담배를 빼 물었다. 나는 유리창을 올렸다.

올봄에 나는 임현우의 권유로 배드민턴 동호회에 들었다. 하필 오늘이 월례회가 있는 날이었다. 사범대학 과 동기인 임현우는 나보다 일 년 먼저 전근 와 있었다. 임현우는 모임이 끝나면 머리도 식힐 겸 나와 한잔하고 싶었을 것이다. 그도 요즘 불미스러운 사건으로 골머리를 썩이고 있는 중이었다.

나는 임현우에게 정말 미안했다. 공교롭게 날이 겹쳤다.

나는 출발하며 오디오를 켰다. 아침에 출근하며 듣다 만 쇼팽의 녹턴이 저물녘의 물안개처럼 피어올랐다. 두 시간쯤 멍 때리고 있으면 낯익은 저수지가 모습을 드러낼 것이다. 지금은 고비늙은 노파처럼 볼품이 없어졌지만, 한때는 마을 사람들을 먹여 살리던 젖줄이었다.

마을 사람들은 그 저수지를 '옥골못'이라 불렀다. 그 저수지를 끼고 다시 산속으로 한참 올라가면 나, 순호, 소희가 태어나고 자란 옥실이 있다. 면소재지에서 십 리나 떨어진 마을에서 다시 오 리를 더 발품을 팔아야 가까스로 나타나는 두메였고, 다섯 집이 전부였다. 유신이 일어나던 해 한 달 간격으로 앞서거니 뒤서거니 하며 태어난 우리는 어릴 때부터 볼 것 안 볼 것 다 보고 자라 스스럼없었고, 친형제처럼 띠앗 좋게 지냈다. 우리는 면소재지의 초등학교는 물론 읍내의 중·고등학교도 함께 다녔다. 읍내까지는 이십 리가 실한 길이지만 등굣길만큼은 늘 함께했다. 누가 그러자고 한 것도 아닌데 동구 앞 느티나무 밑에서 서로를 기다렸다가 나란히 출발하곤 했다. 옥골못 옆 개울을 건너고 몇 개의 마을과 들판을 지나고 다시 강둑을 따라 아스라이 이어지는 등굣길은 사철 시고 음악이고 그림이었다.

순호에겐 우리보다 두 살 아래인 여동생이 있었다. 얼굴이 익은 도토리처럼 야무지고 눈동자가 유독 까맸던 순영은 늘 우리 틈에 끼이고 싶어 안달했다. 그러나 순호는 턱도 없었다. 어쩌다 심부름 시킬 일이 있거나 짐을 들릴 일이 있을 때만 순호는 큰 선심을 쓰듯 걸음을 늦추어주곤 했는데, 착한 순영은 우리와 어깨를 나란히 하고 싶은 마음에 그 수고로움마저 흔쾌히 감내했다.

12

며칠 전에, 그 순영을 학교에서 만났다. 정확히는 현관에서 외곬으로 맞닥뜨렸다. 나는 상담을 마치고 돌아가는 김상진의 어머니를 배웅하는 길이었고, 순영은 담임의 상담 요청을 받고 급히 들어오던 길이었다.

오빠!

순영은 나를 보자 옆에 학모가 있는 줄도 모르고 큰소리로 외쳤다. 나는 한참 뒤에야 순영을 알아보았다. 오 년 전 옥실에서 본 적은 있지만 설마 순영의 아들이 내가 근무하는 학교에 다니고 있는 줄은 몰랐다. 순영은 담임과의 상담을 마치고 일부러 나를 찾아왔다. 그리고 죄인처럼 고개를 숙이고 말했다.

"임현우 선생님 반의 강윤수가 제 아들이에요. 이런 불미스러운 일로 오빠를 대하니 민망하고 부끄러워 미치겠어요. 오빠가 우리 선생님께 잘 좀 얘기해 주세요. 윤수는 절대로 그럴 애가 아니에요. 한없이 착해요. 그리고 아직 그런 것 모르는 철부지 중에 철부지예요."

순영은 내 앞에서 눈물까지 찍어냈다. 순영도 천생 중학생 아들을 둔 학모였다. 나는 순영을 달래 돌려보냈다. 돌아갈 때 순영이 물었다. 그날, 옥실에 가느냐고. 나는 어정쯔게 웃는 것으로 대답을 대신했다.

나는 곧바로 임현우를 찾아갔다. 함께 휴게실로 가 강윤수에 대해 물었다. 순영이 말한 대로 강윤수는 착했고, 성적도 상위권이었다. 게다가 강윤수는 반의 부반장을 맡고 있었다. 임현우도 강윤수가 연루되었다는 게 믿어지지 않는다며 고개를 절레절레 흔들었다. 그러다가 나직이 말했다.

"선생 이십오 년에 이런 경우는 처음이야. 마치 유령과 싸우는 기분이야.

오남주 선생이 없는 걸 지어낼 턱이 없고 그렇다고 백주에 헛것을 봤을 리도 없고…… 분명 현상은 있는데 실체가 없으니 말이야. 마음 여린 처녀 선생이 받았을 충격을 생각하면 나쁜 짓 한 놈들을 죄 색출해 엄벌해야 마땅하지만, 당사자들이 한사코 오리발을 내미니 기가 막힐 노릇이야. 한마디로 딜레마야."

나는 임현우가 불미스러운 사건을 유령에 비유한 기분을 이해했다.

어처구니없는 사건은 초임인 오남주 선생의 사회 수업 시간에 일어났다. 그녀가 수업하다 말고 울면서 교무실로 뛰어왔다. 그때까지만 해도 교무실에 있던 선생님들은 다반사로 있는 말썽꾸러기 녀석들의 해찰궂은 장난 정도로만 치부했다. 그런데 오남주 선생이 온몸을 떨면서 교감께 고자질하는 소리를 듣고서야 모두 아연실색했다. 그녀의 말에 의하면 뒷좌석의 몇몇 녀석들이 판서 중에 야동을 보고 있었다는 것이다. 오남주는 차마 입에 담기어려운 그 말을 하고는 충격으로 쓰러졌다. 자연 학교는 발칵 뒤집어졌고, 임현우의 반은 쑥대밭이 되었다.

오남주 선생이 지목한 혐의자 중에 강윤수가 끼어 있었다.

저수지는 가뭄으로 버쩍 말라 있었다. 거의 바닥을 드러낸 저수지는 물대신 흐벅진 달빛으로 호젓했다. 저수지라기보다 큰물로 자연스레 생긴 흙구덩이 같았다. 어릴 때는 한없이 넓어 보이던, 어쩌다 하교가 늦어 혼자 집으로 돌아갈 때면 그곳에서 스멀스멀 피어오르는 서늘한 느낌 때문에 쭈뼛쭈뼛 머리칼이 서고 오금이 달라붙던 저수지였다.

저수지 옆 공터에는 홍시색 아반떼 한 대가 주차되어 있었다. 나는 아반떼옆에 카니발을 세우고 밖을 나왔다. 어디선가 숨어 있던 느끼한 밤꽃 냄새가 바람을 타고 코를 자극했다. 차로 갈 수 있는 길은 여기까지가 다였다. 여기서 십여 분 산길을 오르면 옥실이었다. 옥실에는 이제 순호 집만 남았다.

나는 트렁크에서 네이비블루 백팩을 꺼내 멨다.

"선생님, 상진이 엄맙니다."

옥실을 향해 걸어가는데 전화가 왔다.

"예, 어머님. 말씀하십시오."

나는 차분한 목소리로 대답했다.

"방금 상진이에게 또 물어봤어요. 자전거 훔쳐 타고 달아난 아이가 자기가 아니래요. 지금 상진이 옆에 있거든요. 선생님께서 직접 물어보세요."

상진은 주눅 든 목소리로 전화를 받았다.

"어머님 말씀이 사실이니?"

나는 가능하면 상진이 심적 부담이 가지 않도록 조심하며 물었다.

"예. 제가 아니에요."

"그럼, 생활지도부장 선생님께는 왜 그렇게 말했니?"

"그때는 무서웠어요."

"그럼 누구니?"

"저도 몰라요. 어떤 형이 저보고 그러라고 시켰어요. 시킨 대로 안하면 죽인다고 했어요."

"그 형이 누구니?"

"모르겠어요. 전화였어요."

"목소리 듣고도 전혀 짐작이 안됐니?"

"네. 모르겠어요."

"상진아, 네 혐의를 벗으려면 솔직히 말해야 돼. 발뺌한다고 사건이 해결되는 게 아니야. 솔직히 말해. 안 그러면 네가 몽땅 뒤집어써. 알겠니? 네 신변은 내가 확실히 책임진다. 겁먹지 말고 솔직히 말해. 누구냐?"

나는 상진을 구슬렸지만 끝내 모르겠어요, 만 되풀이했다.

임현우 반에서 사건이 터지기 사흘 전이었다. 생활지도부장이 나를 찾아와 어이, 이 쌤, 그 반에 김상진이 있지? 물었다. 내가 있다고 하자 생활지도부장이 빙글빙글 웃으며 또 물었다. 그 자식 어때?

나는 평소 말이 없고 눈에 안 띌 정도는 된다고 대답했다. 실제로 그랬다. 그러자 생활지도부장이 묘한 웃음을 흘리며 그 자식이 이번에 화끈하게 한 건 터뜨렸더구먼, 했다. 그러고는 내 앞으로 휴대전화에 저장된 사진을 검색해 보여주었다. 사진 속에는 우리 학교 교복을 입은 한 녀석이 자전거를 타고 가는 뒷모습이 우련히 찍혀 있었다.

내가 머리를 들자 생활지도부장이 덧붙였다. 이 쌤도 알지? 요 앞 삼천리 자전거 대리점. 어제 출근해 커피 한 잔하고 있는데, 그 조 사장이 게거품을 물고 날 찾아왔더군. 그 사진을 폰에 저장해 가지고 말이야. 그저께 토요일 오후래. 그 자식이 가게 앞에 세워둔, 자전거 보러 온 손님의 자전거를 타고 내뺐대. 그 자전거도 몇 백 가는 꽤 비싼 자전거래. 너무 황당해 뛰어나가 고함을 질러도 뒤도 안 돌아보고 내빼더래. 그래서 얼른 폰을 꺼내 그 사진을 찍었대. 내가 또 촉이 좋잖아. 안테나를 뽑아 몇몇 놈을 불러 족치니까 물 마른 가재처럼 슬금슬금 기어 나오더군. 결국 오늘 점심때 그 자식이 불었어. 진술서까지 받아났으니 이따 한번 보라고.

생활지도부장은 마치 한 건 올린 무용담을 들려주듯 씩씩하게 말했다. 나는 사진을 좀 더 자세히 들여다보았지만, 사진만으로는 김상진이라고 단정할 만한 어떤 단서도 없었다. 그러나 녀석이 자백했다니 달리 할 말이 없었다.

나는 생활지도부장을 따라 갔다. 생활지도부장이 보여준 진술서에는 학원에서 돌아오다가 모르는 형들에게 붙들렸고, 그들이 시키는 대로 안하면 죽이겠다고 협박해 겁이 나 그랬다고 되어 있었다.

"훈이냐?"

순호 모친은 내 발자국 소리만 듣고도 금세 나임을 알아보았다. 처마밑에 매달아놓은 알전구가 좁다란 집 안을 붉게 비추고 있었다. 매년 볼수록 조금씩 작아지는 느낌의 순호 모친이 물 묻은 손을 치맛자락에 문지르며 부엌에서 나왔다. 살아생전의 모친도 그랬다. 모친은 삼 년 전 급성 심근경색으로 별세했다. 나이는 다섯 살 위지만 바로 뒷집에 살았던 순호 모친과는 자매처럼 각별하게 지냈다. 나는 반갑게 다가가 인사했다. 내 손을 덥석 잡은 순호 모친의 눈가가 금세 축축해졌다.

"고맙다, 훈아. 매년 잊지 않고 와줘서……."

"자주 찾아뵙지 못해 죄송합니다, 어머님."

나는 진심으로 말했다.

"별 소릴 다한다. 이렇게 걸음하기가 어디 쉽나. 순영이도 왔다. 야가 어디 갔노? 어서 들어가자."

나는 순호 모친의 뒤를 따라 좁다란 마루로 올라섰다. 마루의 다듬잇돌 위에 붉은 빛깔의 선물 꾸러미와 라벤더색 에코 가방이 놓여 있었다.

"호야, 너 보러 재훈이 왔다. 인사해라."

순호 모친이 방문을 열며 말했다.

윗목에는 순호의 저녁상이 차려져 있었다. 포마이카 상 위에는 두 개의 촛불이 켜져 있고 가운데 순호가 앉아 있었다. 교복 차림의 순호는 입가에 엷은 미소를 띠고 있었다. 순호의 미소 너머로 나, 순호, 소희가 붉은 햇살을 등지고 깔깔거리며 등교하던 풍경이 영화의 한 장면처럼 넘실거렸다. 나다. 재훈이다. 잘 지냈냐? 나는 두 손을 단전에 모우고 서서 순호를 그윽이 내려다보았다.

"오빠 왔구나!"

돌아보니 마당에 흰색 원피스 차림의 순영이 서 있었다. 순영의 손에는 걸레가 물러 있었다.

"호야, 재훈이가 너 줄라고 니 좋아하는 환타하고 고구마깡 사 왔다. 한번 먹어 봐라."

순호 모친이 내가 가지고 온 음식들을 상위에 올리며 말했다. 순호 모친의 목소리는 이제 건조하고 담담했다. 순영이 방으로 들어왔다. 내 곁에 선 순영의 얼굴도 건조하고 담담했다. 우리는 한동안 묵묵히 서 있었다. 열어둔 방문으로 흘러들어온 바람에 일렁거리던 촛불이 꺼지자 순호 모친이 중얼거렸다.

"호이가 왔는갑다."

순영도 한마디 거들었다.

"오빠, 잘 놀다 가."

그리고 상 위의 일회용 라이터를 집어 불을 붙였다.

우리는 곧 둘러앉아 순호와 함께 저녁을 먹었다. 나는 환타 한 잔과 고구마깡을 안주로 술만 마셨다. 순호 모친은 환타와 밥을 먹었고, 순영은 밥과 술을 먹었다. 먹는 내내 순호처럼 말이 없었다. 말이 빠진 자리에 바람을 타고 내려온 밤꽃 냄새가 들어앉았다. 어디선가 푸드덕 꿩이 날갯짓 하는 소리, 바람소리, 소쩍새 울음소리도 밤꽃 친구 따라 들어왔다.

나는 우리 집으로 내려갔다. 모친이 떠난 뒤로 폐가가 된 집은 빠르게 늙어가고 있었다. 듬성듬성 기왓장이 둘러빠진 지붕은 살아생전 아버지의 머리처럼 초라했다. 돌담은 군데군데 물러앉았고 대문은 숫제 없었다. 달빛이 교교한 마당은 잡초로 무성했다. 그나마 이 정도로 남아 있는 것은 순호 모친 덕분이었다. 고샅 건너 소희 집은 흔적조차 남아 있지 않았다. 나는 일년에 하룻밤 이 집을 이용했다.

방은 내 한 몸 눕히기에 맞춤한 물빛 싱글매트가 깔려 있고 걸레질이 되어 있었다. 윗목에는 개킨 요와 홑이불이 놓여 있었고, 곁에 베개와 랜턴, 나선형 모기향이 놓여 있었다.

나는 마루에 걸터앉아 담배에 불을 붙이며 가만히 뇌어 보았다.

소희!

우리 집 마루에서 바라보면 돌담 너머의 소희네 집이 쇼윈도처럼 바라보였다. 나는 언제인가부터 소희의 집이 자꾸만 보고 싶어졌다. 별것도 아닌, 이전에는 동구 앞 느티나무처럼 늘 봐도 아무런 느낌이 없던, 소희가 부스스한 눈으로 제 방에서 나오고, 우물가에서 수건을 목에 두른 채 머리 감고 세안하고, 장독대에서 간장을 푸고 가족들과 마루에 둘러앉아 밥을 먹고, 먹은 밥상을 들고 부엌으로 들어가고, 널평상에 앉아 동생들과 장난치고, 목욕 후 젖은 머리를 털며 부엌에서 나오고, 휴지를 돌돌 말아 쥐고 종종걸음으로 화장실 가는……, 사소하기 짝이 없는 그런 일상 풍경들이 보고 또 봐도 왠지 지겹거나 따분하지 않았다. 오히려 그럴수록 해소되지 않는 갈증처럼 더 보고 싶어졌고, 내 가슴은 이상한 열기로 충만했다. 그때부터 나는 마루에 가 있는 횟수가 많아졌고, 한번 가면 오래 능놀았다.

순호의 집에서는 소희네 집 속살이 보이지 않았다. 대문 밖으로 나와 목을 길게 빼야 겨우 쇠죽간과 사랑채 툇마루가 보였다. 어느 순간부터 순호도 우리 집 마루에 와 있기를 좋아했다. 나 없는 사이 홀로 앉아 있다가 나와 마주치면 까닭 없이 허둥대곤 했다. 나는 순호가 왜 우리 집에 자주 오는지 그 이유를 알고 있었지만 모른 척했다. 순호도 내가 그 이유를 알고 있으면서도 모른 척하고 있다는 걸 알면서도 또한 모른 척했다.

그렇게 우리는 이 년을 무던히 견뎠다. 그러는 동안에도 우리 사이에는 아무런 변화가 없었다. 여전히 등굣길을 함께했고, 하굣길에는 고구마깡 뺏어먹기 가위바위보를 하거나 수수께끼 놀이를 하며 낄낄거렸다.

그러던 어느 날이었다. 고2 때의 가을이었고, 하굣길이었다. 그날도 우리는 가위바위보로 고구마깡 뺏어먹기 게임을 하며 코스모스로 뒤덮인 강둑길과 추수를 기다리는 아득한 들판과 바야흐로 붉게 감들이 익어가는 마을들을 지나 쉬엄쉬엄 귀가하던 중이었다. 이윽고 옥골못에 이르렀을 때, 순호가 말했다.

"소희야, 먼저 올라가. 재훈이랑 잠깐 할 얘기가 있어."

"뭔 일인데? 내가 들으면 안 되는 일이야?"

순호가 머쓱해 덧붙였다.

"미안해, 소희야."

그만 앵돌아진 소희가 빨갛게 볼을 익히며 신경질을 부렸다.

"느네들이 나한테 이럴 줄 몰랐어. 여자라고 무시하는 거야?"

그러나 별수 없이 터덜터덜 옥실로 향하던 소희가 문득 생각난 듯 돌아보며 일침을 가했다.

"둘이서 내 욕을 하기만 해봐라. 가만 안 둘 거야."

우리는 손을 흔들어 그런 일은 절대로 없을 거라고, 애써 웃으며 수신호를 보냈다. 소희의 모습이 시야에서 완전히 사라지자 순호가 말했다.

"우연히 순영의 일기를 봤어. 네가 생각하는 이상으로 널 좋아하는 것 같아. ……그러니까 순영이면 안 되겠니?"

나와 순호는 못 둑에 앉아 석양이 비친 물속을 바라보고 있었다. 이따금 석양에 반짝이는 고추잠자리들이 무리를 지어 느리게 우리 앞을 지나갔다.

"너와 순영, 나와 소희, 이렇게 넷이서 함께 살면 안 되겠니?"

순호의 목소리는 간절하다 못해 애걸하는 듯했다.

"사람의 감정을 거래로 가능하다고 생각해, 넌?"

이윽고 내가 말했다.

순호가 앉은 채로 돌멩이를 주워 물수제비만 떴다. 물수제비는 두 뜀도 못 하고 번번이 가라앉았다. 주변에 물수제비 뜰 돌멩이가 더 이상 없자 그제야 할 말이 생각난 듯 순호가 말했다.

"우정이란 미명 아래 서로 불편한 감정을 계속 숨기고 있는 것도 사내답지 못한 행동이라고 생각해."

"나도 동감이야."

내가 잘라 말했다.

"그럼 이렇게 하면 어떻겠니? 소희에게 우리 둘 중 하나를 선택하라고 하면……. 어떤 결과가 나오더라도 깨끗이 승복하는 조건으로. 어떠니?"

"그건 소희에게 너무 잔인한 요구야."

내가 명확히 반대 의사를 표시하자 순호가 말했다.

"그럼 네가 솔로몬의 지혜를 내어 봐. 너의 제안이 합리적이면 기꺼이 따를게. 나는 소희와의 감정 못지않게 우리의 우정도 소중하다고 생각해."

그리고 일주일 뒤였다. 그날도 우리는 여느 때와 다름없이 장난치며 함께 귀가하던 중이었다. 옥골못에 이르렀을 때, 내가 말했다.

"소희야, 먼저 올라가. 순호랑 잠깐 할 얘기가 있어."

내 말에 소희가 진짜 자존심 상한 얼굴로 쏘아붙였다.

"느네들이 약속이나 한 것처럼 돌아가며 자꾸 이럴래?"

"미안해, 소희야. 다시는 이런 일 없을 거야."

화가 난 소희가 뒤도 안 돌아보고 총총걸음으로 모습을 감추었을 때, 내가 말했다.

"보름 후면 우리 학교 개교기념일이잖아. 올해도 마라톤 대회가 있을 거야. 그날의 승패로 결정하면 어떻겠니?"

우리 학교는 매년 기교기념일에 전교생이 참여하는 개교 기념 단축 마라톤 대회가 열렸다. 작년에 순호와 나는 등위는커녕 완주하지도 못했다.

"좋아. 단, 누가 이기든 우리의 우정은 변치 말자."

일주일 전처럼 순호가 못 둑에 앉아 다섯 번의 물수제비를 뜬 후 말했다.

다음날 우리는 못 둑에 나란히 앉아 배꼽 밑 한 땀의 문신으로 우정과 비밀을 맹세했다.

"임 선생, 술 마셨어?"

내가 방에 팔베개하고 멍청히 누워 있을 때, 임현우로부터 전화가 왔다. 그새 임현우의 목소리는 알코올에 푹 젖어 있었다.

"야, 이재훈! 너 없으면 술 못 마실 줄 알았냐? 까불고 있어."

임현우는 횡설수설하고 있었다.

"어디야? 야, 임현우. 내 말 잘 들어. 지금 그 상태로 운전하면 절대로 안 돼. 반드시 대리기사 불러. 내 말 알아들었지?"

나는 정신이 번쩍 들어 누운 채로 소리쳤다. 임현우는 술을 마시고 그빨로 운전하는 버릇이 있었다. 임현우는 내 말에는 아랑곳하지 않고 혼자 중얼거렸다.

"내가 지금 죄 값을 받고 있는 거야. 하필 그런 사건이 우리 반에서 일어났다는 건 우연이 아니야. 이건 필연이라고. 야, 이재훈. 넌 그런 경험 없지?"

"술주정 그만하고 집에 들어가."

"다만, 들키지 않았을 뿐이라고."

"야, 임현우. 너만 그런 게 아냐. 사람은 누구나 한두 가지 감추고 싶은 비밀을 가지고 있어. 그러니 쓸데없이 술 힘 빌려 궁상 떨지 말고 곱게 집으로 들어가. 어디야? 내가 대리기사 불러줘?"

"야, 이재훈. 너, 내 앞에서 잘난 체 좀 하지 마. 날 위로하기 위해 쇼하고 있다는 거 다 알아. 네 목소리에서 그런 게 읽힌다고. 넌 없잖아?"

"왜 없겠냐? 그만하자."

"그래 어디 한번 들어나 봅시다. 존경하는 이재훈 선생님께서 가슴 깊이 화수분처럼 꼭꼭 숨겨둔 비밀이란 게 대체 뭔지. 평생 범생으로 살아온 주제에……. 웃기고 있네."

나는 일방적으로 종료 버튼을 누르려다 간신히 참았다. 임현우가 무슨 말을 해도 더 이상 응대하지 않으리라 벼르고 있을 때쯤 임현우의 전화기에 낯선 음성이 흘러들었다. 손님, 대리기사가 도착했는데요. 나는 가만히 종료 버튼을 눌렀다.

"오빠, 학교에 또 사건 터졌어요?"

순영이었다. 순영은 흰색 면바지에 버건디 라운드 반소매 티셔츠를 입고 마루에 걸터앉아 있었다. 나는 일어나 앉았다.

"랜턴 갔다 놨는데 켜지 그래요."

"달이 있어 견딜 만해."

나는 마루로 나왔다. 마루 널짝이 내려앉을까 봐 발걸음이 조심스러웠다.

"누군데 그렇게 음성을 높이고 그래요?"

"그냥, 아는 사람."

"나는 또 사건이 터져 어떤 학부모와 옥신각신하는 줄 알았어요. 요즘 애들 가르치기 정말 힘들죠? 남송중학교는 언제 왔어요?"

"올해."

순영은 오징어 버터구이, 사과, 고구마깡, 640㎖ 페트병 소주와 종이컵이 담긴 쟁반을 들고 방으로 들어갔다. 랜턴을 켰다. 랜턴의 불빛은 달빛과 비교가 되지 않았다. 방 안이 100W 백열등처럼 환했다.

"오빠, 들어와요. 이런 날은 한잔하고 곯아떨어지는 게 상책이에요. 저도 한잔할게요. 앞으로 오빠와 마주할 날이 얼마나 더 있겠어요."

나는 방으로 들어갔다. 술과 안주를 사이에 두고 순영과 마주앉았다. 영원히 늙지 않을 것 같던 순영도 어느덧 전형적인 아줌마 스타일로 변해 있었다. 모기향을 피운 순영이 내 컵에 소주를 따랐다. 나는 소주병을 건네받아 순영의 컵에 소주를 따랐다. 우리는 말없이 종이컵을 가볍게 부딪고 컵을 기울였다.

오 년 전에는 이러지 않았다. 나는 밤이 늦도록 주변을 얼쩡거리다 밤이슬이 내릴 무렵 방으로 들어와 그대로 잤고, 순영은 제 어머니와 함께 방 안에 그냥 멀뚱히 앉아 있다가 밤이 깊어지자 그대로 쓰러져 잤다. 세월이 모든 것을 지우고 말리고 또 지웠다.

"오빠, 혹시 그 선생님 좀 이상하신 것 아니에요? 우리 윤수가 관련되어서 하는 소리가 아니라 나는 지금도 아무리 이해하려 해도 이해가 안돼요. 어떻게 그게 가능해요? 그것도 선생님이 계시는 수업 시간에……. 오빠는 이해돼요?"

"세상에 이해 안되는 게 한두 가지니."

내가 다시 순영의 컵에 소주를 따르며 말했다. 밤꽃 냄새와 경쟁하듯 소쩍새가 애절하게 울었다. 불빛을 좇아 몰려든 날벌레들이 번다히 문지방을 들락거렸다. 잡초가 자욱한 마당은 달빛으로 아늑했다.

"하긴 그래요."

씁쓸한 표정의 순영이 단숨에 종이컵을 비웠다. 마시는 속도가 빨라 은근 걱정됐다. 오징어다리를 씹고 있는 순영의 귓불은 어느새 발그레 젖어 있었다. 과도를 집어든 순영의 손이 투박하고 거칠었다. 손톱 밑은 시골 아낙처럼 닳아 있었다.

순영이 사과를 깎으며 말했다.

"저는 아직도 우리 오빠의 행동이 이해가 안돼요. 내가 오빠를 좋아했던만큼 우리 오빠도 소희 언니를 좋아했거든요. 저는 알아요. 소희 언니도 은근 우리 오빠를 좋아했다는 걸요. 그런데 왜 갑자기 쌀쌀맞게 굴고 일방적으로 절교를 선언했는지……."

나는 자작해 거푸 두 잔을 비웠다. 순영의 말이 사과 껍질만큼이나 길게 이어지고 있었다.

"나는 지금도 소희 언니가 실족사 했다고 생각 안 해요. 실족사를 가장한

25

자살이었을 거예요. 오빠도 알다시피 그 무렵 소희 언니에게 안 좋은 소문이 있었잖아요. 학교 소사 새끼랑 그렇고 그런 사이라고. 그거 다 뻥이거든요. 그 새끼가 언니를 짝사랑해서 일부러 그런 소문을 퍼뜨린 거거든요. 요즘 식으로 말하면 악질 스토커인 셈이죠. 소희 언니도 그것 땜에 엄청 열 받고 있었어요. 아마 소희 언니는 우리 오빠의 일방적인 절교가 그 스캔들 때문이라고 생각했던 것 같아요. 사건이 일어나기 며칠 전에도 날 찾아와 그 괴로움을 호소했거든요. 너무 억울하다고요. 우리 오빠에게 자신의 결백을 주장해도 안 먹혀 들어가니까 극단적인 방법으로 자신의 결백을 증명하고 싶었을 거예요."

익사 사고는 이듬해 복사꽃이 화사한 봄날에 일어났다. 소희의 주검이 옥골못에서 발견된 것은 사건이 나고 만 하루가 지나서였다. 교복 차림에 나이키 운동화를 신은 채로였다. 외상의 흔적이 없고 어디에도 죽음의 암시나 유서가 발견되지 않아 실족사로 처리되었다.

순영이 깎은 사과 한 조각을 포크로 찍어 내게 건넸다. 순영과 나는 말없이 서로의 잔을 채워주며 술을 마시고 또 마셨다. 순영이 사과를 먹으며 말했다.

"오빠는 안 그래요? 나는 지금 이 순간에도 그때 그 시절이 자꾸만 비현실적으로 느껴져요. 정말 박순호란 남자와 윤소희란 여자가 우리와 함께 숨을 쉬며 산 적이 있었던가? 그런 생각이 들기도 하고요. 꼭 아득한 전설 속의 사람들처럼 느껴지기도 해요."

"사람 마음은 다 똑같지, 뭐. 하도 갑작스럽고 충격적이니까……."

나는 무언가 한마디 해야 할 것 같아 생각나는 대로 내뱉었다.

"미인박명이란 말이 참 맞는 것 같아요. 소희 언니, 얼마나 예뻤어요. 우리와 급이 다르게 성장한 몸매며, 이목구비며, 피부며……. 여자인 내가 봐도 가슴이 울렁거릴 정도였으니까요. 오빠야 선천적으로 공부벌레고 착해 빠진 범생이라 그런 데 관심이 없었겠지만……. 지금도 눈에 선해요. 살포시 웃으며 돌아볼 때 보면, 그때는 그런 말이 없어서 그렇지, 그런 걸 살인 미소라고 할 거예요."

순영의 혀가 어느새 꼬부라져 있었다.

"……."

"오빠, 눈물의 씨앗이 사랑일까요? 아름다움일까요? 나훈아 노래를 들으면 사랑인 것 같고 소희 언니를 보면 아름다움인 것 같고……. 오빠는 어느 쪽에 한 표?"

그러나 내가 소변 보고 담배 한 개비를 피우고 돌아와 보니 순영은 어느새 곯아떨어져 있었다. 나는 술자리를 건정 치우고 요를 깔고 순영을 바로 눕혔다. 그리고 베개를 받쳐주고 이불을 덮어 주었다. 순영의 뺨에는 한 줄기 눈물이 흘러내리다 말라버린 채로 굳어 있었다. 순영은 내가 결혼한 이듬해 소방 공무원과 결혼했다. 슬하에 형제를 두었고, 남편은 오 년 전 화재 현장에서 순직했다. 그 이후 순영은 매년 날을 맞추어 오던 옥실에 오지 않았다.

나는 순영의 얼굴을 물끄러미 바라보다 방을 나왔다.

순호의 말을 들었으면 우리가 행복했을까?

나는 소희의 집으로 가 보았다. 주춧돌만 남은 집터는 하얀 개망초로 덥혀 있었다. 나는 소희의 방이 있던 자리의 돌무더기에 앉아 머잖아 사라질 옥실의 밤을 묵묵히 지켜보았다. 별들이 총총한 옥실의 밤은 여전히 아름다웠다. 동구 앞 가끔 개똥벌레가 노닐던 느티나무와 불 밝힌 집들과 그 집들을 이어주던 돌담길이 없어도 옥실의 밤은 여전히 정겹고 뭉클한 느낌이 있었다.

순호의 집은 밤새 불이 환했다. 순호 모친의 기침소리는 새벽까지 이어졌다. 순영이 깨어나 몇 번 나를 부르다 무너진 돌담을 넘어 제 집으로 돌아갔다. 처마밑의 누렁이가 순영의 발자국 소리에 놀라 몇 번 짧게 짖었다. 이따금 달빛 머금은 바람이 소희네 집 개망초를 간질였다. 밤꽃 냄새는 새벽이 되어도 옅어지지 않았다.

나는 새벽이슬이 푸른 잎을 적실 무렵 순호의 집 마루에 놓인 백팩을 메고 옥실을 내려왔다. 등 뒤에서 순호의 집 수탉이 길게 울었다. 길 따라 느긋하게 올라오던 멧돼지 한 마리가 시커먼 내 그림자를 보고는 제바람에 놀라 쏜살같이 산속으로 내빼며 내게 무어라 욕을 해댔다. 등산화 끝에 차이는 돌부리에는 아직도 어둠의 보풀이 자욱이 일었다.

나는 내려오자마자 휴대전화의 알람을 맞춰놓고 운전석 의자에 누워 쪽잠을 잤다. 순호와 소희가 선팅한 유리창에 얼굴을 바짝 붙이고 나를 부르는 소리에 몇 번인가 눈을 떴다가 감았다. 차 안에도 밤꽃 냄새가 질퍽했다.

잠에서 깨어났을 때 문자메시지 두 통이 와 있었다.

오빠, 차에 내려갔어요? 혹시 못 보고 갈지 모르겠어요. 늘 건강하고 행복하세요. 참. 윤수 일 때문에 학교에서 또 볼지도 모르겠어요. / 미안하다. 면목 없다. 그러나 너의 비밀 어쩌고저쩌고 한 말은 꽤 의미심장했다. 이따 보자.

나는 출발하기 전 아내에게 전화했다. 아내의 '듣는 척하며 끝까지 침묵하기'는 밤을 넘겨도 진행형이었다. 아내의 긴 침묵은 불현듯 퀴블러 로스를

28

떠올리게 했다. 미국의 정신과 의사였던 그녀는 말기 암환자 오백 명을 인
터뷰하여 죽음에 임박한 사람들은 대개 거부, 분노, 타협, 절망, 수용의 단
계를 거친다는 걸 밝혀냈다. 아내는 현재 그 역순을 밟고 있는 중이었다. 지
금은 분노의 단계쯤이 될 것이다. 아내가 마지막 단계를 밟을 때쯤이면 나
의 옥실행도 끝나게 될까.

나는 종료 버튼을 누르자마자 안전벨트를 맸다. 날이 희번했다. 곧 어제
처럼 붉은 해가 솟을 동녘하늘은 엷은 새털구름으로 뒤덮여 있었다.

나는 출발하며 오디오를 켰다. 어제 듣다 만 쇼팽의 녹턴이 잔잔하게 이
어졌다. 두 시간쯤 멍 때리고 있으면 적갈색 건물이 플라타너스와 은행나무
들 사이로 모습을 드러낼 것이다.

순영의 말처럼 소희가 실족사가 아닌 실족사를 가장한 자살이라면 소희
는 분명 순호에게 마지막 편지를 보냈을 것이다. 순호가 내게 그랬던 것처
럼. 아직도 나의 가슴속에는 순호가 내게 보낸 마지막 편지가 우리의 우정
과 비밀을 맹세했던 배꼽 밑 한 땀의 문신처럼 음각되어 있다. 순호가 죽은
다음날 배달된 등기우편이었다. 사건은 불과 두 달 사이에 일어났다. 순호
는 소희가 실족사한 바로 그 자리에서 투신했다.

나는 옥골못을 벗어나며 가만히 중얼거려 보았다.

순호!

재훈아. 나다. 순호다. 네가 이 편지를 받을 때쯤이면 나는 소희와 재미나게 놀
고 있을 것이다. 야구든 뭐든 끝날 때까지 끝난 게 아니라는 말은 영원한 진리다.
결국 너는 졌고, 내가 이겼다. 너는 고작 10㎞ 단축 코스에서 나를 이겼지만, 나는

42.195㎞ 풀코스에서 널 이겼다. 그 승리를 전하러 소희에게로 간다. 다만 항간에 떠돌고 있는 소문이 사실이 아니길 바란다. 설마 착하고 정직한 네가 고작 단축 마라톤에서 나를 이기려고 비겁하게 자전거의 힘을 빌렸겠냐. 나는 지금도 믿고 싶고, 믿는다. 그날, 몰래 자전거를 훔쳐 탄 녀석이 네가 아니라 우리의 우정을 시기한 놈들이 꾸며낸 유령이라는 것을. 앞으로도 우리의 우정, 변치 말자. 그리고 일 년에 한 번쯤은 옥실에서 얼굴 좀 보자. 잘 지내. 간다.

나는 학교에 도착하는 대로 생활지도부장을 찾아갔다. 부장은 간부회의에 들어가려고 서류를 챙기고 있었다. 부장은 나를 보자 무슨 용무냐는 듯이 나를 향해 씽긋 웃었다. 나는 부장 앞에 단정히 서서 말했다.

"저번 사진 속 자전거 탄 아이, 말입니다. 그 아이는 김상진이 아니라 바로 접니다. 그러니 부장님, 김상진 대신 저를 벌해 주십시오."

얼떨결에 듣고 있던 생활지도부장의 목덜미가 벌겋게 달아올랐다. 내 말이 끝나기가 무섭게 부장이 양손을 허리에 댄 특유의 대거리 자세로 나를 쏘아보며 땡고함을 질렀다.

"이 선생! 지금 나를 놀리는 거야, 뭐야?"

갑작스런 어마지두에 놀란 동료 교사들이 우르르 몰려왔다. 그 속에 임현우도 끼여 있었다. 임현우는 침착했다. 내 곁에 나란히 선 임현우가 낮은 목소리로 말했다.

"부장님! 실은 말입니다. 제가 말씀드리겠습니다."

임현우가 내 손을 찾아 움켜쥐었다. 임현우의 손은 땀으로 끈적끈적했다. 내 손아귀에도 땀이 뱄다. 여전히 화가 풀리지 않아 씩씩거리는 생활지도부장의 어깨 너머로 덜퍽진 햇살이 그날의 아침처럼 쏟아지고 있었다.

세상에 없는 토끼와 호랑이

■

　그날 아침, 아버지의 전화는 뜻밖이었다. 수화기의 촘촘한 구멍 속으로 다홍빛 선혈처럼 솟구치는 아버지의 목소리는 새벽공기에 젖어 단호함에 결연함까지 묻어 있었다. 좀처럼 먼저 전화하는 일이 없기도 하지만, 여간 해서 자신의 속내를 직설적으로 드러내는 법이 없는 아버지여서 나는 감히 대꾸할 엄두도 내지 못하고 필요 이상으로 허리를 굽실거리기까지 하며 예, 예만을 되뇌었다. 그런 나에게 거듭 당조짐하듯 아버지는 나직하고 굴곡 없 는 음색으로 말했다.

　"요즘 바쁘고 힘든 줄은 안다. 정 형편이 안 되면 너 혼자라도 오너라. 보고 싶다."

　나는 가만히 송수화기를 내려놓고 한동안 멍청히 서 있었다. 차츰 아버지 의 마지막 말이 댕돌같은 옹이가 되어 명치에 박혔다. '보고 싶다'는 말은 아 버지로부터 여태 한 번도 들어보지 못한 생소한 말이었다. 나는 휴대전화를 찾아 쥐고 내 방으로 들어갔다. 어느덧 여름 느낌이 완연한 아침이 냉큼 다 가와 창문을 간질이고 있었다.

　나는 만만한 작은형에게 전화했다. 작은형은 나의 전화를 기다리고 있었 던 듯했다. 너도 받았냐? 되묻는 작은형의 목소리는 나보다 더한 불안감이 배어 있었다. 우리는 스스럼없이 대화를 주고받으며 우리의 가슴속으로 틈 입한 불안의 진원지가 '보고 싶다'라는, 모국어 같지 않은 모국어라는 데 전 적으로 공감했다. 그리고 그 공감 속에서 우리의 불안이 과민성대장증후군 같은 과도한 공포에서 온 기우일 것이라고 애써 자위하다가 어렵사리 해묵은 기억의 창고에서 십 년 전 그날을 찾아냈다.

그날도 아버지는 뜬금없이 우리 삼 형제를 전화로 호출했다. 그 무렵 아버지는 초등학교 교장으로 정년퇴임한 뒤 고향집에서 여생을 보내고 있었다. 우리는 영문도 모르고 큰형이 운전하는 그랜저에 동승하여 점심때쯤 고향집으로 내려갔다. 아버지는 대청마루에 걸터앉아 안산을 보라보며 뭉실뭉실 담배연기를 내뿜고 있었다. 아버지의 검붉고 부숭부숭한 얼굴에는 한눈에 보기에도 수심이 가득했다. 아버지는 우리 삼 형제가 갹출한 돈으로 마련한 흑마늘과 홍삼액 세트는 거들떠보지도 않고 사랑으로 내려가 대기할 것을 명했다. 우리의 불안감이 첨첨 증폭하기 시작한 것은 그즈음부터였다. 우리는 윗목에 좌측에서 우측으로 나이순으로 앉아 아버지를 기다리며 눈빛으로 그 불안감을 조심스럽게 공유했다. 잠시 뒤 근엄한 헛기침을 뿌리며 사랑으로 들어선 아버지가 아랫목에 정좌해 담배 한 개비로 길래 마음을 다스린 뒤 입을 뗐다.

"거두절미하고 말하마. 너희 오매가 이상해졌다."

그제야 우리는 곁에 있어야 할 어머니가 보이지 않는다는 걸 깨달았다. 응당 제일 먼저 물었어야 할 어머니의 안부를 그 누구도 묻지 않은 데 대한 부끄러움으로 아버지를 지그시 바라보던 우리의 눈길이 시나브로 미끄러질 때, 큰형이 의협심을 발휘하여 반문했다.

"어떻게 이상해지셨습니까? 지금 어머니는 어디 계시고요?"

"지금 곰곰이 생각해 보니까 짚이는 게 몇 년 전부터 다문다문 있었니라. 밤마실 나갔다가 갑자기 눈앞이 캄캄해져 갖고 겨우 집을 찾아온 적도 있었고, 뭣이 헛것이 보였던지 새 밥을 푸다가 돼지 구유에 다 쏟아 부은 적도 있었다. 그때는 대수롭잖게 생각했는데 결국 일이 터져버렸다. 너희들도 알다시피 네 오매가 얼마나 월총이 있었냐. 온 동네 대소사 날짜도 다 외우고 그렇잖았느냐. 그런데 며칠 전부터 머릿속이 덜컥 정전된 것처럼 갓난애가 됐다. ……지금은, 어릴 적 너희들처럼 밤낮이 뒤바뀌어 갖고 밤새도록 잠 한 숨 자지 않고 난리 법석을 떨더니 한잠이 들었다. 아무래도 일시적인 징후는 아닌 성싶다."

아버지는 끝내 노인성 치매라는 말은 사용하지 않았다. 방 안은 아버지의 근심을 토해 놓은 것 같은 담배연기로 자욱했다. 우리는 그 연기를 느낄지 못할 만큼 얼굴이 흙빛으로 굳어 있었다. 작은형이 사죄하듯 머리를 조아렸다가 말했다.

"그동안 저희들이 너무 무심했던 것 같습니다. 이제라도 속히 병원으로 모셔야 하지 않겠습니까?"

"다 부질없는 짓이다. 늙으면 자연스럽게 찾아오는 불청객을, 무슨 재주로 막을 수 있단 말고. 여기서 더 악화나 안 되면 그런 다행이 없겠구먼. 너희들을 갑자기 부른 것은 명색이 우리 집이 마을에서 자식 잘 키웠다고 호가 난 집인데, 남의 눈도 있고 또 자식 된 도리로 응당 알고 있어야 하겠기에……, 마침 오늘이 노는 날이 아니더냐."

"잘하셨습니다, 아버지."

우리는 거듭 머리를 조아리며 난감하고 부끄러운 마음을 떨어냈다.

"다 내 죄가 크다. 너희들도 겪었다시피 너희 오매가 젊은 시절에는 좀 똑똑하고 야물딱졌느냐. 그런 사람을 저 지경이 되도록 혹사를 시켰으니 다 무심했던 내 탓이니라. 갓 스물에 허우대만 멀쩡한 내 꾐에 빠져 가난한 이씨 종가에 시집와서 칠 남매의 맏며느리가 되어 시부모를 모시고 사대 봉제사에 집안일하기에도 버거운데, 어린 시동생과 시누이를 다 건사해 성혼시키고 농사일까지 도맡아 한평생 살았으니 늙어서 머리와 속이 물러터지는 것이 어찌 보면 당연하다. 유일한 버팀목이던 지아비란 남정네는 매달 봉급 몇 푼 집어준다는 핑계로 집 안팎일은 내 몰라라하고 한평생 뜨내기 접장생활하며 동서남북으로 유람하듯 떠돌아다녔으니 심상이 고와 내색을 안 해서 그렇지, 혼자 속울음을 지우며 얼마나 원망했겠느냐. 다 내 탓이고, 내 잘못이고, 내 죄니라."

아버지는 스스로의 인이에 취해 자책의 강도를 높여 나갔다. 그럴수록 우리들은 죄인 아닌 죄인이 되어 어찌할 바를 모르고 고개만 깊이 떨구고 있었다.

"이미 엎질러진 물을 어찌 하겠느냐. 하나, 세상사란 마음먹기에 달렸고 하늘이 무너져도 솟아날 구멍이 있느니라. 그러니까 너희들은 아무 걱정하지 말고 가정과 직장에 충실하거라. 목숨이 붙어 있는 한, 너희 오매는 내 여자니까 내가 끝까지 책임지마."

마침내 아버지는 달망지게 자신의 보짱을 밝혔다. 일찍이 아버지의 성미를 잘 아는 우리들은 더는 어찌할 생심을 내지 못하고 어정뜬 자세로 고개를 끄덕이는 것으로 자식 된 도리를 대신했다. 그것이 십 년 전의 일이었다.

다음날 아버지는 우리의 성화에 못 이겨 어머니를 종합병원에 입원시키는 것을 동의했으나 그것은 한낱 요식행위에 불과했다. 입원 며칠 뒤, 어머니의 변명이 이미 초기가 지난 알츠하이머성 치매라는 검사 결과가 나오자 아버지는 거 봐라, 하는 표정으로 바깥으로 나가 담배 한 개비를 맛좋게 피우고 들어오더니 퇴원을 서둘렀다. 우리 삼 형제 부부가 번차례로 말려도 소용없었다. 아버지는 그예 고집을 꺾지 않았다.

"여기는 아무 걱정하지 말고 돌아가서 그저 가정과 직장에 충실하거라. 너희 오매는 내가 알아서 잘 수발하마. 보건소 약을 제때 지어 먹이면 당분 간은 별일 없을 게다."

노부모를 고향집에 두고 돌아가자니 차마 발걸음이 떨어지지 않아 우리들이 쭈뼛거리자 아버지가 재차 엄중한 목소리로 당부했다. 아버지의 심지가 하도 굳어 우리는 자주 찾아뵙고 안부 전화를 드리겠다는 약속을 인사처럼 올리고 차에 올랐다.

그 후, 아버지는 정말 말처럼 실천했다. 아버지는 일체 외부 활동을 중단하고 애오라지 어머니의 병수발에만 전념했다. 아버지의 병수발은 눈물겨울 만큼 지극정성이었다. 해를 거듭할수록 거꾸로 나이를 먹는 어머니의 충직한 하수인이 되어 꼭두새벽부터 늦은 밤까지 먹이고 씻기고 빨아 입히고 마사지하고 대소변을 받아냈다. 그뿐이 아니었다. 가뭇없이 멀어져가는 기억들을 비끄러매기 위해 줄기차게 이야기하고 노래를 불러주고 소설책을 읽어 주었다. 그뿐이 아니었다. 간단없이 흩어지는 언어들을 되찾아 주기 위해 지멸있게 언어 훈련을 시키고 가족들의 이름들을 주입시켰다. 그뿐이 아니었다. 종작없이 멀어지는 추억들을 붙잡기 위해 손수 개조한 리어카에 어머니를 태워 하루에 한 번씩 비가 오나 눈이 오나 사시장철 마을 구석구석을 누비고 다녔다. 그뿐이 아니었다. 어머니의 가슴속에서 까닭 모를 도깨비불이 활활 일어 종국에는 그 뜨거움을 견딜 수 없어 아버지를 향해 손에 집히는 대로 가재도구를 집어던지고 육두문자를 쏟아내고 무람없이 멱살잡이를 해도 아버지는 그 분탕질을 고스란히 받아주었다. 그뿐이 아니었다. 아버지는 단 한 토끝이라도 어머니의 예전 모습을 되찾는 데 도움이 되는 일이라면 무엇이든 다했다.

그런 아버지에게 우리가 할 수 있는 일이란 그다지 많지 않았다. 안타까운 마음으로 그저 묵묵히 지켜보거나 기껏해야 형제들이 추렴하여 마련한 용돈을 섭섭잖게 부쳐주거나 아버지의 건강을 염려해 준비한 건강기능식품이나 어머니의 병에 효험이 있다는 그런 의약품이 있으면 구입해 부쳐주는 정도가 고작이었다. 불현듯 생각나 안부 전화를 드리거나 어쩌다 짬을 내어 고향집으로 내려가면 아버지는 여전한 목소리로 태산같이 말했다. 여기는 아무 걱정 하지 마라. 너희 오매는 이 애비가 끝까지 지키마.

귀에 딱지가 앉노록 듣고 또 들은 말이지만, 그 말을 들을 때마다 왠지 모를 찡함이 콧등으로 전해졌고, 새삼 아버지란 존재가 우리들이 넘을 수 없는 거대한 산 같은 느낌으로 다가오곤 했다. 그렇게 아버지는 한결같은 자세로 십 년의 세월을 버티며 약속대로 어머니를 지켰다. 그런 아버지였기에 갑작스런 아버지의 전화는 우리에게 당혹감과 낭패감을 안겨주기에 충분했다.

작은형이 말했다.

"아무래도 만사를 제쳐 놓고 내려가 봐야 할 것 같다. 일주일 전부터 라운딩하려고 조를 맞추어 놓았는데 말이야. 어쩔 수 없잖니. 내가 형님께 바로 전화 드려 볼게. 의견이 모아지는 대로 연락하마."

나는 그래 주면 고맙겠다고 대답하고 전화를 끊었다. 아내가 잠옷 바람으로 내 방문을 열고 아침부터 무슨 일이냐고 물었다. 나는 솔직하게 대답해 주었다. 일순 아내의 얼굴빛이 낯달처럼 굳었다. 나는 금세 그 이유를 짐작할 수 있었지만, 모르쇠 잡고 거실로 나왔다. 한 잔의 냉수를 마시고 거실 소파에 앉아 텔레비전의 리모컨을 켤 때 작은형으로부터 문자가 왔다.

형님께서 일단 우리끼리만 내려가잔다. 11시경에 고향집에서 보재. 작은형

"아버님도 혹시 어머님처럼 이상해지신 것 아니야? 보름 뒤면 어련히 알아서 내려갈 텐데, 그새 못 참아 전화질이야."

아내는 아침을 먹는 둥 마는 둥하고 경대 앞에 앉아 얼굴을 손질하며 계속 투덜거렸다. 전화질이라니? 나는 아내의 냉갈령이 못마땅했지만, 꾹꾹 마음을 안추르고 시골로 내려갈 채비를 서둘렀다. 채비래야 얼마 전에 미리 구입해 둔 아버지의 속옷 몇 벌, 양말 몇 켤레와 오메가3, 그리고 접때 전화했을 때 아버지께서 특별히 주문한, 어머니의 얼굴에 바를 영양 크림이 다였다.

하긴 아내의 기분을 이해 못하는 바는 아니었다. 사실, 아버지의 갑작스런 전화만 아니면 작은딸을 데리고 아내와 함께 경주의 처가에 가기로 예정되어 있었다. 올해 고등학교에 들어간 큰딸은 양로원에 봉사활동 가기로 친구와 약속했다며 한사코 동행을 거부해 제외시켰다. 처가에는 올해 백수(白壽)가 되는 처증조모가 생존해 계셨다. 내년이면 백세가 되는 고령임에도 여전이 눈귀가 밝은 데다 발음이 또렷하고 남의 말귀를 잘 알아들어 대체 인간의 수명은 어디까지일까, 의구심이 들 정도였다. 공교롭게 그 상노인의 백수연(白壽宴)이 내일 있을 예정이었다.

"이번에는 당신만 좀 빠지면 안 될까? 보름 뒤면 찾아뵐 수 있잖아. 어쩌면 증조할머니의 생신 잔치가 이번이 마지막일지도 몰라. 노인의 일이란 하루 앞을 모르는 법이잖아. 두 아주버님께 이런 사정을 말씀드리고 양해를 구해보면 안될까?"

아내는 아버지 쪽으로 기운 내 마음을 어떻게든 일으켜 세우려고 갖은 방

법으로 눙쳐 말했다.

"아까도 말했지만, 당신 마음은 충분히 이해가 된다고. 그러니까 내 마음도 좀 이해해 줬으면 좋겠어. 당신이 직접 전화를 안 받아서 그렇지, 아버지의 목소리가 뭔가 묘한 느낌이 들 정도로 절실하고 아주 간절했어. 당신도 알잖아. 아버지가 좀체 그런 분이 아니시라는 걸. 내려가서 별일 아니면 곧바로 시속 200㎞ 속도로 횡하니 경주로 달려갈게. 그러니까 느긋하게 기다려. 아시겠습니까? 조남희 선생님."

나는 아내의 마음을 풀어주려고 숫제 능청을 떨었다. 동갑내기인 우리 부부는 고등학교 2학년 때 문예활동을 하며 만났다가 졸업과 동시에 헤어졌다가 대학 2학년 때 우연히 듣게 된 교양강좌 시간에 만났다가 졸업과 동시에 헤어졌다가 어느 모 중학교에 국어와 역사 교사로 발령을 받아 만났다가 각자 타교로 전근 가면서 헤어졌다가 여름방학 때 연수원에서 직무연수를 받다가 또 만나서 술김에 어쩌다 그만 첫애가 들어서는 바람에 급하게 결혼식을 올렸다. 그렇게 자맥질하듯 만남과 헤어짐을 반복하다 보니 우리 부부에겐 신혼부터 결혼 중년기처럼 느껴져 유별스런 뜨거움이나 달콤함이 없는 반면 야단스런 차가움이나 날카로움도 없었다. 그저 무덤덤하고 두루뭉술하게, 때로는 양보와 타협을 주고받으며 지금까지 살아왔다. 그것이 우리 부부의 장점이자 단점이기도 했다.

아내가 한 발 물러서며 말했다.

"전화하는 이유야 뻔하지, 뭐. 어머님의 뒤치다꺼리에 마침내 아버님께서 한계를 느끼신 거야. 그래서 의논하자고 부르신 거야. 당신, 절대로 촉빠르게 나서지 마. 당신은 어디까지나 3순위라고. 알지?"

"선생인 주제에, 말 한 번 잘한다. 남이 들었을까 봐 겁난다."

"선생은 어디 뺄도 없나. 꼭 명심해. 아셨지요? 이정국 선생님."

나는 아내의 저기압을 감안하여 더는 대꾸 없이 고향집에 가져갈 물건들을 배낭에 넣어 거실로 나왔다. 큰애는 벌써 집을 나갔는지 보이지 않았고 작은애가 일찌감치 외가에 갈 차림을 마치고 거실 소파에 얌전히 앉아 있었다. 내가 작은애에게 부득이 함께 외가에 가지 못하는 이유를 설명하려는데, 작은애가 다 알아, 조금 전에 다 들었어, 하는 바람에 가슴이 뜨끔했다.

나는 서둘러 현관을 나섰다.

간밤의 비에 맑게 씻긴 햇살이 눈부시게 투명했다. 야외로 바람 쐬러 나가기에는 안성맞춤인 날씨였다. 작은형이 이 날씨를 보면 속이 좀 상하겠다고 생각했다. 작은형은 요즘 골프에 재미를 붙여 맹연습 중이다. 대학에서 경영학을 가르치는 교수지만, 운동 신경이 발달해 무슨 운동이든 한번 시작하면 금세 선배를 따라잡는 놀라운 능력을 지니고 있었다. 아마 골프도 얼마 안 가 구력 7년차인 큰형의 핸디를 따라잡을 수 있으리라고 나는 확신하고 있다. 지하 주차장의 계단을 내려가고 있는데 메시지 도착을 알리는 신호음이 들렸다. 작은형이었다. 작은형은 배알도 없는지 무덤덤하게 문자를 찍어 보냈다.

출발한다. 출발했냐?

나는 작은형의 기분을 생각해서 걸쭉하게 화답했다.

출발 일 분 전. 상냥한 내비 아가씨가 간곡히 전하는 말씀! 안전운전 최대의 적 사실, 우리에게는 여전히 풀지 못한 수수께끼가 남아 있었다. 아내의 말처럼 우리는 보름 뒤에 고향집으로 내려가기로 약속되어 있었다. 어머니의 일흔여덟 번째 생신이 그 무렵에 있었다. 생신 당일은 평일이라 직장과 학교에 매인 가족들 모두가 참석하기 어려워 그보다 이틀 빠른 일요일에 생신상을 차려 드리기로 합의가 되었다. 그 점은 아버지도 동의한 사항이었다. 그럼에도 아버지는 불쑥 우리에게 전화한 것이다.

그 보름을 견디지 못하고 전화할 만큼 우리들이 보고 싶어진, 진정한 이유가 무엇일까? 작은형과 나는 그 화두를 두고 다각도로 검토하며 대화를 나누었지만 끝내 명쾌한 해답을 얻는 데는 실패했다.

솔직히 말하면 우리가 애초에 가장 두려워했던 것은 아버지의 망각이었다. 일시적인 건망이 아니라 어머니로부터 감염된, 좀 더 구체적으로 말하면 보름 뒤의 생신상은 물론이고 그것을 동의해 준 사실조차 깡그리 잊어버린, 깊고도 완벽한 망각……. 그것은 생각만 해도 끔찍한 공포였다. 그러나 우리가 차츰 그 공포에서 벗어날 수 있었던 것은 아버지의 목소리였다. 아버지의 목소리는 절실함이 묻어 있었으나 차분하고도 엄정해 적어도 그런 망각의 병을 가진 자가 낼 수 있는 목소리가 아니라는 결론을, 우리는 어렵사리 내릴 수 있었다.

문제는 그 결론 이후였다. 우리의 상식과 머리로는 '뜻밖의 전화'와 '보고 싶다'라는 두 언어 사이의 필요충분조건을 해명할 수 없었다. 그 언어들은 평소 아버지의 인생관과는 어울리지 않는 것들이었다. 그래서 우리는 시간이 흐를수록 조급증이 일었고, 우리의 궁금증은 곰비임비 증폭되었다.

"출발했냐?"

뜻밖에도 큰형이 전화를 주었다. 내가 방금 출발했다고 하자 대화를 좀 해도 되느냐고 되물었다. 나는 이어폰으로 전화를 받고 있어 괜찮다고 대답했다.

"아까 둘째한테서 대충 듣긴 했다만, 아버지께서 뭐라시며 전화하셨던?"

"특별한 말씀은 없었습니다. 보고 싶다면서 정 형편이 안 되면 혼자라도 내려와 달라고 하셨습니다."

내가 솔직히 말했다. 나는 두 살 터울인 작은형에게는 오랜 버릇이 되어 말을 놓고 지내지만, 다섯 살 터울인 큰형에게는 꼭꼭 존댓말을 써 왔다.

"다른 말씀은 없었고?"

"네."

"목소리는 어땠니?"

"뭔가 묘한 느낌이 들긴 했습니다만, 음성은 오히려 평소보다 더 담담하고 차분하다는 느낌을 받았습니다."

"너도 분명히 그렇게 느꼈니?"

"네."

나의 대답에 큰형은 잠시 뜸을 들였다가 말을 이었다.

"그게 자꾸 마음에 걸린다."

"그게 왜요?"

나는 큰형의 말이 선뜻 이해가 되지 않아 반문했다.

"너도 알다시피 우리말에 과유불급이란 말이 있잖니. 뭐든 지나친 것은 좋은 게 아니야. 상황이 정상적이라면 모르겠는데, 지금 상황이 그렇지 않다는 데 문제가 있어. 그러니까 내 말은 다분히 의도적일 수 있다는 얘기야.

의도적 행위는 뭔가 감추고 싶은 심리가 작용할 때 나타나는 보편적 현상이거든. 그게 자꾸 마음에 걸려. 아마, 기우겠지."

큰형이 전에 없이 자상하게 대답해 주었다. 작은형과 나는 거기까지는 미처 생각하지 못했는데, 큰형은 역시 검사 출신 변호사답게 우리와 생각하는 차원이 달랐다. 듣고 보니 그럴듯했다.

"알았다. 이따 보자."

"운전 조심하십시오."

전화를 끊으며 나는 출발 전에 작은형에게 보낸 문사를 큰형에게도 보낼걸, 후회했다.

아버지는 대체 어딜 가셨을까?

뜻밖에도 집에는 아버지가 계시지 않았고, 어머니가 거처하는 큰방은 맹꽁이자물쇠로 둔중하게 잠겨 있었다. 내가 도착했을 때는 열한 시 무렵이었고, 나보다 먼저 도착한 큰형과 작은형이 일없이 마당을 서성이며 아버지의 행방을 추적하고 있었다.

하얀 햇살이 자욱이 내려앉은 고향집에는 아버지의 단아한 성품을 엿볼 수 있는 흔적들이 곳곳에 남아 있었다. 마당 한 편에는 벽돌로 가두리를 지은 텃밭이 있었다. 텃밭에는 부추, 상추, 가지, 고추 등 고랑마다 다른 푸새들이 심어져 있었고 마당을 가로지른 빨랫줄 위에는 누렇고 허연 수건들과 어머니의 속옷과 왜바지[몸뻬]들이 정갈하게 걸려 있었다. 어린 시절 우리가 뒹굴며 놀았던 대청마루는 말갛게 걸레질이 되어 있었고, 마루 밑 디딤돌 양쪽으로 아버지와 어머니의 신발들이 나란히 놓여 있어 방문 자물쇠만 아니면 부부가 방 안에서 오순도순 이야기꽃을 피우고 있는 줄 착각이 들 정도였다.

"너, 기억나니? 이 자리에서 탈곡기로 벼 타작하던 일. 그때는 탈곡기를 밟아서 볏단 한 단 한 단씩을 탈곡기에 일일이 갖다 대어서 타작하지 않았니. 일꾼 두 사람이 붙어 서서 하수는 초벌 타작을 하고 상수는 마지막 한 알까지 죄 탈곡해서 깔밋하게 아퀴를 지어 짚단을 뒤로 획 던지면 조무래기들은 일 반 놀이 반으로 그걸 서로 받으려고 기를 쓰다가 싸움이 나고 그러지 않았니. 그게 얼마나 힘 드는 줄도 모르고 겉보기에 무척 신명나 보이니까 어린 마음에 그게 하고 싶어서 안달을 내곤 했지. 일꾼들이 새참을 먹거나 잠시 짬을 내어 쉴 때 어쩌다 허락이 떨어지면 그걸 또 서로 해 보려고 야단법석을 떨곤 했지. 그러다가 둘째 너, 하마터면 큰일 날 뻔했잖아. 0.1초만 늦었어도 볏단과 함께 온몸이 휘말려 들어갔을 거야. 나는 그때부터 네가 운동신경이 무척 발달했다는 걸 깨달았어."

"형님은 참 기억력도 좋습니다. 그게 언제 적 얘긴데……. 하긴 아직도 기억이 생생하네요. 왜, 무서우면 머리가 쭈뼛 선다고 그러지 않습니까? 나는 그때 그걸 처음 느꼈다니까요. 무심코 볏단을 탈곡기에 대는 순간 온몸이 앞으로 쫙 빨려 들어가는데, 정말 머리가 쭈뼛 섭디다. 순간적으로 볏단을 놓지 않았으면 그때 나는 이미 이 세상 사람이 아니었거나 적어도 지금처럼 사지 멀쩡한 정상인은 아니었을 겁니다. 형님께서는 뭐 생각나는 것 없소?"

마당에 뒷짐진 채 멀뚱히 서서 큰형이 말하고 작은형이 대답했다.

"뭘 말이냐?"

"마당에 관한 추억."

"왜 없겠어. 한두 가지가 아니겠지."

"제 말은 그런 뜻이 아니라 잊히지 않는 짜릿한 추억 말이오. 아마 형님 께서 중학교 2학년 때의 늦가을쯤 됐을 겁니다. 그때 들머리 방앗간, 그 누 나 이름이 뭐더라, 그래 정미 누나랑 한창 연애 중이지 않았습니까. 어쩌 다 형님이 쓴 연애편지가 어머니께 들켜 한바탕 난리굿을 쳤잖습니까. 기 억나시죠?"

"흐흐흐."

형님은 허공을 향해 흐드러지게 웃기만 했다.

"대문 밖으로 쫓아내려니 님세스럽다고 어기쯤 되었을 겁니다. 여기에다 멍석을 깔고 석고대죄를 시키지 않았습니까. 막내와 내가 잔뜩 겁을 집어먹 고 사랑방 문구멍으로 그 광경을 지켜보고 있는데, 한 시간이 지나고 두 시 간이 지나도 도무지 용서해 줄 기미가 보이야지요. 그래서 우리가 꾀를 냈 죠. 우리도 연애편지를 전달한 죄가 있으니 함께 벌해 달라고 울면서 석고 대죄를 들이지 않았습니까. 그제야 어머니께서 못 이기는 척 용서해주셨잖 아요. 기억나시죠?"

"그때, 어머니의 기세가 대단했지. 하긴 아버지 대신 집안의 식솔들을 다 거느리고 가장노릇하자니 그럴 수밖에 없었겠지만……."

큰형이 씁쓸히 대답했다.

"막내야, 너는 뭐 느껴지는 바가 없어? 저 뒷간 보면 소름이 오소소 돋 을 텐데."

작은형이 기어이 나를 대화 속으로 끌어들였다.

"그래, 맞아. 막내가 뒷간에 빠진 적이 있었지."

큰형이 맞장구쳤다.

"옛날 어른들은 왜 그리 무지막지했는지 몰라. 밤에 오줌 싸면 키를 덮어

씌워 이웃집에 가서 소금을 얻어 오라고 시키지를 않나, 변소에 빠지면 액운을 막는다고 똥떡을 해 먹이질 않나. 막내가 할머니와 어머니의 강압에 못 이겨 변소에 쪼그려 앉아 똥떡을 몇 알 먹기는 했는데, 그걸 동네에 '똥떡, 똥떡' 외치며 이웃에 나누어 주라고 떠미니 안 가겠다고 데굴데굴 구르고……, 기억나지?"

"기억나고말고. 요새도 그 생각만 하면 세상에 못할 일이 하나도 없겠더라고. 그때 작은형이 도와주지 않았으면 가출했던지, 뭔 일이 일어났을 거야. 그게 왜 그렇게 창피스럽고 부끄러웠던지 몰라. 나는 작은형 꽁무니에 바짝 붙어서 눈 질근 감고 있고 작은형이 천연덕스럽게 '똥떡, 똥떡' 외치며 다 돌아다녔잖아. 작은형 낯살 두꺼운 것 하나는 알아줘야 돼."

내가 얼굴을 붉히며 말했다.

"나는 뭐 그때 안 창피스러운 줄 아냐. 어린 마음에도 내가 나서지 않고는 도저히 해결될 기미가 보이지 않으니까, 에라 모르겠다 하고 눈 질끈 감은 거지."

"둘째는 그때나 지금이나 상황 판단력이 뛰어났다니까. 아무튼 어렵고 힘들었어도 그 시절이 그래도 제일 좋았고, 행복했다."

큰형이 대화의 마무리를 짓듯 말했다.

아버지는 대체 어딜 가셨을까. 우리가 내려오는 줄 번연히 알고 있을 텐데, 아버지의 행방은 여전히 오리무중이었다. 우리는 능놀며 마냥 기다리고 있을 수가 없어 재종형 댁으로 갔다. 재종형 댁에는 집안의 상노인이신 종조모가 살아 계셔 고향에 오면 꼭꼭 그 형 댁엘 찾아갔었다. 올해 여든아홉인 종조모는 아직도 일꾼 한 사람 몫의 일을 능준히 감당할 정도로 거동이 가든했다.

"아이고, 갑자기 무신 일고? 얼마 전에 큰집 장조카 말로는 질부 생일 때나 다들 내리올 끼라 그래쌓더니."

마을 위쪽 산기슭에 외따로 위치한 재종형 댁으로 느직느직 올라가고 있는데, 마침 소쿠리와 호미를 들고 집을 나서던 종조모가 반갑게 맞으며 말했다.

우리는 종조모를 따라 집 안으로 들어섰다. 집에는 아무도 없고 닭 몇 마리와 개만이 마당을 어슬렁어슬렁 돌아다니며 집 안을 지키고 있었다. 우리는 한사코 방으로 들어가자는 종조모의 권유를 사양하고 마루에 걸터앉았다. 큰형이 종조모 몫으로 미리 준비해 가져간 막대형 커피믹스 박스를 내밀자 종조모는 빈손으로 와도 되는데 올 때마다 무얼 자꾸 가져와서 미안해 죽겠다며 너스레를 떨었다. 종조모는 폐 수술하고 담배를 끊은 뒤로 이 커피를 무척 좋아했다. 큰형이 에멜무지로 집에 아버지가 안 계시더라고 하자 종조모가 웃으며 말했다.

"느거 오매 데불고 바람 쐬러 나갔는갑다. 맞다. 바람 쐬러 나갔을 시간이다. 느거 아배, 그런 열부가 없니라. 하늘에 해 백힌 날치고 비가 오나 눈이 오나 한결같다. 느거 오매를 리어카에 싣고 저 웃담 못 둑까지 갔다가 돌아오니라. 하무. 그러자면 한나절은 걸린다."

"……."

우리는 종조모의 말에 수긍하듯 말없이 고개를 끄덕였다. 그러자 종조모는 아버지에 대한 공치사를 한동안 이어나갔다.

"이 세상에 느거 아배 같은 사람, 씨 할래도 없다. 얼매나 칠칠맞고 깨끗하던동 질부 밥 다 해먹이고 똥오줌 다 받아내고 그 더러운 서답 다 빨고, 온갖 뒤치다꺼리를 다 하면서도 집 안 살림은 또 어떻고. 아무 때나 들여다

봐도 집구석을 얼매나 닦고 쓸고 했는동 그럭키 반질반질하고 깨끗할 수가 없더라. 온 동네사람 모두 그란다네. 느거 아배 같은 사람한테 나라에서 열부상(烈夫賞)을 줘야 한다고. 한두 해도 아니고 그 긴 세월을 하루같이 그럭키 지극정성으로 병수발하기가 절대로 안 숩다. 그 병이 어떤 병이고. 우리끼리 하는 말로 느거 오매가 앞으로 살면 얼매나 더 살겠노. 그러니까 혹여 잘못 되거들랑 느거 삼 형제가 합심해 고생한 아배 호강시켜 줘라. 요새 모두 많이 가쌓데. 외국여행도 시키주고……. 느거 아배는 그럴 자격이 충분히 있고도 남니라."

"예. 명심하겠습니다, 종조모님."

우리는 약속이나 한 듯 종조모를 향해 허리를 낮추며 대답했다.

"조금 있다가 집에 가봐라. 내 말대로 와 있을 끼다."

우리는 어머니 생신 때 다시 찾아뵙겠다고 약속하고 재종형 댁을 나왔다. 어느덧 중천에 걸린 해가 맹렬한 열기를 내뿜고 있었다. 우리는 오랜만에 여유를 부리며 마을 구석구석을 둘러보며 아스라한 추억에 잠겼다. 마을은 그새 몰라보게 변해 있었지만, 예전의 마을 흔적과 윤곽들은 대부분 깔축없이 남아 있었다.

종조모의 말은 사실이었다.

우리가 마을을 둘러보고 집으로 돌아왔을 때 아버지는 대청마루에 걸터앉아 망연자실 푸른 하늘을 좇고 있었다. 뜻밖에 아버지의 얼굴은 방금 목욕한 듯 혈색이 돌았고 머리는 단정하게 이발이 되어 있었다. 큰형이 어머니를 모시고 바람 쐬고 오셨느냐고 묻자 그 물음에는 대답 않고 언제 도착했냐고 되물었다. 작은형이 한 시간 전쯤에 도착했다고 하자 말없이 고개만 끄덕였다. 큰방은 여전히 잠겨 있었다.

"어머니는 어디 계십니까? 그래도 인사를 드려야지요."

작은형이 조심스럽게 아버지의 의사를 타진했다.

"내버려 둬라. 지금 한잠이 들었다. 너희 오매는 한번 옹차게 잠이 들면 사흘 밤낮 기척 없이 이승잠을 자느라. 일 년에 한두 번 있는 그런 때가 이 애비의 유일한 휴가다. 마침 오늘이 그날이라 급하게 너희들을 불렀느라. 오랜만에 너희들과 오붓한 시간을 보내고 싶어서……."

아버지가 담담하세 말했다.

"우리는 그런 줄도 모르고 갑자기 전화하셔서 실은 많이 걱정을 했더랬습니다."

내가 말하고 큰형과 작은형이 내 말에 동의하듯 고개를 끄덕였다.

"미처 그 생각을 못했구나. 실은 방금도 너희 오매 바람 쐬어주러 갔다 온 게 아니고 읍내 장보러 갔다 왔느라. 마침 오늘이 장이 서는 날이고 너희들도 오고 해서……. 간 김에 목욕도 하고 이발도 하고 왔느라. 휴가가 이렇게 좋은 줄 몰랐다. 그래도 혹 몰라서 방문을 잠가 두고 갔는데, 조금 전에 들여다보니 여전히 이승잠을 자더구나."

아버지가 우리를 안심시키듯 덧붙였다. 다행히 아버지의 굳었던 얼굴이 풀리고 표정도 점점 밝아져서 우리는 한시름 놓았다. 안주머니에 넣어둔 휴대전화에서 카톡 도착음이 울려 확인해 보니 아내였다. 아내는 전화의 이유가 뭐냐고 물었다. 나는 그 이유를 자세히 설명해 줄 방도가 떠오르지 않아 우리가 우려한 것보다 심각한 이유가 아닌 것 같다고 말하고 가능하면 일이 마무리되는 대로 경주로 가겠다고 답했다.

"점심은 간단히 먹고 저녁에 고기 굽어 밥 먹자."

아버지가 장바구니에서 라면을 꺼내며 태평스럽게 말했다. 내가 삶겠다고 자청하고 나섰으나 아버지는 한사코 자신이 삶겠다고 우겼다.

우리는 아버지가 삶아준 라면으로 점심을 때우고 증조부모와 조부모 산소가 있는 뒷산으로 올라갔다. 어머니의 병 수발을 하느라 지난 설 때도 성묘를 다녀오지 못했다면서 아버지께서 함께 가기를 원해 우리는 따라 나섰다. 그새 혹 어머니가 깨어날까 봐 우리가 염려하자 아버지가 자신 있게 웃으며 말했다.

"걱정할 것 없다. 두고 봐라. 오늘밤까지는 까딱없다. 내가 너희 오매를 한두 해 곁에서 지켜봤느냐. 그래도 혹 모른다 싶어 만일의 경우까지 다 대비해 뒀니라."

그 대비란 것이 뭔지는 구체적으로 설명하지 않았지만, 아버지의 말씀을 듣고 나니 마음이 한결 놓였다.

산소는 뒷산 마루에 있었다. 터가 넓고 헌걸찬 도래솔이 기품 있게 에두르고 있어 여름날 나무하던 초동들이 곧잘 땀을 식히며 휴식하던 곳이기도 했다. 또 마을 아이들이 종종 미술 숙제라도 있는 날이면 그곳에 올라 그림을 그리기도 했다. 그곳에서 바라보면 양 산자락 따라 나직나직 벌여 앉은 마을과 아득한 들판, 그 들판 사이를 완만한 S자 모양으로 가르며 읍내로 아스라이 이어지던 신작로와 그 신작로를 따라 가뭇없이 늘어서 있던 가로수들이 한 폭의 풍경화처럼 아름다웠다.

"너희 할배는 이 애비에 대한 기대가 아주 컸니라. 7대 종손에 칠 남매 맏이라서 그랬는지 모르지만 맛있는 반찬이라도 밥상에 오를라치면 꼭 나를 사랑으로 부르곤 했니라. 그래서 그랬던지 어릴 적에 이 애비한테 유달리 얘기를 많이 해 줬니라. 그중에서 아직도 귀에 쟁쟁한 거는 '스님과 소동' 얘기니라. 내가 너희들에게 얘기해 주더냐?"

"또 해 주십시오. 무슨 내용인지 가물가물합니다."

뒷집진 채 앞장서 쉬엄쉬엄 오르던 아버지가 헐근거리며 말하고 아버지의 뒤를 따르던 큰형이 재바르게 받아 대답했다. 실은 그 얘기라면 아버지로부터 여러 번 들어 나도 그 내용을 훤히 꿰고 있는데, 똑똑한 큰형이 가물가물할 턱이 없었다. 그럼에도 큰형은 시치미를 떼고 있었다.

"땡볕이 잉걸불같이 내리쬐는 한여름이었니라. 한 스님이 시주를 하러 마을로 들어서니까 예닐곱 살이나 될까 말까 한 소동이 시원한 정자나무 그늘을 내버려두고 뙤약볕 아래서 팥죽 같은 땀을 흘리며 글을 읽고 있는 거라. 지나가던 스님이 하도 궁금해 물었니라. '야야, 니는 우째 저 시원한 그늘을 놔두고 더운 땡볕 아래서 청승맞게 글을 읽고 있는고?' 그러니까 소동이 글을 읽다 말고 스님을 물끄러미 쳐다보더니만 산자락 밑 밭에서 쟁기질하는 농부를 가리키며, '스님요, 저기 저 밭 가는 농부 보이십니꺼? 앞에서 쟁기를 끄는 사람이 울 형이고 뒤에서 쟁기질하는 사람이 울 아배라요. 울 형하고 아배가 저렇게 고생하며 일을 하고 계시는데 우째 지가 그늘 밑에서 편안히 글을 읽을 수 있겠습니꺼.' 그러더란다. 그 소리를 들은 스님이 군말 없이 발길을 돌렸다는구나. 왜 그랬는지 아나? 효제(孝悌)는 백행지본이라, 하나를 보면 열을 아니 이런 마을은 아무 때나 사주하러 가도 되겠다 싶으니까 딴 마을로 발길을 돌린 거라."

오늘따라 아버지는 말이 많았다. 평소 우리가 알고 있는 아버지는 그런 모습의 아버지가 아니었다. 입이 무겁고 행동이 진중하기로 대한민국에서 둘째가라면 서러워할 위인이었다. 그런 아버지의 모습에서 우리는 그동안 아버지가 어머니의 병 수발에 얼마나 지치고 외로웠던가를 넉넉히 짐작할 수 있었다. 우리는 죄인이 된 심정으로 아버지의 뒤를 묵묵히 따랐다.

오월 중순의 날씨치고는 꽤 더운 오후였다. 산속은 숨이 턱턱 막힐 정도로 아까시나무 꽃향내로 가득했다. 산길은 예전과는 달리 잡목들이 침범해 있어 오르기에 힘이 들었다. 이마에는 금세 땀이 송송 맺혔다. 우리의 기척에 놀란 꿩 무리들이 청아한 울음을 뿌리며 골 안으로 날아갔다.

"아버지, 그동안 저희들이 너무 무심했던 것 같습니다. 이제 어머니 병수발 문제를 달리 고려해 볼 때가 되었다고 생각합니다. 어머니는 아버지에게는 하나밖에 없는 배필이지만 저희들에게는 오늘의 육신을 있게 해 주신, 하나뿐인 혈육입니다. 그런데 어찌 마냥 모른 척하고 지켜보고만 있을 수 있겠습니까?"

성묘를 마치고 조부모 산소의 상석 앞에 둘러앉아 가지고 온 술과 음식으로 음복하고 있을 때, 큰형이 조심스럽게 말문을 열었다. 나와 작은형은 아버지의 대답을 기다리며 숨죽이고 있었다. 이윽고 작은형이 따라준 술을 천천히 기울인 뒤 아버지가 말했다.

"큰애 네 말만 들어도 고맙구나. 그 문제라면 아무 걱정하지 말거라. 이 애비는 이날 입때까지 너희 오매를 뒤치다꺼리하며 한 번도 힘 든다고 생각해 본 적이 없다. 그저 내 곁에 살아 있어 준 것만으로도 감사하고, 행복했다. 그러니 그 문제에 대해서는 조금도 부담스러워하지 마라. 단지, 말이 난 김에 너희들한테 한 가지 부탁하고 싶은 것이 있다면……."

"……?"

우리는 잔뜩 긴장하여 아버지를 바라보았다.

"혹시 우리가 잘못되거들랑 저기에 유택을 마련해 다오."

아버지가 조부모 산소 밑 공터를 턱으로 가리키며 말했다.

"아버지도 참, 갑자기 왜 그런 말씀을 하세요?"

작은형이 어이가 없다는 투로 되받았다.

"아니다. 늙은이의 일이란 하룻밤을 모르니라. 이 애비 나이도 어느덧 여든이다. 나이로 치면 고비늙은 상노인이다. 상노인이란 몸을 풀고 있는 마라토너와 같다. 출발 신호가 울리면 미련 없이 달려 나가는 마라토너 말이다. 너희들 눈에는 애비, 어미가 영원히 살 것 같지만, 언젠가는 사별하는 법이다. 그게 인생이고, 자연 이치니라."

심각한 표정으로 아버지의 말을 듣고 있는데, 소급증이 난 아내가 또 문자를 보내왔다. 대체 언제 오느냐고. 오긴 오느냐고. 나는 가만히 돌아서서 답신을 보냈다. 분위기가 바뀌고 있다고. 확률은 반반이라고. 하긴 아내의 심정은 충분히 이해할 수 있었다.

붉은 놀이 산자락을 물들이고 있을 무렵 우리는 산소에서 내려왔다. 기력을 소진해서인지 아버지는 올라갈 때와는 달리 아무런 말씀이 없었다. 뒷짐진 채 묵묵히 앞만 보고 내려가는 아버지의 뒷모습에서 우리는 불현듯 아버지의 나이를 실감할 수 있었다.

"사랑으로 들어가자. 모처럼 너희들과 한잔하고 싶구나."

오랜만에 맛보는 꿀맛 같은 휴가가 그리도 좋은 것인가. 오늘따라 아버지의 언행은 평소와는 퍽이나 달랐다. 아버지의 목소리에는 가벼운 흥분기마저 느껴졌다. 우리는 차마 아버지의 청을 거역할 수 없어 서로 눈치만 보다가 마지못해 사랑으로 들어갔다. 아버지가 구워준 고기로 저녁을 먹고 난 뒤여서 술 생각이 별로 나지 않기도 했지만, 당초 우리의 계획에는 저녁 술까지 잡혀 있지 않았다. 그래서 우리는 당황스럽고 난감하기까지 했다.

"이왕 내려온 김에 하룻밤 묵고 가거라. 이렇게 오붓이 만나니 얼마나 좋으냐."

우리가 사랑으로 들어가자 아버지는 한 술 더 떴다. 우리는 허탈감에 사로잡혀 자포하듯 포마이카 술상 앞에 둘러앉았다. 아버지는 이미 술상을 봐 두고 있었다. 저녁에 먹다 남은 돼지고기로 두루치기를 해놓았고, 낮에 시장에서 봐온 두부, 오징어무침, 참치통조림이랑 배추김치를 밑반찬으로 내놓았다.

아버지의 말은 사실이었다. 어머니는 정말 지며리 이승잠을 자고 있었다. 저녁 먹기 전 잠시 큰방엘 들렀다 나온 아버지가 그 사실을 전하며 최소한 오늘밤까지는 아무 일 없겠다고 자신했다. 우리는 문틈으로 가만히 어머니를 배알했다. 우리의 인기척에 놀란 어머니가 잠에서 깨어날까 봐 염려한 아버지의 요청 때문이었다. 어머니는 방 가운데에 깔린 담요 위에 반듯이 누워 있었고, 분홍빛 캐시밀론 이불이 어깨 위까지 덮여 있었다. 겉으로 보아서는 십 년째 중병을 앓아온 안노인답잖게 머리와 얼굴이 단정하고 조쌀했다.

"우리 집안에 대대로 내려오는 가훈이 충효제(忠孝悌)였느니라. 우애 깊은 너희 삼 형제를 보니 마음이 이리 편하고 좋다. 형제간끼리 우애가 틀어지면 남보다 더 못하다. 여기 마을만 해도 형제간끼리 원수가 져 서로 내왕 안 하는 집이 더러 있느니라. 그런 집의 공통점이 뭔지 아느냐? 다 욕심 때문이니라. 서푼어치도 안 되는 재산을 서로 많이 차지하려고 옥신각신하다가 말경에 그런 작당이 벌어진 거라. 요는 마음이니라. 형은 동생 입장에서 생각하고 동생은 형 입장에서 생각하고, 그러면 아무 문제가 없다. 후에 내가 없더라도 지금처럼 서로 아끼고 위하며 사이좋게 지내거라. 그리고……."

큰형이 따라준 술잔을 받은 아버지가 조금씩 입술을 축이며 말했다. 우리는 아버지의 말이 빨리 끝나기를 기다리며 눈을 내리깔고 앉아 있었다.

"안사람을 잘 거두거라. 입안에 있는 혀도 물리는데, 뿌리가 다른 남남으로 만나 한평생 살면서 어찌 싸우지 않을 수야 있겠느냐. 싸우더라도 크게 싸울 걸 작게 싸우고, 두 번 싸울 걸 한 번 싸우고 그러거라. 부부싸움은 십중팔구 안사람보다 남정네의 잘못에서 비롯되는 경우가 많으니라. 좀 못마땅하더라도 참고 양보하고, 싸우더라도 막말하지 말고 절대로 손찌검하지 말고, 그리고 무조건 이기려 들지 말고 져 주거라. 그게 이기는 길이고 가정을 지키는 길이다. 가정이 화평해야 매사가 잘 되느니라. 아직 너희들은 모른다. 늙으면 조강지처가 제일이니라. 나는 젊었을 때 너희 오매한테 그래 못해 줬다. 그게 지금도 한이 되고 가슴이 아프다. 이 애비가 술 한 잔씩 따라줄 터이니 괘념 말고 마시거라. 그리고 나한테도 한 잔씩 따라 봐라."

큰형이 따라준 술을 마저 마신 아버지가 우리의 술잔에 일일이 소주를 따라주며 말했다. 아버지의 술잔에는 작은형이 따랐다. 밤은 어느새 이슥해져 사위가 고요했다.

"술은 몸이 감당할 수 있을 만큼 마셔야 하느니라. 인사불성이 되도록 마시고 술주정하는 것만큼 꼴 보기 싫은 건 없다. 자, 마시자."

우리는 아버지의 명에 따라 각자 조금씩 고개를 돌려 가만히 소주잔을 기울였다. 나는 얼른 아버지의 빈 잔에 소주를 따랐다.

"돈, 명예, 권력, 다 소용 없다. 건강이 최고니라. 너희들은 우야든지 몸을 잘 간수해서 오래오래 건강하도록 해라. 너희 오매 봐라. 그리도 얌전하고 총명하던 사람이 저리 될 줄 누가 알았겠느냐. 내 죄가 크다."

천천히 술잔을 기울이는 아버지의 눈가에는 어느 결에 이슬 같은 눈물이 맺혀 있었다. 우리는 아버지의 건강을 생각해서라도 이쯤에서 술자리가 끝나기를 바랐지만, 차마 그 바람을 선뜻 고할 수는 없었다. 우리의 바람과는 달리 아버지의 말은 하염없이 이어지고 있었다.

"이제야 너희들한테 고백한다만, 너희 오매 병세가 갈수록 나빠져 최근에는 갖은 방법을 다 써도 소용이 없더구나. 그런데 천만다행으로 그 동화만은 예외였느니라. 광증을 내다가도 그 동화를 들려주면 신기하게도 다소 곳해지곤 했느니라."

그 동화란 아버지께서 타지의 근무지에서 돌아오는 주말 밤이면 어린 우리를 곧잘 사랑에 불러 앉혀놓고 이엄이엄 들려주던, 이른바 아버지표 전래동화 속에 나오는 '토끼와 호랑이'를 말한다. 아버지 자신이 어렸을 적에 조부로부터 들었다는 그런 류의 동화를, 우리는 좋든 싫든 의무적으로 들어야 했다. 내용은 이렇다. 먹이를 구하러 집을 나섰던 토끼가 그만 호랑이를 만나 잡아먹힐 위기에 처하자 기지를 발휘하여 도리어 호랑이를 골려 주고 위기에서 탈출한다는 내용이었다. 특별하달 것도 없는 그 동화가 그런 신비한 작용을 한다는 게 나로서는 선뜻 납득이 되지 않았다.

"아마 지금까지 너희 오매에게 들려준 것만도 수천 번은 넘을 게다. 말하자면 그 동화가 너희 오매에게는 잠을 불러들이는 자장가요, 희로애락의 감정을 자극하는 촉매제요, 기억의 회로를 이어주는 묘약인 셈이었다. 그 동화를 들려주면 소록소록 잠이 들기도 하지만 때로는 울기도 하고 웃기도 했으니까 말이다. 그런데 최근까지도 이 애비는 너희 오매가 그 동화를 그토록 검차게 붙잡고 있는 이유를 몰랐구나."

아버지는 그 은짬부터 걷잡을 수 없는 눈물을 쏟기 시작했다.

"바로 며칠 전이다. 평소와 다름없이 그 동화를 들려주는데, 갑자기 너희 오매가 눈에 불을 켜고 '네 이놈 토끼야!' 하고 내 멱살을 틀어지는데, 그 순간 이 애비는 망치로 된통 정수리를 얻어맞은 기분이었다. 그제야 번쩍 깨달았구나. 그 이유가 한(恨)이었단 걸 말이다. 이 애비가 신혼 초야에 우스개 삼아 그 동화를 들려주었으니 그 세월이 얼마냐. 그 긴긴 세월 동안 자신은 토끼 꾐에 빠진 호랑이 신세로 속절없이 살았다는 한을 가슴 깊이 가무리고 있었던 거야. 그 한이 맺히고 뭉쳐서 화병이 되고 그 화병이 자라서 말경에는 사악한 요물이 되어 너희 오매의 영혼을 사정없이 물어뜯은 것이야……."

아버지는 마침내 우리가 보기에도 민망할 정도로 꺽꺽 소리 내어 울기 시작했다. 큰형과 작은형이 아버지의 양 겨드랑이를 꼈다. 단 몇 잔의 술에도 모습이 흐트러질 만큼 아버지의 심신은 이미 많이 쇠약해진 듯했다.

"오늘 하루가 일 년 같구나. 우리도 앞으로 신경 좀 쓰자. 아버지의 몸이 그렇게 가벼우신 줄 몰랐어."

아버지를 큰방까지 모셔 주고 온 큰형이 말했다. 우리는 서둘러 잘 준비했다. 아무도 하룻밤 묵으리라고는 예상하지 못했기 때문에 준비할 것도 없었다. 작은사랑 한 구석에 개켜 있는 이불과 베개를 가지고 와 이불을 요 삼아 깔고 양말과 겉옷만 벗고 누웠다. 그렇게 누워 있자니 큰형 말처럼 오늘 하루가 정말 일 년처럼 아스라하게 느껴졌다. 아내는 야멸치게 앵돌아졌는지 더 이상 문자가 없었다.

"아버지께 미리 말씀드려 놨어. 다들 바쁠 테니 내일은 각자 알아서 행동하기다. 잘 자라."

큰형이 말하고 불을 껐다. 그때 우리는 마당의 적막을 깨고 처마의 낙숫물처럼 정겹게 들려오는 아버지의 목소리를 들었다. 아버지의 목소리는 언제 술을 먹었던가 싶게 정정했고 천연덕스러웠다. 그 목소리는 지금까지 어머니에게 수천 번도 더 들려주었다는 '토끼와 호랑이'를 구연하는 소리였다.

"아주 추운 겨울이었소. 토끼란 놈이 동냥을 얻으러 집을 나섰다가 아뿔싸 그만 짚동만한 호랑이를 만났구면. 호랑이란 놈이 입맛을 쩝쩝 다시며 토끼에게 말했소. '토끼 네 요놈, 배고픈 차에 잘 만났다. 오늘은 천생 내 아침거리가 돼 줘야겠다.' 토끼란 놈이 이제 곱다시 죽었구나 생각하고 이왕 죽을 바에야 찍소리나 한번 하고 죽자 싶어 이렇게 말했다오. '소토는 산중의 왕이신 호왕님을 알현하기를 일평생 소원하였나이다. 오늘 그 소원을 이루었으니 지금 죽은들 무슨 여한이 있겠나이까. 다만, 그동안 여러 날 굶어 볼품없는 소토를 잡아먹다가 존귀하신 호왕님의 입맛을 그르칠까 염려되옵니다. 그러한즉 먼저 소토가 청하는 진미 중에 진미를 한번 맛본 연후에 소토를 거두어도 늦지 않으리라 사료되옵니다.' 토끼의 간언에 귀가 솔깃해진 호랑이가 물었소. '대체 그 진미라는 것이 무엇이냐?' 토끼란 놈이 대답하기를 '그놈은 저 냇가에 사는 가물치란 놈이옵니다. 그놈은 요망하기 이를 데가 없어 꼬리가 아니면 잡을 수 없사온데, 불행하게도 소토의 꼬리가 짧아 어찌할 방도가 없사옵니다.'하니 허허, 호랑이란 놈이 진미를 먹고 싶은 욕심에 그만 토끼가 시키는 대로 꼬리를 냇가에 담그고 앉아 있었소. 토끼란 놈이 호랑이의 꼬리가 꽁꽁 얼어붙기를 기다렸다가 말했소. '이제 가물치란 놈이 엄청 달라붙었을 테니 힘껏 당겨 보옵소서.' 어리석은 호랑이가 토끼란 놈이 시키는 대로 용을 쓰며 당겨도 꿈쩍도 하지 않거늘, 그제야 토끼란 놈이 정색해서 말했소. '호랑이 네 이놈! 아무런 죄도 없는 산중의 현자를 무단히 헤치려 들다니, 그러고도 살기를 바랐더냐. 세상만사 사필귀정이니 추호도 나를 원망치 말라.' 그리고는 걸음아 날 살려라 하고 산속으로 도망을 쳤다오. (……) 아주 추운 겨울이었소. 토끼란 놈이 동냥을 얻으러 집을 나섰다가 아뿔싸 그만 짚동만한 호랑이를 만났구면……."

아버지의 구연은 루프를 걸어놓은 CD처럼 간단없이 이어지고 있었다.

"아버지!"

나는 잠결에 큰형의 외마디 비명을 들었다. 나는 처음 악몽을 꾼 줄 알고 몸을 뒤척이며 애써 그 소리를 외면했다. 그런데 그 순간, 작은형도 그 소리를 들었는지 내 어깨를 흔드는 바람에 나는 번쩍 눈이 뜨였다. 방 안은 아직도 꼭두새벽의 미명 속에 고즈넉이 가라앉아 있었다. 돌아보니 우리 곁에 누워 있어야 할 큰형이 보이지 않았다. 우리는 얼른 상황 판단이 안 되어 멀뚱히 천정을 바라보고 누워 있었다. 그때 우리는 큰형의 두 번째 비명을 동시에 들었다. 그것은 분명 큰방에서 들려오는 소리였다.

우리는 무슨 일인가 싶어 내의 바람인 채로 득달같이 큰방으로 뛰어 올라갔다. 아버지와 어머니는 여느 때처럼 방 가운데에 반듯한 자세로 나란히 누워 있었고, 큰형은 아버지의 가슴께에 엎어져 심하게 어깨를 들썩이고 있었다. 나는 대번에 머리가 쭈뼛 서고 눈앞이 캄캄해졌다.

아버지의 머리맡에는 하얀 봉투가 하나 놓여 있었다. 그 속에는 다음과 같은 글이 적혀 있었다.

우리는 괜찮다. 너무 슬퍼하지 마라. 누구나 한 번은 이 길을 가는 법이다. 그저께 밤에 이 애비가 너희 오매를 먼저 천국에 보냈다. 그저께 밤에는 유일한 희망이던 그 동화마저도 아무런 효험이 없더구나. 그래서 이쯤에서 너희 오매를 천국으로 보내 치료해야겠다고 판단했다. 혹 천국에 가서도 그 병이 낫지 않으면 이 애비가 거기서도 너희 오매를 끝까지 책임지고 뒷바라지할 터이니 너희들은 아무 걱정하지 마라. 어제 잠시 너희들을 속여서 미안하구나. 애비가 한 말 잊지 마라.

마지막 봄날

맞다. 노파는 앉았던 화단 갓돌에서 몸을 일으켰다. 그리고 침침한 눈을 비벼 우련한 달빛에 젖은 입구 쪽을 건너다보았다. 주황색 원피스 차림에 파머머리 한 아낙이 아파트 건물 모퉁이를 돌아 걸어오고 있었다. 손에는 검정 손가방을 들었다. 분명 걸이 처가 맞다. 나볏이 고개 숙인 모습과 사뿐사뿐 내딛는 걸음걸이……. 수십 년이 지났어도 노파의 눈에 익었다. 가슴이 마구 뛰었다.

아낙은 노파를 지나쳐 아파트 동 입구 공중전화기 같은 기기 앞에 섰다. 노파는 뒷짐 지고 먼눈을 팔고 있다가 아낙의 뒷모습을 바라보았다. 그리고 나직이 중얼거렸다. 며늘아, 나다. 걸이 에미다. 니 얼굴 보고접어 한달음에 달려왔다.

"엄마다!"

아낙이 기기에 대고 말하자 유리문이 거짓말처럼 열렸다. 아낙은 유리문 안으로 들어가려다 말고 잠깐 노파를 돌아보았다. 그러나 그뿐이었다. 아낙은 이내 유리문 안으로 성큼 걸음을 들여놓았다. 노파는 종종걸음으로 다가가 유리문 안을 살폈다. 아낙이 계단을 오르고 있었다. 노파는 아까 하다 만 말을 얼른 마저 중얼거렸다. 나 내일모레 이사 간다. 이사 가면 다시는 널 못 보지 싶어 이렇게 염치불고하고 찾아왔다. 나는 널 한시라도 잊은 적이 없다. 행복하게 잘 살아라, 에미야.

어느새 노파의 눈은 흥건한 눈물로 얼룩졌다.

노파는 미련 없이 돌아섰다.

흐릿한 달빛 속이라 걸이 처의 얼굴을 자세히 보지 못했지만 그래도 이렇게 본 게 어디냐, 싶었다. 노파는 걸이 처가 보고 싶어 사흘 거푸 늦은 점심을 먹고 집을 나섰다. 집에서 도시까지는 걸으면 꼬박 두 시간이 걸리는 거리다. 노파는 젊은 시절부터 멀미가 심해 웬만한 거리는 걸어서 다녔다. 오늘까지 헛걸음하면 어쩌누, 애가 탔는데 그런 다행이 없었다.

노파는 잰걸음으로 아파트 단지를 벗어났다. 중천에 뜬 열사흘 달이 길동무처럼 정겨웠다. 밤길에는 역시 달이 있어야 맛이다. 봄날이라 바람이 부드럽고 알맞추 불어 걷기에 더없이 좋은 밤이었다. 노파는 부지런히 걸음을 놓았다. 도시를 완전히 벗어나자 마음도 한결 가벼워졌다. 이런 걸음새로 걸으면 자정 전에 도착할 수 있을 것 같았다.

노파에겐 이 길이 낯설지 않다. 한평생 숱하게 드나들었다. 젊은 시절에는 한 푼의 돈이라도 벌려고 철마다 나는 농산물과 산나물, 약초를 보따리에 수북이 싸서 이고 꼭두새벽에 집을 나서 이 길을 비호처럼 날아다녔다. 그렇게 번다히 나들며 가슴의 응어리진 한과 서러움을 땀과 함께 씻어냈다. 그러나 이제 이 길도 이것으로 마지막이다. 모레 이사 가면 더는 이 길을 밟는 일은 없을 터였다.

노파는 걷다 말고 자주 길섶에 코를 풀었다. 달 보기에 부끄러워 애써 삼키고 삼켜도 콧물은 자꾸만 인중으로 흘러내렸다. 노파는 치맛자락으로 인중을 훔치다가 소스라치게 놀라 그 자리에 얼어붙었다. 그제야 그냥 묶어두고 온 해피 생각이 났다. 먹이도 깜박했다. 이를 우짤꼬. 노파는 자신의 쥐정신을 타박하며 발을 동동 굴렀다.

해피는 작년에 노파에게로 왔다. 읍내 우체국장으로 있는 친정 장조카가 얼마 전에 기르던 개가 새끼를 낳았다며 적적함도 달랠 겸 동무 삼아 한 마리 가져가 길러 보라고 전화로 권했다. 노파는 일언지하에 거절했다. 지금은 있는 정(情)도 하나, 둘 끊어야 할 판인데, 새삼스레 정을 붙여 뭣하겠느냐고. 더구나 짐승이란 한번 정을 붙이면 떼기가 어려운 법이었다. 그런데 며칠 뒤 조카가 덜렁, 한 마리를 오토바이에 싣고 왔다. 길러 보다가 정 귀찮아 안 되겠다고 전화하면 언제든지 도로 가져가겠단다. 종자가 여느 개와 다른 진돗개라 했다. 하얀 털이 보풀보풀하고 귀와 눈망울이 귀엽고 사랑스러웠다. 막상 보니 탐이 났다. 조카는 개 이름까지 지어주고 돌아갔다. 보면 볼수록 행복해진다고 해피란다.

조카의 말이 맞았다. 그렇게 총명하고 붙임성 있는 개는 처음 보았다. 뭐든 시키면 곧잘 말귀를 알아듣고 거기다가 정을 안 줄래야 안 줄 수 없게 온갖 재롱과 아양을 떨어 시간 가는 줄 몰랐다. 웬만한 잔심부름꾼이나 말동무보다 나았다. 금세 정이 들었다. 진작 기르지 않은 게 후회되기도 했다.

그러나 이제 모레면 그 해피와도 작별해야 한다. 숟가락 하나라도 줄여야 할 판에 해피까지 데려고 가 고생시킬 수는 없었다. 노파는 토담집 본동댁에게 해피를 부탁했다. 본동댁은 노파와 한평생 동고동락하던 둘도 없는 친구다. 그 노친네도 혼자 조석을 끓여먹고 살아 심심한 날 동무 하나 몫을 톡톡히 하는 해피가 제격이었다.

노파는 마음이 다급해 종종걸음을 놓았다.

머늘아.

너나 나나 어찌 그리 서방복이 없느냐. 바람결에 김 서방이 풍을 맞아 몸져누웠다는 소문을 듣고 내 가슴이 왕소금으로 문지르듯이 쓰렸느니라. 그래도 어쩌겠냐. 참고 살아야지. 참고 살다보면 좋은 날도 오느니라. 인생살이가 평탄한 신작로만 있다면 뭔 재미가 있겠느냐. 발에 차이는 자갈밭도 있고, 숨이 턱턱 막히는 오르막도 있고, 질퍽질퍽한 웅덩이도 있고, 그래야 이겨내는 맛이 있지.

며늘아.

너는 벌써 그날을 잊었제? 마침 장날이디라. 니캉내캉 읍내 목욕탕에 갔던 봄날 말이다. 나는 그날을 평생 못 잊는다. 목욕탕에 들어가서 너는 벗은 몸을 나한테 안 보여줄라고 자꾸 구석으로 숨고 나는 너 등 밀어 준다는 핑계로 자꾸 쫓아가고 그렇잖았느냐. 목욕탕을 나와 니가 먹고 싶다고 해서 뭐냐, 떡볶이도 사먹고, 또 니 여름옷하고 내 샤추도 사고 그렇잖냐. 장터 곰보네 돼지국밥집에서 니캉내캉 술도 한잔하며 국밥도 시켜먹고 수육 한 접시도 시켜먹고 그러다가 느지막이 걸어서 집으로 오지 않았더냐. 오늘밤처럼 온산에 아까시나무 꽃향내가 진동하던 달밤이디라. 그게 너하고 나하고 이 세상에서의 마지막 인연이었던 기라. 그 며칠 뒤인가 그런 날벼락 같은 통지를 받지 않았느냐. 지아비 그런 꼴을 봤으면 얌전히 있다가 제대할 것이지 무슨 지랄한다고 월남에 덜렁 자원했던지 몰라. 지금도 그 생각만 하면 피가 거꾸로 서고 살이 타닥타닥 탄다. 그것도 다 지 팔잔 걸 어쩌겠노.

며늘아.

죽지 못해 산 세월이 어느덧 삼십 년이 훌쩍 넘었구나. 엉겁결에 자식 놈을 이 년 가슴에 묻고 눈앞이 캄캄해 한 달 만에 겨우 눈을 떠보니 그제야 니가 보이더구나. 나는 안다. 귀때기 새파란 과부가 한평생 사는 게 얼마나 어렵고 힘든지. 너도 알다시피 걸이 아부지가 몹쓸 전란 때 전사하지 안했더냐. 그때 내 나이 겨우 스물셋에 걸이는 두 살. 술이는 아직 뱃속에 있었느니라. 그래도 죽지 못해 목숨을 부지할 수 있었던 거는 알밤 같은 형제가 있어서였니라. 그런데 너는 그런 버팀목도 없이 한평생 어찌 살꼬, 생각만 해도 눈앞이 캄캄하고 끔찍했느니라. 그래서 쥐도 새도 모르게 친정 곳에 연줄을 놓아 니 서방감을 물색했니라. 들어보니까 김서방이 어릴 적에 소아마비를 앓아 다리를 좀 절뚝여서 그렇지, 천상 니 배필이다 싶더구나. 너도 생각해 봐라. 눈 멀쩡히 뜨고 금쪽같은 며느리를 딴 사내에게 내어줄 때, 이년의 속이 어떠했겠느냐. 안 가겠다는 너를 막무가내로 쫓아놓고 이년은 억장이 무너져 한 달 동안 물 한 모금도 넘기지 못했느니라.

며늘아,

고맙다. 그래도 한때 시어미라고 생일 때마다 꼬박꼬박 양말이랑 내의를 보내줘서. 아무런 표시가 없어도 나는 니가 보냈다는 걸 진작부터 알고 있었느니라. 니 선물 받고 너희 부부 결혼사진 앞에서 펑펑 목 놓고 울었느니라. 지금도 지난해 니가 보낸 빨간 내복을 입고 있구나. 나중에 죽으면 그걸로 내 수의 삼을란다. 한두 해도 아니고 그런 마음을 먹기가 쉽지 않은데, 나는 아직 너한테 변변히 고맙다는 인사 한 번 못했구나.

며늘아,

올해부터는 안 보내도 된다. 나는 모레 이사 간다. 이사 가면 이제 너도 잊고 다 잊을란다. 나중에 다음 세상에서 좋은 인연으로 다시 만나 그때는 헤어지지 말고 오래오래 행복하게 살자꾸나. 사랑한다. 며늘아.

"해피야, 오매 왔다."

노파는 종종걸음 친 탓에 평소보다 삼십분 앞당겨 집에 도착했다. 옷은 밤이슬에 젖어 축축했고 온 삭신이 풀려 몸은 쓰러지기 직전이었다. 노파는 대문으로 들어서자마자 해피부터 찾았다. 노파의 목소리를 듣고 해피가 반가워 캉캉 짖었다. 얼마나 배고팠던지 해피의 눈망울에 눈물이 그렁그렁했다. 노파는 해피를 덥석 안고 입을 맞추었다.

"오매가 죽을 때가 됐는갑다. 너를 깜박하다니. 얼마나 섭섭했을꼬."

노파는 해피를 보듬고 머리를 쓰다듬으며 안쓰러워했다.

"많이 배고팠제? 조금만 기다려라. 오매가 얼른 맛있는 거 만들어 오꾸마."

노파는 해피를 내려놓고 부엌으로 들어갔다. 그저께 장날, 마지막으로 해피에게 먹이려고 방아살을 사서 냉장고에 재어 두었다. 노파는 얼른 가스레인지 불을 올려 고기를 삶았다. 늘큰하게 삶은 그것을 먹기 좋도록 잘게 찢어 참기름에 조물조물 해 해피 앞으로 내놓았다. 해피는 옆도 돌아보지 않고 허겁지겁 먹었다. 노파는 그제야 미안한 마음이 조금 누그러졌다.

"해피야, 모레부턴 토담집 할매가 니 오매다. 너도 그 할매 잘 알제? 이 오매가 신신당부해 놨으니 널 잘 돌봐 줄 거여. 그랑께 새 오매 말 잘 듣고 행복하게 잘 살아라. 후에 또 인연이 되면 그때는 지금보다 더 잘 해주꾸마. 늘그막에 널 만나서 이 오매는 참 행복했단다. 영영 안 잊으꾸마."

노파는 해피가 애처로워 머리를 쓰다듬으며 중얼거렸다. 해피는 먹는 데만 정신이 팔려 듣는 둥 마는 둥했다. 그릇을 말갛게 비운 뒤에야 조금 전에 뭔 말이냐고 되묻듯 노파를 빤히 쳐다보았다. 그런 해피에게 노파는 조금 전에 한 말을 또박또박 되풀이했다. 해피는 그제야 말귀를 알아들었다는 듯이 폴짝 뛰어 노파의 품에 안겼다. 노파는 또 마음이 짠해 해피의 머리를 다독거렸다.

엊저녁부터 곡기라곤 입에 대지도 않았는데 배가 고프지 않았다. 노파는 해피를 보듬고 옆에 있는 베개를 끌어당겨 그대로 누웠다. 몸을 뉘자 몸속에 숨어 있던 피로가 모기떼처럼 달려들었다. 노파는 그대로 스르르 잠이 들었다. 꿈에 걸이도 보이고 술이도 보이고 알 수 없는 사람들도 보였다. 언제 품안에서 빠져나갔는지 해피가 문 밖에서 캉캉 짖어대는 바람에 눈이 떠졌다.

어느새 햇살이 문살에 어른거리는 아침이었다.

노파는 찬밥을 숭늉에 말아 허기를 면하고 부녀회장 집으로 갔다.

"섭섭해서 우짜꼬. 우물집 할매가 우리 마실 부녀회 중심인데……."

온상에 가려고 경운기를 끌고 나오던 회장이 노파를 보자 시동을 끄고 내려오며 말했다.

"만나는 사람마다 그래 말해 주니 고맙구먼. 다들 공치사로 그러는 줄 안다마는 자꾸 그래쌓는데 어째 입을 싹 닦을 수 있겠노. 내가 오늘밤에 약소하나마 이별주를 내꾸마. 돈 되는 만큼 준비 좀 해다고."

노파가 그 몫으로 떼놓은 봉투를 내밀었다. 이십만 원이었다. 봉투를 건네받은 회장이 쑥스러운 표정으로 안을 확인하고는 말했다.

"안 그래도 우리 부녀회에서 할매 환송연을 준비하고 있다 아이가. 그런데 이렇게 찬조까지 해 주시니……. 내 맘대로 받아도 될란가 모르겠네."

"돈 싫어하는 사람 봤나. 잔소리 말고 떠나는 사람 성의라 생각하고 받아둬라. 내일 떠나면 이런 기회가 언제 또 있겠노."

"와? 영 발걸음 끊을라고예. 이런 소리해서 될란가 모르겠다만, 우물집 할매는 암만 생각해도 좀 별나다 싶다. 딴 사람들은 서울서 호강하며 살다가도 늙으면 모두 시골 연고지를 찾아 내려오는데 할매는 평생 사는 집까지 팔고 도로 서울로 가시니 내 상식으로는 도저히 납득이 안 된다. 그래도 사람 일이란 내일을 모르는데, 보험 드는 셈치고 집은 그냥 놔두고 갈 것 아입니꺼."

회장은 못내 섭섭해 손등으로 눈꼬리로 번지는 눈물을 닦으며 말했다. 마을 사람들은 모두 노파의 둘째아들이 서울서 사업을 확장하느라 자금이 부족해 고향집과 전답을 처분한 줄로만 알고 있다. 노파가 그렇게 둘러방쳤다.

"내 성질에 안 갔으면 안 갔지, 그렇게 양다리 걸치고는 못 산다. 한번 맘을 먹었으면 죽이 되든 밥이 되든 결판을 내야지······. 죽어 송장이 되기 전에는 안 돌아올 거여."

"성질도······. 하도 섭섭해서 그냥 해본 소립니더. 이따 모시러 가겠심더."

"수고 좀 해도고."

노파는 곧장 집으로 돌아왔다. 마루에 걸터앉아 안산을 바라보며 담배를 피워 물었다. 담배도 오늘로 마지막이다. 내일 이사 가면 그것도 끊을 생각이다. 뭉실뭉실 피어오르는 담배연기 사이로 흐드러지게, 튀밥처럼 하얗게 핀 안산의 아까시나무 꽃이 바람에 일렁거렸다. 지난밤에 종종걸음 치며 반은 까닭 없이 서러워 울고 반은 까닭 없이 그립고 안타까워 흥얼거리며 맡았던 저 꽃향내가 사시사철 산속에 남아 있어 허기처럼 불쑥불쑥 치솟는 서러움을 달래 주면 좋으련만, 꽃도 인생살이처럼 순간이니 어쩔 도리가 없다.

노파는 열아홉에 부모가 정해준 이씨 집으로 시집와 이 집에서만 육십 년 넘게 살았다. 송장이 되어서나 떠날 줄 알았던 이 집을, 제 발로 걸어 나갈 줄은 몰랐다. 이 집의 대들보 같았던 걸이가 대를 이어 전사한 뒤로 다시는 눈앞이 캄캄해지는 일이 없을 줄 알았건만, 그것 또한 오만이었음을 이제야 깨달았다. 걸이 아버지가 전사했다는 날벼락 같은 소리를 들었을 때는 젊어서 아무것도 몰랐던 시절이라 눈앞이 캄캄해지는 일이 뭔지도 몰랐다. 그저 눈물이 났고, 슬펐고, 막연히 먹먹했다. 그것도 시어머니의 잔소리와 구박에 집안일 하랴, 시아버지 담배농사 거들랴, 우는 아이 달래고 젖 주랴, 정신이 없던 때라 그럴 겨를도 없었다. 오밤중이나 되어 겨우 짬을 내어 남몰래 흘리는 눈물과 짓는 한숨도 쏟아지는 잠과 노곤한 피곤에 떠밀려 잠시 시늉이나 내는 사치에 불과했다. 걸이 일을 당해 보니 눈앞이 캄캄해지는 일이 죽음보다 더 몹쓸 일이란 걸 알았다. 할 수만 있다면 염라대왕을 찾아가 지금의 목숨과 다음 세상의 목숨과 그 다음다음 세상의 목숨까지 다 주고도 그럴 수만 있다면 걸이 목숨과 바꾸고 싶었다. 그때 흘린 피눈물에 녹아 한쪽 눈을 잃었다. 딸 같은, 금쪽같은 며느리를 다른 사내에게 내주고는 복장이 터져 그나마 우련하게 보이던 눈마저 완전히 먹통이 되었다. 그러나 아무도 노파의 한쪽 눈이 실명되었다는 사실을 몰랐다. 노파는 그 사실을 감쪽같이 숨기고 지금까지 살았다.

뒤늦게 술이가 잘못될 줄은 몰랐다. 걸이보다 머리가 좋아 서울에서 일류대학을 나왔고 무슨 회사인지는 세세히 모르지만, 부잣집에 장가들어 장인이 경영하던 회사를 맡아 지금까지 남의 부러움을 사며 잘 살았다. 주위 사람들도 만년에 복 받은 늙은이라고 노파를 부러워했다. 그런 술이에게 이렇듯이 눈앞이 캄캄한 일이 생기리라고는 노파는 꿈에도 생각하지 못했다. 노파가 받은 충격은 그래서 더 컸다.

노파는 내일 오후에 술이가 오면 가져갈 이삿짐을 챙기기 위해 몸을 일으켰다. 술이는 내일 오후에 오기로 했다. 전날 오겠다는 걸, 다 여기다 버리고 몸만 갈 테니 아침에 느직이 일어나 출발하라고 일렀다. 짐이래야 그동안 틈틈이 모아둔 가족사진, 남편의 유품 몇 점, 시부가 보물처럼 여기던 족보와 병풍, 대대로 내려오던 제기(祭器) 일습이 다였다. 집에서 기르던 돼지와 닭, 남은 쌀과 잡곡, 간장, 된장, 김치, 밑반찬 들은 모두 마을 부녀회에 희사하고 농기구, 가재도구, 옷가지 등등은 원하는 사람들에게 다 나누어 주었다.

노파는 내일 걸이가 오면 가지고 갈 것들을 챙겨 대청마루 한 녘에 가지
런히 모아 두었다. 걸이 앞으로 쓴 편지는 남편의 유품이 든 보자기 속에
넣어 두었다. 결혼사진과 남편의 독사진, 걸이의 결혼사진, 술이의 가족사
진, 그리고 노파의 칠순잔치 때 친정 식구들이랑 일가친척 전체가 모여 찍
은 사진은 따로 챙겼다.

이삿짐을 다 챙기자 노파는 마음이 허전하여 다시 담배에 불을 붙여 물었
다. 보름 전인가 이 집을 낙찰 받은 사람이 노파를 찾아왔다. 그 사람 말에
의하면 오래된 집이라 다 헐어버리고 그 자리에 대지 평수를 넓혀 양옥을
지을 계획이라고 밝혔다. 남의 집이 된 이상, 새 주인이 어떻게 하든 관여할
바가 아니지만, 노파는 그 말을 듣는 순간 가슴이 불에 덴 것처럼 아렸다.
간혹 꿈에라도 와 보고 싶던 마지막 소망마저 물거품이 되는 순간이었다.

노파는 날이 저물기 전에 눈으로 사진을 찍어두기 위해 집 안 구석구석을
천천히 둘러보았다. 늘 퀴퀴한 냄새와 습기로 젖어 있던 돼지우리와 외양
간, 용도 폐기된 디딜방아와 우물과 뒤란의 무구덩이, 시모의 끝없는 잔소
리와 구박에 울기도 많이 울었던 부엌과 뒷간, 걸이와 술이 형제가 구슬치
기·딱지치기하며 놀던 뒷마당, 술이가 홍시를 따러 올라갔다가 미끄러지는
바람에 가슴이 철렁 내려앉았던 마당가의 감나무, 두 형제가 공부하던 사
랑채의 작은방, 시부가 살아계실 땐 꼭두새벽이면 화롯전에 담배통 두드리
는 소리와 쇠기침 소리가 단잠을 깨우던 사랑방, 집 안 구석구석의 돌멩이,
흙, 잡풀들……. 노파에게는 어느 것 하나 애틋하고 소중하지 않은 것이 없
었다. 그러나 이제는 그 모든 것들과 아쉽지만 작별해야만 할 시간이었다.
노파는 그 모든 것들을 눈으로 한 장 한 장 사진을 찍으며 마음속으로 그동

72

안의 고마움과 작별인사를 전했다.

노파는 마지막으로 건넌방을 들여다보다 퍽 눈물을 쏟았다. 그 방은 노파가 열아홉에 시집와 신접살림을 차렸던 곳이었다. 햇수로 사 년, 실제로 남편과 함께한 세월은 다 합쳐야 반년이 될까 말까 한 짧은 기간이었지만, 노파에게는 일생 중에서 가장 행복했던 시절이었다. 노파는 그 방에서 걸이에게 젖을 먹이다가 남편의 전사 소식을 들었다. 처음엔 그게 무슨 통지서인지도 몰랐다. 시모가 그것을 받자마자 마당에 퍼더버리고 앉아 대성통곡하는 소리를 듣고서야 그것이 전사 통지서란 걸 알았다. 전쟁이 마른 장미처럼 소강상태이던 무렵이었다. 노파는 실감이 나지 않아 먹이던 젖을 계속 먹였다.

걸이 내외도 그 방에서 신접살림을 차렸다. 둘은 아래위 마을에서 자라 연애했다. 걸이 내외는 금슬이 좋았다. 아들 부부지만 샘이 날 정도였다. 걸이의 청천벽력 같은 비보를 전해들은 것도 그 방에서였다. 그때 고부는 방에서 심심해 화투를 치고 있었다. 둘이 결혼한 지 사 년 만이었고, 둘 사이에 아기가 없었다.

노파는 만감이 교차해 방 가운데 망연자실 앉아 있었다. 시모는 모질고 독했다. 단 한 순간도 그냥 방기해 두는 법이 없었다. 종도 그런 종이 없었다. 혹시 애를 두고 도망이라도 갈까 봐 어디든 그림자처럼 따라다녔고, 밤에는 숫제 이 방의 문을 맹꽁이자물쇠로 채웠다. 그래서 한번 잠자리에 든 다음에는 대소변도 방 안의 요강으로 해결해야 했다. 노파는 다짐하고 또 다짐했다. 먼 훗날 자신이 시어머니가 되면 절대로 시모처럼 살지 않겠다고. 노파는 그 하냥다짐을 실천에 옮겼다.

"어머님, 한 번만 마음을 돌려주세요. 지금보다 더 잘할게요. 여기서 어머님과 같이 살게 해 주세요. 진심이에요."

벌써 삼십 년 저쪽이지만 아직도 그날의 광경이 노파의 눈에 삼삼했다. 걸이가 죽고 삼 년 뒤였다. 오밤중이었고, 집에는 노파와 며느리만 있었다. 시부모는 이미 다 돌아갔고 결혼한 술이는 서울에서 살고 있었다. 노파는 며느리가 한사코 가지 않겠다고 버티는 통에 윽박질러 보따리를 싸게 해 방에서 내쫓았다. 그리고 집을 나갈 때까지 방을 차지하고 앉아 있었다. 그때 며느리가 문 밖에서 애걸복걸했다. 노파는 구린 입도 떼지 않았다.

"어머님, 갈게요. 마지막으로 얼굴이라도 한번 뵙게 해 주세요."

아무리 애걸복걸해도 손톱도 안 들어가자 며느리가 마지막으로 간청했다. 그래도 노파는 끄떡도 하지 않았다.

"갈게요, 어머님. 안녕히 계세요. 건강하게 오래오래 사세요."

"동구 밖으로 나가면 널 기다리는 할매가 있을 끼다. 그 할매를 따라 가거라. 정 그 사람이 맘에 안 들거들랑 발길 닿는 데로 훨훨 가거라. 꿈에라도 이곳일랑 돌아보지도 말거라. 너는 이미 이집 사람이 아니다. 니 모가치는 통장에 넣어 뒀다."

마침내 노파가 쌀쌀한 목소리로 말했다.

"큰절 받으세요."

며느리의 흐느낌과 발자국 소리가 노파의 귀에서 완전히 사라진 뒤에야 노파는 가슴을 두드리며 그 자리에 엎어져 대성통곡했다.

해가 뉘엿뉘엿 졌다. 마당에 땅거미가 진다 싶더니 이내 날이 저물었다.

노파는 해피에게 줄 마지막 별식을 만들었다.

부녀회장이 노파를 모시러 왔다. 마을회관에는 안팎 노인 스무남은 명이 모여 있었다. 4인용 포마이카 상 여섯 개를 잇대어 만든 술상 위에는 막걸리, 소주, 맥주와 돼지수육, 오징어 무침회, 부추와 파전, 김장 김치, 상추쌈, 새우젓갈, 날된장 등이 푸짐하게 차려져 있었다. 노파가 들어서자 기다리던 노인들이 뜨거운 박수로 맞았다. 금세 콧마루가 알알하게 울었다. 부녀회장의 권유에 따라 노파는 난생 처음으로 여러 사람 앞에서 연설했다.

"지가 이런 자리를 마련해야 하는데 부녀회에서 이년을 위해 이런 좋은 자리를 마련해 주셔서 뭐라 감사해야 할지 모르겠심더.(그때, 옆에 있던 부녀회장이 어르신께서 거금 이십만 원을 찬조해 주셨다고 덧붙였다.) 형제자매 같고 내 식구 같은 여러 어르신, 친구들과 막상 작별할라카이 가슴이 멍멍합니더. 우야든동 모두 건강하게 오래오래 수하시고 가정에는 좋은 일이 많이 생기도록 하시이소. 어디가 있더라도 이 마실과 여러분들을 안 잊겠……."

노파는 울지 않겠다고 독한 마음을 먹었지만, 끝내 말을 다 맺지 못하고 울컥 눈물을 쏟았다. 노파는 부녀회장의 부축을 받아 자리에 주저앉아 치맛자락으로 눈물을 닦았다. 조금 전 자기가 무슨 말을 했는지 하나도 생각나지 않았다. 그저 가슴이 멍하고 머릿속이 휑했다.

노인들이 번차례로 일어나 노파에게 송별주를 잔에 따라 주었다. 노파는 주는 대로 받아 마셨다. 그런데도 술에 취하지 않았다. 분위기가 무르익자 누군가가 노파에게 노래를 청했다. 노파는 마지못해 자리에서 일어났다. 평생 부르는 노래라곤 딱 하나 있었다. 외롭고 울적할 때 그 노래를 흥얼거리면 거짓말처럼 마음이 가라앉았다. 노파가 그 노래를 불렀다.

연분홍 치마가 봄바람에 휘날리더라. / 오늘도 옷고름 씹어가며 / 산 제비 넘나드는 성황당 길에 / 꽃이 피면 같이 웃고 / 꽃이 지면 같이 울던 / 알뜰한 그 맹세에 / 봄날은 간다.

　노래를 다 부르기도 전에 여기저기에서 훌쩍이는 소리가 들렸다. 노파는 그래도 인심을 잃지 않았구나 싶었다. 노파의 목소리도 갈수록 흔들렸다.
　환송연을 마치고 집으로 가는데 본동댁이 집까지 따라왔다. 술에 취해 벌건 본동댁의 얼굴은 눈물범벅이었다. 한평생 서로 의지하며 외로움과 슬픔을 달래던 벗이었다. 이제 그 벗과도 미련 없이 작별해야 했다.
　"하루에도 수십 번 봐쌓다가 내일 후로 헤어지면 보고접어 우짜꼬. 명절에는 꼭 댕기러 오너라. 서울생활이 적응 안 되거들랑 얼른 내려 온나. 좀 궁색해서 그렇지, 우리 집에서 함께 지내도 얼마든지 된끄네."
　본동댁이 노파의 손을 잡고 못내 아쉬워했다.
　"고맙다, 본동댁. 내 평생 안 잊으꾸마. 내 없더라도 몸조심 잘하고 우야든동 아프지 말고 오래오래 건강하게 잘 지내거라."
　노파는 금가락지를 뽑아 본동댁의 손가락에 끼어 주었다. 지난 칠순 때 술이 내외에게서 해외여행 안 가는 대신 받은 선물이었다.
　"와 이라노?"
　"이런 구닥다리는 서울서는 안 어울린다카더라. 그란께 받아 둬라. 그라고 우리 해피, 잘 돌봐 도고. 해피도 이 반지를 보면 내 줄 알고 잘 따를 끼다. 우리 친정 장조카 말로는 정 들 때까지는 그런 과정이 필요하다카더라."
　노파가 둘러댔다.
　"해피 걱정 말고 남천댁의 일이나 걱정해라. 내 새끼같이 잘 거둬 먹이꾸마."
　"고맙다, 본동댁."

76

노파는 본동댁을 집까지 바래다주고 그길로 위뜸 선희네 집으로 갔다. 평소 선희네는 노파를 친 할머니처럼 따랐다. 아직 마흔도 안 된 선희네가 남 같이 않아 노파는 늘 마음이 아팠다. 앞길이 구만 리 같은 선희 아비가 왜 그런 무모한 짓을 했는지 노파는 이해가 되지 않았다. 선희 아버지는 지난해 구제역이 발생했을 때 기르던 소가 죄 살처분되자 농약을 먹고 자살했다. 그때 받은 충격으로 선희네는 한동안 병원 신세를 졌다. 지금도 몸이 온전하지 않다.

"집에 있나?"

노파가 마당에서 기척하자 누워 있던 선희네가 방문을 열고 노파를 맞았다.

"떠나기 전에 니 얼굴 보고접어 왔다. 몸은 좀 어떻노?"

노파는 방으로 들어서며 말했다.

"그저 그래예. 섭섭해서 우짜꼬. 내일 서울로 이사 간다고예?"

선희네가 헝클어진 머리를 쓸어 올리며 말했다. 얼굴이 매련 없고 누렇게 떠 있었다.

"하무. 이래 보면 또 언제 보겠노. 우야든동 몸을 잘 추슬러 갖고 일어서거라. 죽은 사람은 죽은 사람이고, 딸린 아를 생각해서라도 산 사람은 살아야제."

선희네에게는 딸린 애가 셋이 있었다. 큰애 선희는 올해 중학교에 들어갔다. 그런 애들과 마누라를 두고 훌쩍 떠나버린 선희 아비가 참 무책임했다.

"예. 지 팔잔 걸 우짜겠심니꺼."

"살다 보면 좋은 날도 오느니라. 오백만 원이다. 약소하다만 이걸 지팡이 삼아 얼른 일어서거라."

노파는 준비해 간 봉투를 내놓았다. 노파는 그저께 장에 갔다가 돌아오는 길에 농협엘 들렀다. 그동안 저축해 놓은 돈을 몽땅 찾아 필요한 만큼 떼어 놓고 나머지는 모두 손자 손녀 앞으로 똑같이 나눠 부쳤다. 그때 선희네 몫을 떼 놓았다. 그게 한평생 한 푼 두 푼 아껴 가며 모은 노파의 전 재산이었다. 그 푼돈들이 이렇게 요긴하게 쓰일 줄은 몰랐다. 선희네는 뜻밖의 봉투를 받고 소나기 눈물을 쏟았다. 노파는 감정이 북받쳐 드리없이 흔들리는 선희네의 어깨를 몇 차례 다독여 주고 방을 나왔다. 열나흘 달이 휘영청 밝아 마당이 대낮 같았다.

다 끝났다.

노파는 위뜸을 내려오며 달빛에 푼더분히 젖은 마을의 마지막 모습을 눈에 담았다.

이윽고 달빛 대신 새벽빛이 마당을 적셨다.

노파는 마지막 밤을 해피와 함께 보냈다. 해피를 보듬고 방 안에 꼿꼿이 앉아 달빛이 새벽빛으로 바뀌는 마당을 지켜보며 꼬박 밤을 새웠다. 이제 떠날 시간이었다. 노파는 평소처럼 일어나 해피에게 먹이를 챙겨주고 혹시 따라나설지 몰라 목줄을 개집 고리에 걸었다. 해피는 아무것도 모르고 그저 신이 나서 폴짝폴짝 뛰며 노파에게 다랑귀 뛰었다. 노파는 배낭을 멨다. 배낭에는 쌀 한 되, 4홉들이 플라스틱 소주 한 병, 종이컵 두 개, 수저 두 모, 간장 한 병, 날된장 반 통, 1회용 라이터 하나, 양은그릇 한 개, 양은냄비 한 개, 식칼 한 자루, 철별로 입을 수 있는 옷 한 벌, 그리고 따로 챙겨둔 가족 사진이 들어 있었다.

"해피야, 오매 간다. 새 오매 말 잘 듣고 행복하게 잘 살아라. 나중에 좋은 인연으로 다시 만나자."

노파는 마지막으로 해피의 입에 살포시 입을 맞추고 집을 나섰다. 고샅이 아직 희끗한 어둠에 젖어 있었다. 노파는 가든한 걸음새로 용두골로 향했다. 용두골은 뒷산을 넘어 다시 야트막한 능선 하나를 넘으면 있었다. 그 비탈진 둔덕에 시부모의 묘가 있다. 그래도 인사는 하고 가야겠다 싶었다. 노파는 쉬지 않고 뒷산 마루에 올랐다. 날이 화창했다. 이사하기에 딱 좋은 날씨였다. 산골짜기에 머물러 있던 안개가 골바람에 빠르게 일렁거리며 걷혔다.

노파는 산마루 바위에 허리를 기대고 잠시 쉬었다. 노파의 집이 빤히 내려다보였다. 이제 곧 흔적 없이 사라질 집이었다. 코끝이 맵싸했다. 온 산이 아까시나무 꽃향기로 달큼했다. 노파는 삭정이 나뭇가지로 지팡이를 만들어 그것을 짚으며 또 하나의 능선을 향해 출발했다.

시부모의 묘는 멧돼지가 들쑤셔 곰보처럼 언틀먼틀했다. 노파는 솔가지로 상석 위의 흙덩이를 걷정 쓸고 소주 한 잔씩을 올리고 큰절을 올렸다.

"어무이, 며느리 구박하고 싶어 우째 누버 계시능교. 이 며느리가 그리도 믿고 못 미덥던교. 가만이 누버서 생각해 본께 이제야 그때 내가 너무 심했구나 싶지요. 그새 세월이 많이 흘렀심더. 지 나이도 벌씨로 팔십이 되었니요. 어무이를 뵐 날도 멀지 않았다 싶소. 다시 만나거들랑 따뜻이 맞이해 주시이소. 술이 일이 잘못되어 집을 팔고 이사 가게 됐꾸마. 혹시 능력이 되거들랑 우야든동 하나 남은 손주 잘 되게 도와 주시이소. 이년 소원은 오직 그거 하나뿐입니더. 이게 살아서 마지막으로 올리는 술인강 싶소. 약소한따나 못난 며느리 마지막 성의라 생각하고 달게 받아 잡수이소."

노파는 축축해진 감정을 추스르고 시부모 곁을 떠났다. 노파는 술이가 올

때까지 푹 자 두고 싶었다. 먼 길을 가자면 다릿심이 필요했다. 노파는 칡 잎들이 융단처럼 깔린 양지바른 곳을 찾아 반듯이 누웠다. 그렇게 누워 말 갛게 닦인 하늘의 구름 뜨더귀를 바라보고 있자니 의외로 마음이 편안했다.

노파는 그대로 설핏 잠이 들었다가 술이가 올 때쯤 일어나 뒷산 마루로 갔다. 술이가 왔는지 집 앞에 차가 서 있었다. 마지막으로 이사 떠나는 모습을 보려는 마을 사람들이 노파의 집으로 몰려들었다. 마당에는 마을 사람들로 북적거렸다. 술이가 보이지 않아 노파는 목을 빼고 주위를 살폈다. 그때 차 안에서 누군가가 나왔다. 술이었다.

"술아!"

노파는 아들의 이름을 나직이 불렀다. 술이는 자신의 이름을 듣기라도 한 것처럼 노파가 있는 산마루 쪽으로 고개를 돌렸다.

"그래, 술아. 오매 여기 있다."

노파는 울음 섞인 목소리로 중얼거렸다. 술이가 마당으로 들어섰다. 마당 에 있던 사람들의 움직임이 좀 더 부산해졌다. 노파는 그 광경을 망연자실 바라보다가 이윽고 조용히 산마루를 떠났다.

술아,

미안하다. 이렇게밖에 할 수 없는 오매를 이해해 다오. 오매는 이 일로 니 맘이 상해 몸을 다칠까 그게 제일 걱정이다. 부디 큰맘묵고 중심을 잡고 일어서거라. 부모자식 간에 영원히 함께 사는 법은 없느니라. 언젠가는 헤어진다. 그날이 오늘 이라고 생각하거라.

술아,

살다 보면 넘어질 수도 있고 다리를 접지를 수도 있느니라. 그게 삶이고 인생

80

인기라. 부디 정신을 차려 옛날같이 당당해지거라. 무싯날에 니가 생쥐 꼴을 해가지고 찾아와서 이 오매를 부둥켜안고 엉엉 울 때 오매는 또 눈앞이 캄캄했느니라.

술아.

괜찮다. 자책하지 마라. 니가 늪에 빠져 허우적거리는데 이 오매가 집을 지니고 있으면 뭐하고 전답을 붙안고 있으면 뭐하겠노. 너를 늪에서 건져 낼 수만 있다면 하나 남은 이 눈마저 빼서 팔아주고 싶구나. 이 오매는 살 만큼 살았다. 지금 니 아부지 곁으로 간다 해도 아무런 여한이 없는 나이다. 이 나이에 무슨 영광을 더 보겠다고 니 짐이 되겠느냐. 니 할매가 말경에 몹쓸 병이 들어 곧 다 죽어가면서도 구차하게 삶을 구걸하는 걸 보고 이 오매는 단단히 맘을 먹었느니라. 나는 후제 늙어도 저렇게 살지 않겠다고 말이다. 사람은 앞모습보다 뒷모습이 깨끗해야 하느니라. 그런께 앞으로 이 오매 생각은 잊어버리고 니 앞길만 생각하거라.

술아.

니가 대학 시험에 합격하던 날, 이 오매는 기뻐서 덩실덩실 춤을 추었느니라. 이 오매가 그때만큼 기뻤던 일은 없었느니라. 니가 다시 일어나서 그때처럼 이 오매를 기쁘게 해 다오. 바람결에 그 소문을 들으면 니 꿈에 찾아가 덩실덩실 춤을 추꾸마.

술아.

이 오매가 그전부터 봐둔 새 집으로 이사 가면 이제 니 형도 잊고 너도 잊고 다 잊을란다. 배고프면 열매 따 먹고 뿌리 캐 먹고, 목마르면 이슬 모아 먹고, 달과 별을 등불 삼고 풀데미와 나무이파리를 요와 이불 삼아 사는 데까지 살다가 훨훨 바람 타고 니 아부지, 니 형 있는 데로 갈란다. 보고 싶구나. 술아. 사랑한다. 술아.

노파는 오래전에 심산으로 약초 캐러 갔다가 길을 잃은 적이 있었다. 어쩌다 방향 감각을 잃어 집을 찾아간다는 것이 더 깊디깊은 산속으로 들어가 버렸다. 그때도 이맘때쯤 되는 봄날이었다. 노파는 달빛 속을 헤매다가 어느 바위 틈 사이로 난 동굴을 발견했다. 동굴은 얕고 나직했다. 노파는 그 속에서 하룻밤을 지새웠다. 의외로 따뜻하고 마음이 편안했다. 그때 노파는 불현듯 이런 생각을 했다. 먼 훗날 또다시 눈앞이 캄캄해지는 일이 생기면 그때는 모든 걸 잊고 이 동굴 속에서 산과 함께 살겠다고. 그래서 다음날 하산할 때 그 동굴을 유심히 봐두었다. 말이 씨가 된다더니…… 그 생각이 씨가 되었다.

캉캉.

환청인가, 어느 순간 노파의 귀에 해피의 기척이 들렸다. 노파는 자신도 모르게 걸음을 떼다 말고 뒤를 돌아보았다. 그러나 지나온 길은 햇살만 자욱할 뿐, 어디에도 해피의 모습은 보이지 않았다. 그럴 리가 없지. 노파는 스스로 생각해도 한심하고 어처구니가 없어 잠시 나무그루터기에 앉아 숨을 돌렸다. 그때였다.

캉캉.

또다시 환청이 들렸다. 노파는 별꼴이다 싶어 소리 나는 쪽으로 고개를 돌렸다. 해피가 저만큼에서 달랑달랑 걸어오고 있었다. 노파는 소스라치게 놀라 몸을 일으켰다. 눈물이 핑 돌았다. 한껏 벌린 노파의 품 안으로 해피가 냉큼 달려와 안겼다. 노파는 반가운 나머지 해피의 온몸에다 입을 맞추었다. 줄을 우째 풀었을꼬. 얼마나 보고 싶었으면 여기까지 찾아왔을꼬. 노파는 해피가 안쓰러워 목줄을 풀어주었다.

노파는 해피와 오래도록 놀았다. 못 다 한 이야기도 하고 장난도 치며 서산의 해가 설핏해질 때까지 즐거운 시간을 보냈다.

"해피야, 이제 갈 때가 되었다. 날이 저물기 전에 얼른 내려가거라. 니 새 오매가 기다릴라. 해피 착하지……."

노파가 마지막으로 해피의 입에 입을 맞추고 작별인사를 고했다. 해피는 마치 노파의 말귀를 알아들은 것처럼 탈래탈래 왔던 길을 되짚어 내려갔다. 노파는 글썽한 눈망울로 해피가 보이지 않을 때까지 바라보았다.

그렇게 다 끝났구나, 싶었다. 그런데 노파가 다시 마음을 추슬러 길을 나서자 해피가 어느 틈에 달려왔는지 노파의 뒤를 졸랑졸랑 따라왔다. 그때부터 노파는 재차 해피를 달래어 보내고 해피는 잠시 내려갔다가 되돌아오는 일이 반복되었다. 노파는 도저히 안 되겠다 싶어 싸릿가지로 회초리를 만들어 들고 예전의 시모처럼 독하게 말했다.

"한 번만 더 이 오매 말 안 들으면 내 손에 맞아죽을 줄 알아라. 얼른 내려가!"

그런 강다짐에도 해피가 또 되돌아오자 노파는 사정없이 회초리를 휘둘렀다. 그제야 해피가 자지러지는 비명을 지르며 잽싸게 줄행랑쳤다. 노파는 너무 가슴이 아파 그 자리에 퍼더버리고 앉아 엉엉 울었다. 어느새 날이 어둑어둑 저물었다.

이제야 해피가 제대로 삐쳐서 내려간 모양이었다. 오래도록 해피의 모습이 보이지 않았다. 노파는 해피가 길을 제대로 찾았는지 걱정이 되었다. 노파는 해피에 대한 미안함과 걱정으로 몸은 산속으로 향하면서도 마음은 내처 마을 쪽으로 줄달음쳤다.

이제 가파른 길로 접어드는 갈림길이었다. 노파는 아슴푸레한 기억을 더듬으며 잠시 멈추어 주위를 살폈다. 그때 느낌이 이상해 무심코 뒤를 돌아보았다. 해피가 언제 또 달려왔는지 노파의 꽁무니에 붙어 꼬리를 흔들고 있었다. 회초리가 해피의 여린 귀에 모질게 닿았는지 오른쪽 귀 안에서 피가 흘렀고, 눈에는 눈물이 가득 담겨 있었다.

노파는 그만 탈기하여 그 자리에 주저앉았다. 해피가 다가와 노파의 얼굴과 뺨으로 흘러내리는 눈물을 혀로 핥았다. 노파는 이러지도 저러지도 못하고 어린애처럼 징징거렸다. 노파의 눈에서는 해피가 핥는 양의 눈물보다 더 많은 눈물이 솟구쳐 올랐다. 어떻게 하든 구슬려 돌려보내야 하는데 방법이 떠오르지 않았다. 노파는 마지막으로 해피에게 애원해 보기로 마음먹었다. 그 순간이었다. 해피가 마치 노파의 마음을 꿰뚫어보듯 왼쪽 가파른 산길을 폴짝 뛰어오르더니 재게 몸을 놀렸다.

"해피야, 해피야."

노파가 해피를 붙잡기 위해 다급히 몸을 일으켰다. 허둥지둥 해피의 뒤를 쫓는 노파의 뒷모습을 숲속의 달그림자가 시나브로 지웠다.

항구를 떠나다

저녁 무렵, 우리는 '루키아노스의 섬'으로 가기 위해 항구의 한 모텔에 집결했다. 모텔은 바다가 빤히 내려다보이는 언덕배기 숲속에 하얀 짐승처럼 웅크리고 있었다. 우리가 투숙할 501호는 전망 좋은 꼭대기 층의 구석에 자리한 8인실 온돌방이었다. 방은 우리가 잠시 머물기에는 충분한 크기였다. 바닥은 적갈색 나무무늬의 모노륨 장판이 깔려 있었고 나지막한 벽은 은은한 핑크빛이 감도는 실크벽지로 도배되어 있었다. 우리의 탄성을 자아내게 한 창문은 장미가 드문드문 박힌 은회색 시폰 커튼으로 속살을 가린 채 남쪽에 달려 있었다. 그곳으로 항구와 바다가 구도가 잘 잡힌 한 장의 사진처럼 한눈에 들어왔다.

우리는 이 방에서 하룻밤을 묵고 내일 새벽 후원사에서 제공하는 미라클호(號)를 타고 마침내 꿈에나 그리던 '루키아노스의 섬'으로 출항할 예정이다. 이번 원정길의 동참자는 남자 넷, 여자 셋 도합 일곱 명이었다. 당초 동참 예정자는 열 명이었으나 이런저런 사정으로 빠졌다.

이번 원정의 팀장인 루나리아는 미라클호에 대한 자부심이 대단했다. 이배는 최악의 상황까지 고려한 특수 재질의 합금과 신기술의 접목으로 제작되었을 뿐만 아니라 수공양용(水空兩用)의 최첨단 위성항법장치까지 갖추고 있어 이 배야말로 어떠한 외부적 악조건에도 안전성과 쾌적성이 보장되는 꿈의 방주라고 강조했다. 그녀는 이번 원정을 기획하고 추진한 실질적인 책임자였다.

이메일로 보내준 원정 홍보용 글에 의하면 최초로 이 섬을 발견한 사람은 2세기 때의 루키아노스였다. 그는 사모사타 출신의 작가로 평소 새로움에 대한 열망이 매우 강렬했던 인물이었다. 그는 도대체 바다 끝에는 무엇이 있을까, 알아보고 싶은 욕망에 뜻을 같이하는 동료 오십 명을 모아 원정대를 조직했다. 그들은 원정의 길에 오른 지 이 년여 만에 드디어 그 섬을 발견했는데, 홍보용 글에는 그들이 쾌거를 이루기까지의 여정과 우여곡절의 전말이 자세히 소개되어 있었다. 루키아노스는 그 섬을 '행복한 자들의 섬' 이라 명명했지만, 루나리아는 굳이 '루키아노스의 섬'이라 불렀다. 그녀는 루키아노스의 열렬한 숭배자였다.

각자 알아서 편안한 옷으로 갈아입은 우리는 첫 미팅을 가지기 위해 곧바로 501호에 집합했다. 팀장을 중심으로 좌우 세 명씩 둥그렇게 둘러앉자 팀장이 우리 앞으로 여정과 주의사항 등이 프린트되어 있는 유인물 한 장씩을 나누어 주고는 차분한 목소리로 말했다.

"먼저 이번 원정에 기꺼이 동참해주신 데 대해 진심으로 감사드려요. 지금부터 성공적인 원정을 위한 몇 가지 주의사항과 여정을 간단히 말씀드리고 저녁 시간을 갖도록 할게요. 그럼 먼저 큰 용기를 가지고 이번 원정에 참가해 주신 영웅 여러분들을 제가 한 분 한 분 소개할게요."

처음 대면한 팀장은 아담하고 예뻤다. 카멜색 면바지에 올리브색 카디건 차림의 팀장은 날씬했고, 이목구비는 4B연필로 그린 듯이 또랑또랑했다. 귀에는 은빛 네 잎 클로버 모양의 커다란 이어링이 달려 있었고, 목에는 금빛 하트 모양의 로켓목걸이가 걸려 있었다. 처음 들어본 팀장의 목소리는 우리에게 믿음을 주기에 충분할 만큼 다감하고 안정감이 있었다. 우리는 팀장이 우리들을 영웅으로 치켜세워 준 데 대해 무한한 자부심을 느끼며 출전을 앞둔 장수처럼 비장한 표정으로 눈을 지그시 내리깔고 있었다.

팀장은 시계 방향 역순으로 소개하기 시작했다. 팀장의 재기 발랄한 언어 감각으로 포장된 팀원이 소개될 때마다 호명된 자는 정말 영웅이 된 것처럼 생애 최고의 표정과 제스처로 화답했고, 우리는 그것에 걸맞은 환호성과 박수로 전폭적인 지지를 보냈다. 팀장은 맨 마지막으로 자신을 소개했다. 그녀의 입에서 '귀여운 악녀, 알고 보면 한없이 부드럽고 착한 돌싱'이라는 소개말이 떨어지기가 무섭게 여기저기에서 '사랑해요' '존경해요' '아름다워요' 등의 아부성 찬사가 요란한 박수에 휩싸여 방 안을 흔들었다. 한 차례의 소개만으로도 머슬머슬하던 방 안의 분위기는 한결 녹느스러졌다.

"이번 원정은 가능하면 선지자 루키아노스님께서 가셨던 그 길을 그대로 밟을 예정이에요. 하지만 루키아노스 원정대는 '포도나무여인의 섬'까지 가는 데 팔십여 일이 소요되었지만, 우리는 단 일주일 만에 갈 거예요. 그 이유는 다들 아시겠죠? 바로 미라클호의 뛰어난 성능 때문이에요. 매사가 그렇지만요, 장점이 있으면 단점이 있는 법이거든요. 속력이 빠른 대신 멀미가 엄청 심해요. 그래서 출발 직전에 멀미약을 복용할 거예요."

팀원들의 소개를 마친 팀장이 여정에 대해 설명하기 시작했다. '포도나무여인의 섬'은 우리들이 출항해 첫 번째 들르기로 예정되어 있는 장소였다. 루키아노스 원정대는 그곳에서 불미스러운 사건으로 두 명의 대원을 잃었다. 그 섬에는 허리 아래는 포도나무이고 위는 아름다운 여자 모습인 포도나무여인이 사는데, 대원들 중 두 명이 그녀들의 유혹에 넘어가 은밀히 섹스를 즐기다 그만 성기가 나무에 붙어버리는 바람에 부득이 그들을 버리고 떠날 수밖에 없었다.

"혹시 콘돔 기능까지 장착한 멀티 멀미약은 없소? 자고로 고독한 행객의 재미는 새로운 세계에 대한 짜릿한 도전 아니겠소. 약은 물론, 후원사에서 제공하는 것만 유효하겠죠?"

팀장으로부터 '귀여운 마도로스, 그러나 이제는 세상의 발길질이 직업인 머슬맨'이라고 소개된 사내가 불쑥 말했다. 아니나 다를까 그레이 골프바지에 흑갈색 스파이더 맨투맨 셔츠를 입은 사내는 백팔십 센티미터는 가볍게 넘어갈 것 같은 거구에 보디빌더처럼 가슴과 팔뚝 근육이 잘 발달되어 있었다. 꼬리비녀극락조의 깃털처럼 새카만 머리숱에 얼굴 생김새가 준수했지만, 알 카포네처럼 뺨에 흉이 져 있었다.

"머슬맨님, 좋은 질문을 해 주셨어요. 물론, 그런 다기능 멀미약은 없겠죠. 노파심에서 드리는 말씀이지만 귀가 여린 남성분들 특히 주의하세요. 이렇게 주의를 주었음에도 불구하고 '포도나무여인의 섬'에서 불미스러운 사건이 발생하면 저는 책임 못 져요. ……그렇습니다. 다른 제품은 효능을 보장할 수 없으니까요."

예상하지 못한 사내의 질문에 눈빛이 잠깐 흔들렸지만, 이내 침착성을 되찾은 팀장이 여전히 차분한 목소리로 대답했다. 불빛에 반짝이는 핑크빛 입가에는 엷은 미소가 어리기까지 했다. 더 이상 질문이 없자 팀장이 하던 말을 계속했다.

"'포도나무여인의 섬'에서는 한나절 정도 머물다가 곧장 두 번째 원정지인 '엔디미온의 나라'로 출발할 거예요. 거기까지, 루키아노스 원정대는 고전적인 방법을 이용했지만, 우리는 수공양용인 미라클호를 이용해 최첨단의 방법으로 이동할 거예요. 여기서 주의할 점은 머리가 셋 달린 독수리 탄 사람들이 접근하더라도 절대로 놀라거나 당황하지 마시기 바랍니다. 그들은 나쁜 사람들이 아니라 우리를 영접하러온 국경 정찰병들이니까요. 단, 대원님들의 안전을 고려해 그곳에서의 전쟁 체험은 생략할 생각이에요."

'포도나무여인의 섬'을 떠난 루키아노스 원정대는 갑자기 폭풍을 만나 통째로 그것에 휩싸여 일주일 낮밤을 날아 본의 아니게 '엔디미온의 나라'에 불시착한다. 거기서 독수리 탄 사람들에게 붙잡혀 왕에게로 끌려간 원정대는 왕의 요구에 따라 파에톤이 다스리는 태양 종족과의 전쟁에 참여한다.

"그럼, 고래뱃속 체험과 바다 얼음 동굴 체험도 안 하나요?"

이번에는 팀장이 '취미는 잠, 특기가 눈물 연기인 방 안의 요정'이라고 소개한 아가씨가 물었다. 아가씨는 마치 근교로 가볍게 산책 나온 소녀처럼 흰색 폴라 셔츠에 빈티지 데님 멜빵바지를 입고 있었다. 얼굴이 유난히 뽀얗고 붉은 입술이 섬뜩하게 도톰했다. 얼핏 눈대중으로 봐도 스무 살이 될까 말까 한 앳된 모습이었다.

"잘 질문해 주셨어요, 요정님. 결론적으로 말씀드리면 가능한 한 두 체험은 해보려고 해요. 문제는 현지 사정이에요. 고래뱃속 체험은 우리가 당도했을 때 마침가락으로 괴물 고래가 출몰해야 하고 바다 얼음 동굴 체험은 강추위가 뒷받침되어야 하는데, 그게 난제예요. 행운을 빌어야죠."

전쟁에 참가한 루키아노스 원정대는 함께 살기를 권유하는 왕의 간청을 뿌리치고 '엔디미온의 나라'를 떠나 플레이아데스와 히아데스 성단 사이에 위치한 '등잔도시'에서 하룻밤을 묵은 뒤 다시 바다로 내려온다. 그러나 때마침 출몰한 괴물 고래에게 통째로 삼킴을 당한다. 그들은 고래 뱃속에서 일 년 팔 개월을 살다가 기회를 틈타 고래 꼬리부분에 불을 질러 고래를 죽인 뒤 극적으로 탈출한다. 그러나 이번에는 강추위가 몰아쳐 바다 전체가 꽁꽁 얼어붙는다. 그들은 궁여지책으로 바다에 얼음 동굴을 파고 그 속에서 한 달 동안 머물다가 날이 풀렸어야 자유의 몸이 된다. 그들은 다시 항해를 계속해 '뿔이 눈 아래 달린 들소의 섬', '우유 바다', '치즈 섬', '코르크 발을 가진 사람들의 섬'을 지나 장도에 오른 지 이 년여 만에 마침내 꽃향기로 가득한 섬을 발견한다.

"전쟁 체험은 위험하니까 그렇다 쳐도 두 체험은 반드시 해야 해요. 이번 원정의 주목적이 극기를 통한 힐링 아닌가요?"

"옳소."

동조자가 나타나자 팀장이 말했다.

"알았어요. 제가, 두 체험은 꼭 성사될 수 있도록 모든 수단을 강구해 볼게요."

"좀 빨리 진행하시죠. 배가 멀미하거든요."

머슬맨이 비딱하게 또 끼어들었다.

"알았어요. 이다음 여정은 유인물에 나와 있는 대로예요. 특별히 주의사항도 없고요. 딱 한 가지만 더 말씀드리고 마칠게요. 미라클호에 승선하는 즉시 각종 필수품과 장비들이 지급될 거예요. 지급 받은 즉시 물품과 수량을 규정대로 잘 지급 받았는지 반드시 확인해 주세요. 추가 지급은 없거든요. 꼭 부탁드릴게요. 그럼, 이것으로 일차 미팅을 마치고 저녁 시간을 갖도록 할게요. 식사 후 자유 시간이 넉넉하니까 옆길로 새는 사람 없기예요. 식당은 여기서 백 미터쯤 내려가면 있어요. 절 따라오시면 돼요."

우렁찬 박수를 끝으로 우리는 저마다의 자세로 몸을 일으켰다.

저녁 메뉴는 소주와 맥주를 곁들인 모둠회와 해물꽃게탕이었다.

나는 저녁을 먹고 곧장 숙소로 돌아왔다. 다른 팀원들은 식당 건물 지하 가요주점으로 내려갔다. 저녁 반주로 가슴이 달아오른 머슬맨이 깃대를 잡았고, 나머지 팀원들이 박수로 호응했다. 나는 피곤해 잠시 쉬었다가 오겠다고 둘러댔다. 대신 가요주점 값과 부대 비용을 책임지겠다고 약속하자 "젠틀맨님, 존경해요." 공치사와 함께 요란한 박수가 쏟아졌다. 아까 팀장이 영웅들을 소개할 때 나를 황송하게도 '지구촌 최고의 멋쟁이, 여자 보기를 강 건너 불구경하듯 하는 젠틀맨'이라고 소개했었다.

나는 창 앞에 서서 담배를 피우며 내일이면 추억으로 남게 될 풍경들을 담담히 지켜보았다. 고즈넉한 항구의 밤 풍경은 시골 고향마을처럼 정겹고 아름다웠다. 바다는 보랏빛 어둠에 잠겨 있었다. 해안의 테트라포드로 밀려드는 파도가 잔잔해 바다가 아니라 거대한 호수 같았다. 간간이 부두에 정박해 있는 고깃배의 이물을 흔드는 바람결이 부드럽고 새털구름 사이로 드문드문 얼비치는 별들이 내일의 순항을 예고하듯 다소곳이 반짝거렸다. 역시 내일을 출항의 디데이로 잡은 팀장의 안목은 놀라웠다. 여러 늦으로 보아 예정대로 장도에 오르기에는 더 없이 좋은 날씨였다.

드디어 내일 출항한다고 생각하니 가슴이 이상한 열기로 설레었다. 슬픔과 배신으로 얼룩진 이 땅에 대한 미련이나 아쉬움 따위는 추호도 없었다. 굳이 있다면 아내를 두고 떠난다는 점이었다. 유골이나마 아내를 데리고 가고 싶어 문의해 보았지만 불가하다는 통보를 받았다.

나는 이 땅을 떠나면 다시는 돌아오지 않을 생각이다. 요즘 그 섬에 정착하려는 사람들이 급격히 늘어 심사가 무척 까다로워졌다는 소문이지만, 합법이 아니면 불법 체류자의 신분으로라도 남아 그곳에서 여생을 보낼 꿈을 진작부터 품고 있었다.

93

그 섬은 '코르크 발을 가진 사람들의 섬'에서 삼백 리 남짓 떨어진, 멀리 아스라이 크고 작은 '불의 섬'들이 보이는 지점에 원반 모양으로 떠 있다고 했다. 섬 전체가 다투듯 향기를 발산하는 형형색색의 꽃들로 뒤덮여 있고, 섬 가운데는 황금 성벽으로 둘러싸인, 바닥은 에메랄드로 치장하고 칠보로 단장한 도시가 세워져 있다고 했다. 성벽 안쪽으로는 온갖 종류의 차, 청량음료, 주스, 향기, 꿀의 샘이 있고, 도시 중앙에는 동서로 생수의 강과 우유의 강이 흐르고 남북으로 포도주의 강과 감주의 강이 흐른다고 했다. 그곳에서 원주민들은 언제까지나 행복을 누리며 살고 있다고 홍보용 글에 설명되어 있었다.

내가 그 꿈을 가지게 된 것은 내 삶이 실패작이라는 사실을 뒤늦게 깨닫고 난 뒤부터였다. 나는 공직자로서 한평생 근면성실하게 살아왔다. 나의 좌우명이 작은 것에 감사할 줄 알고 정직과 명예를 무엇보다 소중하게 여기는 것이었다. 그러기에 비록 하위직 공무원들의 희망인 사무관까지 승진하지 못하고 공직생활을 마감했지만, 후회는 없다. 나는 처복이라곤 눈곱만큼도 없는 복처리였다. 내 나이 마흔셋에 불의의 사고로 아내를 잃었다. 남들은 그 나이에 어찌 혼자 살겠느냐며 재혼을 권유했지만, 나는 재혼 대신 자식을 택했다. 당시 남매는 아주 예민한 시기의 중·고등학생이었다. 다행히 남매는 공부를 잘했고, 착했다. 나의 기대대로 남매는 남들이 부러워하는 일류 대학에 들어가 우수한 성적으로 졸업했다. 딸은 졸업과 동시에 외국계 은행에 취직이 되었고, 군복무로 제 여동생과 같은 해 졸업한 아들 역시 곧장 모바일게임 개발 회사에 취직되어 큰 시름을 덜 수 있었다. 그리고 얼마 뒤 고맙게도 남매 모두 스스로 제 짝을 찾아와 일 년 간격으로 결혼식을 올려 주었을 때는 일찌감치 재혼을 단념하고 자식 뒷바라지에 전념한 것이 정말 잘한 선택이었다는 자부심마저 들었다. 나의 소임이 끝나자 나는 미련 없이 명예퇴직을 신청했다. 이제는 모든 구속으로부터 자유롭고 싶었다. 거기까지가 나의 인생에서 그래도 밝음이라면 밝음이었다.

"젠틀맨님, 혼자 청승맞게 왜 이러고 계세요? 내려와서 기분 좀 풀지 않고요?"

내가 실없는 눈물이 쏟아져 손수건으로 눈자위를 훔치고 있을 때 팀장의 다정한 목소리가 들렸다. 돌아보니 쇼핑백을 든 팀장이 방으로 들어서고 있었다. 술을 몇 잔 마셨는지 얼굴이 복숭아꽃처럼 화사했다. 나는 얼른 손수건을 감추고 변명했다.

"혼자 조용히 생각할 일이 좀 있었소."

"젠틀맨님을 생각해서 술과 안주를 좀 가져왔어요. 축 처져 있지 마시고 기분을 좀 내세요. 이리 와요."

"고맙소."

팀장이 쇼핑백에서 신문지와 소주, 종이컵, 종이쟁반, 쥐포구이를 꺼냈다. 나는 팀장과 마주 앉았다. 팀장은 가운데에 신문지를 깔고 쥐포구이를 먹기 좋도록 잘게 찢어 쟁반에 담았다. 그리고 두 손으로 소주병을 공손히 받쳐 들고 나의 잔에 술을 따랐다. 가까이에서 보니 목과 손이 푸른 정맥이 도두보일 정도로 가늘고 연약했다. 문득 분위기와 느낌이 죽은 아내와 참 많이 닮았다는 생각이 들었다. 나이도 그때의 아내와 엇비슷한 것 같았다. 이제는 윤곽조차 아슴푸레하지만 아내도 이렇듯 여리고 다정하고 고왔다.

"무얼 그렇게 골똘히 생각하세요. 그냥 한잔하고 잊어요."

팀장의 권유에 따라 가볍게 잔을 부딪고 나는 단숨에 소주를 삼켰다. 아내는 이십여 년 전, 친정을 다녀오다가 지하철 공사 가스폭발 사고로 허망하게 저 세상으로 갔다. 그때 아내의 나이 겨우 마흔이었다. 나는 갑작스런 이별로 아내와 변변히 작별인사도 나누지 못했다. 그것이 지금까지 아릿한 한으로 남아 있었다.

나는 자작해 거푸 몇 잔을 마셨다. 알코올이 혈관을 타고 온몸으로 찌르르 번지면서 울가망한 기분도 시나브로 묽어졌다.

"아까 머슬맨님 때문에 좀 당황하셨죠. 겉으로는 그래도 속은 참 여린 분이세요. 어쩌다 친구 꾐에 빠져 카지노 동네를 들락거리다가 알거지가 된 모양이에요. 안타깝죠."

팀장은 자발머리없는 사내를 두둔하며 오히려 내가 할 소리를 대신했다.

"그 섬……, 정말 있긴 있소?"

실은 내가 묻고 싶은 말은 그게 아니었는데, 나도 모르게 그 말이 불쑥 입에서 비어져 나왔다. 나는 조심성 없이 끄르륵 트림한 것처럼 민망해 얼른 잔을 비웠다. 정작 내가 묻고 싶었던 말은 '그 섬……, 정말 갈 수 있소?'였다. 나의 물음에, 팀장이 당황하는 기색 없이 반짝 눈을 빛내며 대답했다.

"그럼요. 가보면 아시겠지만 아주 환상적이죠. 아마 돌아오고 싶은 마음이 싹 가실걸요. 그곳에는 어떤 아픔이나 슬픔은 말할 것도 없고요, 결핍, 제약, 차별, 배신이 없어요. 도시를 감싸고 있는 황금 성벽에는 네 개의 다이아몬드로 된 성문이 있고 성문 밖에는 넓디넓은 초원이 있어요. 초원 주위에는 가지각색의 진기한 꽃과 나무들이 숲을 이루고 있지요. 그곳에서 원주민들은 오색 비단으로 지은 옷을 입고 보석으로 만든 장신구로 치장하고 매일 잔치를 벌이며 즐겨요. 음식을 먹을 때는 숲속의 요정들이 시중을 들고 새들은 사람들 머리 위로 날아다니며 향기의 샘에서 빨아올린 향수를 뿌리고 꽃과 나무들은 시와 음악을 들려주고……, 바람은 항상 달콤한 미풍이 불고 계절은 언제나 따뜻한 봄이죠."

팀장은 마치 그 섬에 가본 것처럼 말했다. 나는 상상만으로도 황홀해 가슴이 뛰었다. 그 섬에서 여생을 보낸다면……. 그런 환상에 젖어 있을 때 누군가가 방으로 들어오는 기척이 들렸다.

"밤새 신나게 노자고 해놓고선 끼리끼리 정마 이러기예요? 두이 사귀세요?"

볼이 잔뜩 부은 요정 아가씨였다. 여태 신명을 내다가 왔는지 얼굴이 익은 자두처럼 상기되어 있었다. 혀짤배기소리로 종알거리는 걸로 보아 술도 몇 잔 한 것 같았다. 팀장이 정색해 말했다.

"아, 요정님, 죄송해요. 막 내려가려던 참이었어요. 지금 젠틀맨님을 설득 중이거든요."

"빠리 내려오지 않으면 다 소문내 거예요."

"약속할게요. 오 분 내로 내려갈게요."

요정이 문 밖으로 사라지자 팀장이 말했다.

"저 요정님도 참 안타까워요. 사내들은 왜 그런지 몰라. 중3 때부터 의붓아버지께 성폭행을 당했나 봐요. 그럴 때마다 손목을 긋곤 했다나요. 얼굴은 좀 예뻐요."

나는 팀장의 말을 듣고 마치 내가 요정의 의부라도 된 것처럼 부끄러웠다. 썩 내키지 않았지만 요정을 위해서라도 얼굴을 내밀어 줘야 할 것만 같았다. 나는 남은 소주병의 술을 마저 잔에 따라 마시고 일어났다. 팀장도 반쯤 남아 있는 잔을 비우고 서둘러 자리를 정리했다.

요정이 까탈을 부릴 만도 했다.

　팀장과 함께 지하 가요주점으로 내려갔을 때, 팀원들이 죽치고 있는 특실은 연극이 끝난 객석처럼 썰렁했다. 머슬맨은 구석 자리에 앉아 눈을 휴대전화 화면에 밀착시켜 어딘가로 문자메시지를 보내느라 여념이 없었고, 맞은쪽 구석자리에는 팀장이 '셰익스피어도 울고 갈 한국의 로미오와 줄리엣'이라고 소개한 잉꼬가 연리지처럼 몸을 얽고 입을 맞추고 있었다. 둘은 대놓고 브로케이드 커플룩을 입고 모텔에 나타났었다. 무대 중앙에는 팀장이 '도전이 슬프도록 아름다운 청년, 그대 이름은 시지포스'라고 소개한 청년만이 엘에이 다저스 야구복에 홈런더비 모자를 쓰고 사이키 조명 아래 외로이 서서 청승맞게 '한오백년'을 뽑고 있었다. 몸매가 애솔처럼 쏠쏠한 그의 눈에는 마두금 선율에 취한 몽골 낙타처럼 눈물이 번져 있었다.

　"벌써 한 시간째 저러고 있어요. 오래 저러고 있으면 가슴이 답답해 죽을 텐데."

　요정이 잉꼬를 곁눈질하며 불평 반 걱정 반으로 이죽거렸다. 나는 요정을 위해 체면 따위는 잠시 접어두기로 했다. 나는 오른쪽 바지를 무릎까지 걷어 올리고 손수건으로 머리를 우스꽝스럽게 동여맨 다음 맥주병 뚜껑을 왼쪽 눈에 박아 백태눈을 만들고 탬버린을 등짝에 집어넣어 곱사등을 만들었다. 그리고 담뱃갑의 은박지를 뜯어 송곳니에 붙인 뒤 익살스럽게 춤을 추기 시작했다. 나는 신혼 초에 명절을 맞아 처가에 갔다가 처가 친척들이 모인 자리에서 술 바람에 그런 행색으로 딱 한 번 춤을 춘 적이 있었다. 그때 아내가 기겁하고 한 번만 더 그런 춤을 추면 다시는 나 못 볼 줄 알라고 을러메는 통에 여태 한 번도 추어 본 적이 없었던 춤이었다. 뜻밖에도 내가 병신

춤도 아닌 병신춤과 곱사춤도 아닌 곱사춤을 뒤섞은 퓨전춤을 능청스레 추기 시작하자 분위기는 금세 꺼져가던 화톳불에 기름을 부은 듯 되살아났다. 고깔모자를 쓰고 마지못해 박수로 분위기를 맞추던 팀장은 배꼽을 쥐었고, 탬버린을 청년의 노래에 맞춰 건성으로 흔들어대던 요정은 폴짝폴짝 뛰며 까무러쳤다. 한 번에 열 병씩 들어오는 맥주는 종업원이 가져오기가 무섭게 동났고, 분위기에 압도된 머슬맨과 잉꼬도 뒤늦게 합세했다. 그들의 합세로 열기는 최고조로 달했다. 머슬맨은 괴성을 지르며 개다리춤을 추었고, 요정은 신들린 무녀처럼 들뛰며 엉엉 울었고, 팀장과 청년은 다정한 연인처럼 눈빛을 주고받으며 요란하게 트위스트를 추었고, 잉꼬는 역시 잉꼬답게 온몸을 밀착시켜 블루스를 추었다. 나 역시 내 생애에 이렇듯이 삶의 짐을 다 내려놓고 짐벙지게 신명을 내어 본 적이 없었다. 나의 영혼은 도가니의 불꽃처럼 활활 타올랐고, 온몸은 더운 땀으로 흠뻑 젖었다.

"고마워요, 젠틀맨님. 여러 모로……."

내가 한바탕의 신떨음으로 가슴속 응어리를 녹이고 땀을 식히기 위해 밖으로 나왔을 때, 뒤따라 나온 팀장이 말했다. 발갛게 익은 팀장의 얼굴도 끈적끈적한 땀에 젖어 번들거렸다. 나는 팀장으로부터 칭찬이나 들으려고 퓨전춤을 춘 것이 아닌데도 그 말을 듣는 순간, 온몸의 땀이 일시에 증발해 버린 것처럼 가든함을 느꼈다.

항구의 밤은 거침없이 깊어갔다.

나는 밤바다가 보고 싶어 터덜터덜 부두로 내려왔다. 부두는 인적이 끊겨 을씨년스러웠다. 불빛들은 대부분 스러지고 몇몇 불빛만이 노곤한 기색으로 아슴아슴 졸고 있었다. 제법 파도소리가 차갑고 날이 선득선득했다. 이제 머잖아 따뜻함이 그리워지는 계절이 찾아올 것이다. 그 계절이 되면 나는 어느 섬에 한 점 별빛처럼 머물러 있을까를 잠시 생각했다. 내 소망이야 단연코 '루키아노스의 섬'에 정착하는 것이지만, 세상사가 다 자기 마음먹은 대로 되지 않는다는 걸 나는 지난 삶에서 뼈저리게 경험했다. 나는 최악의 경우 '불의 섬'에 불시착하더라도 팀장과 함께라면 후회하지 않으리라 다짐했다.

숙소로 돌아가려면 아직 삼십 분은 좋게 남아 있었다. 잉꼬 커플에게 둘만의 시간을 갖도록 숙소를 배려해준 시간은 딱 한 시간이었다. 일정상 그것이 팀원들이 그들에게 해줄 수 있는 최대치였다. 팀장으로부터 우리의 뜻을 전달받았을 때, 로미오와 줄리엣은 감동한 나머지 이 은혜는 섬에 가서 꼭 갚겠다고 울먹였다. 그런 커플에게 머슬맨은 싱거운 사람답게 나중에 방주 안에서 개고생할지 모르니 진을 다 빼지는 말라고 충고했다. 그 시간 동안 팀원들은 각자 알아서 시간을 보내기로 했다.

나는 부둣가를 바장이며 아들을 생각했다. 아직도 믿어지지 않는 것은 아들의 이행할 수 없는 행위였다. 왜 그랬을까. 무엇이 아들로 하여금 그런 사심(邪心)을 품도록 조장했을까. 골백번을 곱씹어도 이해되지 않기는 마찬가지였다. 설령 그보다 더한 잘못을 저질렀다 해도 사실대로 고하면 그걸 이해 못 할 아비도 아니고, 그랬더라면 이렇듯이 섭섭하지는 않을 터였다. 하긴 이제 와서 그런 것들이 다 무슨 소용인가. 이미 활은 시위를 떠났고, 몇 시간 후면 미련 없이 이 땅을 떠나 있을 것을……

어느 날 아들이 사색이 된 낯빛으로 나를 찾아왔다. 그 무렵 아들은 회사가 있는 분당에서 분가해 살고 있었다. 아들은 내 앞에서 친구의 빚보증을 잘못 서 큰 빚을 지게 되었다며 대성통곡했다. 그 바람에 직장도 쫓겨나게 되었다며 아버지가 돈을 융통해 주면 미국으로 건너가 반드시 성공해 돈을 갚겠다고 애걸복걸했다. 미국에는 재미동포와 결혼한 제 여동생이 살고 있었다. 아들의 말을 들어보니 빚보증한 금액이 엄청났다. 눈앞이 캄캄했다. 그래도 어쩌겠는가. 발등에 떨어진 불부터 끄고 봐야겠다 싶어 명예퇴직금과 퇴직수당, 그것으로도 부족해 노후자금으로 틈틈이 모아둔 정기예금까지 죄 인출해 아들에게 주었다. 그래도 나는 매달 얼마간의 연금이 나오니 입에 풀칠은 할 수 있었다. 아들은 뜻밖의 돈을 받고 주체할 수 없는 눈물을 쏟으며 큰절을 올렸다. 아들은 집을 나서며 반드시 자수성가해 이자까지 계산해 갚겠다고 재차 다짐했다. 그리고 얼마 뒤 공항이라며 전화했다. 아버지의 도움으로 미국에 갈 수 있게 되었다면서 반드시 금의환향해 효도하겠다고 재삼 다짐했다.

나는 그 말을 철석같이 믿었다. 그러나 그것으로 그만이었다. 아들은 그 후 연락을 끊었다. 하도 궁금하고 답답해 딸에게 연락했더니 오빠가 미국으로 온다고 한차례 전화한 뒤로 더 이상 연락이 없다는 답변이었다. 그래도 나는 아들을 믿었다. 피치 못할 사정이 있어서 그렇겠거니 하고 이제나저제나 연락이 오기를 기다렸다.

그러던 어느 날 나는 제주에 사는 지인으로부터 한 통의 전화를 받았다. 내 아들을 길거리에서 봤다는 것이다. 일언지하에 말도 안 되는 소리라고 웃어 넘겼지만, 시간이 흐름에 따라 불신과 의구심이 독버섯처럼 자라나기 시작했다. 나는 그 악몽에서 하루빨리 벗어나고 싶어 우리 동네 주민센터로 가 내 신분증과 가족관계증명서를 내밀고 아들의 주민등록등본을 떼 봤다. 사실이었다. 아들의 주소지가 분당에서 제주로 이전되어 있었다. 그래도 나는 그 종이쪼가리를 믿을 수 없어 하루는 큰마음 먹고 제주행 비행기를 탔다. 결론적으로 말하면 아들은 제주에서 거짓말처럼 살고 있었다. 꼬박 하루를 기다린 끝에 아들부부가 외출했다 주소지 아파트로 들어가는 모습을 먼발치에서 확인했을 때 나는 마치 둔중한 해머로 정수리를 된통 얻어맞은 기분이었다.

나는 지금도 그 후 어떻게 집으로 돌아왔는지 기억에 없다. 사람이 살다 보면 갑자기 계획이 취소되거나 변경될 수도 있다. 내가 그걸 문제 삼는 건 아니었다. 내가 정작 괘씸하게 생각한 것은 그럴듯한 연기와 감언이설로 아비를 속였다는 데 있었다. 정직을 평생의 신념으로 살아온 나에게는 엄청난 충격이었다. 더욱 충격적이었던 것은 그로부터 한 달 뒤 아들이 내게 거짓 편지를 보냈다는 점이었다. 편지에는 친구의 도움으로 미국에 정착해 열심히 살고 있으니 염려하지 말고 부디 건강을 챙겨 오래 사시라고 씌어 있었다. 분명 발신지가 미국이었고, 아들의 필체였다. 아마도 그쪽 친구에게 편지를 보내 내 집 주소로 부쳐 달라고 부탁했거나 아들놈이 미국 갈 일이 있어 갔다가 편지를 써서 부치고 귀국했거나 둘 중 하나일 터였다. 나는 편지를 받고 실성한 사람처럼 웃었다.

믿는 도끼에 찍힌 발등의 상처는 깊고 쓰라렸다. 제주에서 돌아온 이후, 나는 매일 통음과 통곡으로 나날을 보냈다. 지난날을 바보처럼 살아온 내 자신이 미웠고 재혼하지 않은 것이 뼈저리게 후회되었다. 그런 와중에 구세주, 루나리아를 만났다. 그녀가 운영하는 다음 카페'루키아노스의 섬'에는 비밀이 보장되는 방이 따로 마련되어 있었기 때문에 나는 그 방을 통해 매일 나의 울분과 설움, 아픔과 괴로움을 여과 없이 쏟아냈다. 그녀는 나의 모든 감정을 싫은 기색 없이 넉넉한 품으로 받아주었고, 때로는 조언과 격려도 아끼지 않았다. 나는 곧 그녀가 원정대원을 모집한다는 사실을 알게 되었다. 그녀와 함께라면 지옥이라도 따라갈 각오가 되어 있었던 나는 주저 없이 신청서를 제출했고 마침내 나의 신청은 받아들여졌다. 이제나저제나 가슴을 졸이며 출항을 기다리던 내게 출항 일자가 통보 된 것은 일주일 전쯤이었다.

다들 어디로 갔을까?

가요주점의 건물 앞에서 뿔뿔이 흩어진 뒤로 여태 누구 하나 얼씬하지 않았다. 나는 청년과 요정을 찾아 불 켜진 가게, 방파제 주변, 고샅, 도린곁을 샅샅이 톺았다. 나는 그 두 젊은이에게 삶에 대해, 삶의 이치에 대해 내 나름의 경험과 지식을 동원해 얘기해 주고 싶었다. 그것이 이 땅에서 내가 해야 할 마지막 의무처럼 느껴졌다.

내가 모텔 뒤편 숲속으로 올라가자 가느다란 울음소리가 찜통의 수증기처럼 뿜어져 나왔다. 숲속에는 눅눅한 습기와 끈적끈적한 어둠이 검댕처럼 묻어 있었다. 맨눈으로는 몇 미터 전방의 사물도 식별하기 어려웠다. 나는 마음을 다잡고 소리 나는 쪽으로 극터듬으며 나아갔다. 뜻밖에도 팀장이었다. 팀장은 둔덕의 바위 밑에 조그맣게 웅크려 앉아 울음을 삼키고 있었다. 손에는 로켓목걸이가 쥐어져 있었고, 다른 손에서는 휴대전화의 조명이 우련하게 뿜어져 나오고 있었다.

"팀장님, 어디 아프시오?"

나는 혹시 팀장이 놀랄까 봐 기척하며 다가갔다. 가까이 가서 보니 팀장의 얼굴은 눈물범벅이었고, 두 어깨는 비에 젖은 작은 짐승처럼 떨고 있었다. 조금 전까지 팀장으로서 보여준 의연함이나 침착성과는 너무나 다른 모습이었다. 나는 그만 난감해 우두망찰 서 있었다. 나임을 확인한 팀장이 울음을 추스르고 가만히 말했다.

"죄송해요, 젠틀맨님."

"속이 안 좋소? 혹시 술이 과했던 게 아니오?"

내가 안타까워 물었다. 나는 재킷을 벗어 팀장의 어깨를 감싸주었다. 산속은 부둣가보다 더 선득선득했다.

"감사해요, 젠틀맨님."

팀장은 내가 앉을 수 있도록 몸을 움츠려 공간을 만들어 주었다. 나는 팀장 옆에 궁둥이를 붙이고 앉았다. 팀장의 입에서 풍기는 달짝지근한 술내가 코에 완연히 느껴졌다. 팀장이 살포시 나의 어깨에 머리를 기댔다. 그런 상태로 팀장이 나직이 속삭였다.

"전 술 마시면 우는 버릇이 있어요. 지은 죄가 많아 그럴 거예요."

"무슨 곡절이 있었군요."

팀장이 말없이 손아귀에 쥐고 있던 로켓목걸이를 내밀었다. 휴대전화 조명으로 비쳐본 그 속에는 한 여학생이 해맑게 웃고 있었다.

"제 딸이에요. 몇 년째 소식이 없어요. 배를 타고 제주도로 수학여행 간다는 문자를 보낸 뒤로……."

"팀장님께 그런 가슴 아픈 사연이 있었군요."

나는 뭐라고 위로해야 좋을지 몰라 팀장의 손을 찾아 쥐었다. 팀장의 손은 가냘프고 차가웠다. 그 차가움 속으로 나는 맥박의 깜빡임과 심장의 덜커덕거림과 온몸으로 줄달음치는 피의 꿈틀거림과 말랑말랑한 혀의 감미로움과 촉촉한 목젖의 떨림과 부드러운 젖가슴의 달콤함과 오래 쓸쓸했을

분홍빛 산도(産道)의 따뜻함을 느꼈다. 나는 그 느낌만으로도 세상을 다 가진 것처럼 행복했다.

우리는 다시 모텔의 숙소에 모였다. 출발 준비를 완료한 우리는 일차 미팅 때처럼 팀장을 중심으로 둥그렇게 둘러앉았다. 우리들 앞에는 은박지로 뚜껑을 만들어 덮은 플라스틱 컵이 하나씩 놓여 있었다. 그 속에 팀장이 준비해 온 멀미약이 들어 있었다.

"배가 도착하면 신호를 보내올 거예요. 그러면 제 지시에 따라 즉시 행동을 개시하면 돼요. 그때까지 각자의 신에게 행운을 빌어요."

팀장이 나직이 말했다. 팀장의 얼굴도 어쩔 수 없는 긴장감으로 상기되어 있었다.

방 안은 팽팽한 긴장감과 침묵이 흘렀다.

머슬맨은 종주먹 쥔 양손을 가부좌를 튼 무릎 위에 올려놓은 채 눈을 질끈 감고 있었고, 잉꼬 커플은 여전히 맞잡은 한 손을 서로 만지작거리며 둘만의 시간을 가질 때의 뜨거움을 이어가고 있었다. 그러나 청년과 요정은 의외로 당당하고 침착했다. 둘은 언제인가부터 손을 맞잡고 서로를 격려하고 있었다.

나는 단전호흡으로 가슴을 조절한 뒤 담대하게 눈을 감고 기다렸다. 나는 초조감을 잊기 위해 딸의 모습을 떠올렸다. 딸에게는 참으로 미안했다. 이곳으로 오기 전, 이 땅을 떠날 수밖에 없는 사연들을 구구절절 적어 보냈지만 아비로서 해야 할 짓이 아니었다. 아들이 그러했듯이 그것 또한 딸에게 저지른 아비의 배신이었다. 그러나 나는 딸만은 아비의 진심을 이해해 주리라 믿었다. 아니, 나의 떠남으로 아들이 돌아온다면 그것으로 족하다는 아비의 진심을 딸이 믿어 주리라, 믿고 싶었다.

나는 잠시 가족들이 행복했던 시절을 추억했다. 불현듯 언제던가 시골집 처가로 피서를 갔을 때, 모깃불을 피워놓은 마당가의 평상에 가족 넷이 나란히 누워 반짝이는 별들을 바라보며 깔깔거렸던 추억이 떠올랐다. 나는 아내의 유해 대신 그 추억을 가슴에 담아 출항하리라 마음먹었다. 그때였다. 한 모숨 불빛이 남쪽 창문에 달처럼 떴다가 사라졌다.

"출발 시간이에요."

마침내 팀장의 명령이 떨어졌다. 우리는 팀장의 지시에 따라 기민하게 움직였다. 일사분란하게 멀미약을 삼킨 우리는 신속하게, 그러나 그림자처럼 조용히 숙소를 빠져나갔다. 나는 맨 후미에서 뒤를 따랐다. 나의 임무는 만에 하나 있을지도 모를 타인의 눈을 은밀히 감시하는 일이었다. 감시란 으레 불안과 긴장감이 따르는 법이어서 본능적으로 몸속의 감각들이 예민하게 열리기 마련이었다. 어느 순간, 나의 머리칼이 쭈뼛 서 덴겁해진 가슴으로 뒤를 돌아보았을 때, 나는 타인 대신 아들의 눈이 도린곁의 어웅한 어둠 속에서 나를 그윽이 바라보고 있는 것을 목격했다. 아들의 눈은 어둠에 젖어 흐릿했으나 분명 슬픔의 빛깔을 띠고 있었다.

'아버지!'

내가 매정스레 고개를 돌렸을 때, 아들의 눈이 나를 불렀다. 나는 대답 대신 내친걸음을 내디뎠다.

'아버지!!'

아들의 눈이 다시 나를 불렀지만, 나는 앞만 보고 걸었다.

'아버지!!!'

나는 끝내 아들의 눈을 외면한 채 미라클호에 몸을 실었다. 나를 끝으로 대원들의 승선이 완료되자 배는 낮은 기침을 하듯 쿨렁거리며 미련 없이 미끄러지기 시작했다. 아들의 눈은 끈질겼다. 파도를 탄 아들의 눈은 집요하게 배의 고물을 좇았다. 그러나 나는 눈길 한 번 주지 않고 꼿꼿이 전방을 주시했다.

아들의 눈이 부르는 소리가 더 이상 들리지 않을 때쯤 나는 마지막으로 항구를 돌아보았다. 아스라이 멀어져 가는 항구는 푸르스름한 새벽안개에 젖어 여전히 깊은 단잠에 빠져 있었다.*

---

*섬과 여정에 관련된 정보는 루키아노스의 『진실한 이야기』(아모르문디, 2013)를 참조했음을 밝힙니다.

공처가 고상한

점심을 먹고 휴게실에서 쉬고 있는데 교장이 찾는다는 연락이 왔다. 무슨 일인가 싶어 바로 일층 행정실 옆 교장실로 내려갔다. 교장은 장식장 서랍에서 츄파춥스를 꺼내다가 멋쩍은 표정으로 나를 돌아보며 웃었다. 교장은 담배를 끊은 이후 애들처럼 사탕을 빠는 습성이 있었다.

"점심은 잡수셨습니까? 거기 좀 앉으세요."

나는 초콜릿색 인조가죽 소파에 앉으며 잽싸게 머릿속 서랍을 뒤졌다. 교장은 나무랄 일이 있거나 암니옴니 따져 물을 일이 있을 때면 꼭 이런 수법을 사용했다.

교장은 인터폰으로 차를 주문했다. 내가 사양했음에도 굳이 기호를 물어 인터폰을 들었다. 오랜만에 나와 차를 한잔하고 싶다며. 그의 능글능글한 웃음과 끈적끈적한 말본새가 점점 불안감을 증폭시켰다.

잠시 뒤 녹차와 홍차가 마주앉은 우리 앞에 놓여졌다. 찻잔 위로 스멀스멀 피어오르는 김이 어느 제단 위의 향연처럼 설면했다. 그 사이에도 몇몇 교사가 결재나 용무로 조용히 들어왔다가 바삐 빠져나갔다.

"이 선생님은 공처가 선생님과 몇 년 같이 근무하셨지요?"

홍차 한 모금으로 입술을 적신 교장이 뜬금없이 물었다. 공처가……? 그제야 까맣게 잊고 있었던 어떤 얼굴이 아슴푸레 떠올랐다. 본명이 고상한인 그는 십오륙 년 전에 학원으로 간다며 우리 학교에서 명퇴한 나와 동과 교사였다. 시 전문 계간지의 추천을 받아 정식으로 등단한 시인이기도 했다.

그는 재직 시에 '고상한(高相漢)'보다 '공처가'란 별명으로 더 유명했는데, 퇴직 후에는 아예 '공처가'를 필명으로 쓰고 있다는 소문도 있었다.

"아마 오 년 정도 될 겁니다. 마지막 해는 교장 선생님과 같은 학년을 했고요."

내가 솔직히 대답했다. 말하지 않아도 될 뒷말을 굳이 덧붙인 것은 당신도 한때는 우리와 별 차이 없는 교사였다는 걸 주지시켜 주고 싶은 객기가 발동한 까닭이었다. 그해 교장은 학년부장을 맡고 있었다.

"참, 그랬지요. 2학년. ……돌이켜 보면 그때가 좋았지요."

교장이 웃으며 대답했다. 교장도 내게 보복이라도 하듯 굳이 하지 않아도 될 뒷말을 덧붙였다. 어쩌면 진심일지도 모른다. 내가 조심스럽게 물었다.

"혹시 새 시집을 내셨습니까?"

나의 물음에 교장이 잠시 침묵을 지키고 있다가 담담히 말했다.

"별세했답니다, 어제."

"네?"

나는 뜻밖이라 궁둥이를 조금 들어 올렸다가 주저앉았다.

"조금 전 백씨 되는 분께서 행정실로 연락을 주셨습니다. 그 부음을 듣고 제일 먼저 이 선생님이 떠오르더군요."

"무슨 지병이라도…… 있으셨던가요?"

"그건 내가 묻고 싶은 말입니다. 그동안 서로 연락이 없었습니까?"

"네. 퇴직한 뒤로는……."

나는 미안하고 부끄러워 고개를 떨구었다.

"그렇군요." 교장은 의외라는 표정으로 고개를 끄덕이다가 덧붙였다. "이런 애길 해도 될지 모르겠습니다만, 몇 년 전에 공처가 선생님을 뵌 적이 있어요. 고향 친구를 만나러 갔다가……. 아파트 경비원으로 계시더라구요. 무안해 할까 봐 모른 척하고 돌아섰습니다만."

나는 금시초문이라 말없이 일어섰다.

교무실로 돌아오니 월중계획표 옆 화이트보드에 몇몇 선생님들이 둘러서 있었다. 알림판에는 벌써 그의 별세 소식이 공지되어 있었다. 향년 61세. 요즘의 수명으로 치면 조금 아까운 나이였다.

그는 나보다 십 년 연상이었다. 내가 대학 지도교수의 추천으로 공립고에서 지금의 사립 여고로 자리를 옮겼을 때, 그는 1학년 담임에 문예반과 교지를 맡고 있었다. 나는 한동안 그의 이름이 '공처가'인 줄 알았다. 교무회의 때 교감의 소개로 부임 인사를 한 뒤 교무부장이 안내해준 자리로 갔을 때, 내 오른쪽 자리에는 체구가 왜소하고 여성처럼 고운 살결과 하관이 갸름한 얼굴을 가진 남교사가 앉아 있었다. 그가 공처가 고상한이었다.

"잘 부탁드립니다. 공처가 고상한입니다."

교무회의가 끝나자마자 그가 먼저 내게 손을 내밀며 인사했다. 나는 얼떨결에 일어나 그의 손을 잡으며 고개를 숙였는데, 내 귀에는 '공처가'만 유달리 또렷이 들렸다. 그 뒤 내가 자꾸 '공 선생님'이라고 부르니까 내 왼쪽 자리에 앉아 있던 여 선생님이 나를 외따로 불러 지적해 주었다. 내가 곧바로 그를 찾아가 정식으로 사과하자 그가 소탈하게 웃으며 말했다. 그런 걸 가지고 뭘……. 이름이란 게 별것 있나요. 많이 알려진 이름이 진짜 이름이지요.

실제로 그는, 특히 학생들 사이에서는 '고상한'보다 '공처가' 선생님으로 통했다. 나처럼 '공처가'를 진짜 이름으로 알고 있는 학생들도 상당수 있었다. 내가 문학 수업 시간에 무슨 말 끝에 우리 학교에 유능한 시인 한 분이 계신다며 그를 들먹인 적이 있었는데, 그때 꽤 공부도 잘하는 학생이 불쑥 물었다. 고상한 선생님이 누구신가요? 여기저기에서 '공처가, 공처가' 하자 그제야 깨달은 그 학생이 얼굴을 붉히며 고개를 숙였다.

한번은 이런 일도 있었다. 고상한 선생님 반의 짓궂은 어떤 애가 교실 앞문 문틀 위에 붙어 있는 담임명을 '공처가'로 살짝 바꾸어 놓았다. 그는 그 사실을 알고도 모른 척했는지 아니면 정말 몰랐는지 그런 상태로 한 달이나 지속되었는데, 복도를 순회하던 교감(몇 년 전에 정년퇴임했다)이 그걸 발견하고 그를 불러 물었다.

"고상한 선생님, 언제 개명하셨나요? 그 반의 담임이 공처가로 되어 있던데요."

교감의 지적에 그는 금시초문이란 듯이 멀뚱히 서 있다가 즉시 시정하겠다는 다짐을 하고는 그날 종례 시간 때 반애들에게 정색해 말했다.

"누가 남의 이름을 함부로 개명했느냐? 내 허락 없이 제 멋대로 개명한 녀석, 지금부터 열 셀 때까지 자수해서 광명 찾기 바란다. 하나, 둘……."

열을 셀 때까지 아무도 나오지 않자 그가 재차 말했다.

"한 번 더 기회를 주겠다. 이번에도 열을 셀 때까지 나오지 않으면 어쩔 수 없이 용단을 내릴 수밖에 없다. 다들 각오되어 있지? 하나, 둘……."

그래도 나오지 않자 그가 재킷 안주머니에서 봉투 하나를 꺼내들고는 말했다.

"그럼 용단을 내리겠다. 내 이름을 개명해준 대가로 이 상품권을 수여하려 했으나 당사자가 끝내 겸양의 미덕을 발휘했으니 어쩔 수 없구나. 이 상품권은 내가 접수하겠다."

그러고는 봉투를 도로 주머니에 집어넣었다. 그제야 여기저기에서 손을 들었지만, 한번 들어간 상품권은 다시는 나오지 않았다.

이 소문은 반애들의 입을 통해 금세 학교 전체로 퍼졌고, 알음알음으로 소식을 듣게 된 선생님들은 역시 공처가다운 언행이라고 박장대소했다. 손뼉도 마주쳐야 소리가 나듯 장난질도 상대가 받아줘야 재미가 나는 법인데, 도무지 그가 상대해 주지 않으니 신명이 날 리 없었다. 그 뒤로 매년 신학기가 되어도 그의 이름을 가지고 장난치는 일은 더 이상 일어나지 않았다.

선배 교사들의 전언에 의하면 그가 '공처가'란 별명을 얻게 된 경위는 이러하다.

신학기 초에 신임교사 환영 친목회가 열렸는데, 그 자리에서 그가 여교사들의 적극 추천으로 환영가를 부를 남교사 대표(그는 실제로 웬만한 기성 가수 뺨칠 정도로 노래 실력이 뛰어났다)로 뽑혔다. 그런데 차례가 되어도 그가 나오지 않자 '고상한, 고상한'이 연호되기 시작했다. 연호 소리가 점점 높아지자 더 이상 버틸 수 없었던 그가 일어나 마이크 앞으로 나아갔다. 곧 노래 부를 줄 알고 모두 귀를 쫑긋 열고 있는데, 그가 느닷없이 노래대신 사설을 풀었다.

"죄송합니다. 마음 같아서는 한 곡이 아니라 열 곡 스무 곡도 부르고 싶지만, 방금 공처께서 즉시 귀가하라는 호출 명령을 내리셨습니다. 지엄하신 공처의 말씀을 어겼다간 저의 목숨은 부지하기가 어렵습니다. 이 점 깊이 헤아려주시기 바랍니다. 정말 죄송합니다."

그러고는 다시 제자리로 돌아가 가방을 챙겨서는 뒤도 안 돌아보고 가버렸다. 요즘 식으로 말하면 아재 개그를 하는 줄 알고 낄낄거리고 있던 선생님들은 그의 돌발 행동에 아연실색했다. 그로 말미암아 친목회 분위기가 이

상해진 것은 물론이었다.

그 후에도 그는 걸핏하면 '공처께서'를 입에 담았다 한다. 공처께서 즉시 귀가 조치를 명하셨습니다. 공처께서 그건 못하게 하십니다. 공처께서 이런 말씀을 하셨습니다. 마치 '공자께서' 하듯이, 진지하고 엄숙함으로.

그러나 그 '공처께서'의 압권은 역시 각 학교마다 평교사협의회가 속속 결성될 때의 일이었다. 우리 학교도 예외가 아니어서 그 무렵 교장, 교감, 간부교사(부장교사)를 제외한 전 교사가 참여한 평교사협의회가 결성되었는데 유독 그만 간부교사도 아니면서 참여하지 않았다. 혹시 결성 사실을 모르는 줄 알고 협의회 추진 교사가 찾아가 그에게 취지를 설명하고 가입을 권유하자 그가 천연덕스럽게 이렇게 대답했다고 한다.

"죄송합니다. 마음 같아서는 천 번 만 번 더 참여하고 싶지만, 공처께서 끝내 허락하지 않으십니다. 양해 바랍니다. 멀리서나마 협의회의 무궁한 발전을 진심으로 기원하겠습니다."

협의회 창립총회 때 이 사실이 공표되자 여기저기에서 "정말 못 말려." "대체 공처가 어떻게 생겨먹었기에." "시인 좋아하네." "보수 골통." 등등의 비아냥거림이 터져 나왔고, 이 일로 말미암아 그는 '공처가'란 불멸의 별명을 확실히 굳히게 되었다 한다.

나는 그와 함께 근무한 오 년 동안, 첫해를 제외하곤 줄곧 같은 학년의 담임을 맡았다. "이 선생님은 왜 자꾸 저 따라 다니십니까?" "누가 할 소리를 누가 하십니까? 선생님이야말로 왜 자꾸 제 앞길을 가로막습니까?" 신학기 담임이 발표되면 우리는 누가 먼저랄 것도 없이 다가가 썰렁한 개그 같은 말들을 주고받으며 악수하곤 했다. 그러나 오 년 동안 단둘이 술자리를 가

116

진 것은 딱 두 차례뿐이었다.

첫 번째는 내가 부임한 지 근 이 개월이나 지난 중간고사 무렵이었는데, 내가 퇴근하려고 가방을 챙기고 있을 때, 그가 다가와 물었다.

"이 선생님, 혹시 오늘 시간 좀 있습니까?"

"왜요? 함께 갈 데라도 있습니까?"

나의 반문에 그가 말했다.

"아닙니다. 이 선생님과 그냥 술 한잔할까 싶어 그럽니다."

그의 대답이 뜻밖이라 내가 되물었다.

"공처께서 허락하시던가요?"

그 무렵엔 내 입에서도 자연스레 '공처'라는 말이 흘러나왔다. 그러자 그는 천연덕스럽게 말했다.

"네. 조금 전 이 선생님과 꼭 한잔하고 오라는 엄명을 내리셨습니다. 아마 공처께서 이 선생님의 부임을 뒤늦게 아신 모양입니다."

그러고는 나보다 연하인 양 두 손을 단정히 모아 서서 수줍게 웃었다.

그래서 우리는 학교 근처의 생고기 집에서 마주앉았다.

"이 선생님은 학창 시절에 장래 희망이 뭐였습니까? 물론 교사는 아니었을 테고요……."

빈속에 소주 몇 잔으로 취기가 오르자 생고기 한 점을 우물우물 씹던 그가 물었다. 그 당시만 해도 '라도 교사'라는 이미지가 팽배해 있을 무렵이었다. 다른 것 해보다가 안 되면 교사라도 한다는 뜻의 '라도'.

작가였지만 지금은 다 포기했다고 솔직히 대답하자 그가 말했다.

"왜요? 지금도 늦지 않았습니다. 다시 도전해 보십시오. 조만간 잡지나 새해 아침 신문 지면에서 이 선생님의 소설을 읽을 수 있기를 기대하겠습니다."

내가 대답을 생략한 채 요즘 왜 시를 쓰지 않느냐고 물었더니 그가 묘한 웃음을 흘리며 말했다.

"공처께서 시 쓸 틈을 주지 않는군요. 매일매일 공처의 명을 수행하기에도 벅찹니다. 요즘은 시 대신 아이들 기르는 재미로 살아갑니다."

당시 그는 일남일녀를 두었고, 그 무렵 초·중학교에 다니고 있었다.

"선생님께서 말씀하시는 공처란 대체 뭔가요? 설마 우리가 알고 있는 그런 공처는 아닐 테고요."

내가 정색해서 물었을 때, 그가 천진난만한 얼굴로 대답했다.

"맞습니다. 바로 그 공첩니다. 공처는 잠깐 벽지에서 함께 근무할 때 알게 된 동료 교삽니다. 우연히 화장실에서 서시처럼 이마를 찌푸리고 나오는 걸 목격하게 되었는데 그 순간 반해 버렸지요. 그녀가 그러더군요. 나하고 결혼해 평생 공처로 살래? 딴 여자와 결혼해 죽을 때까지 애처로 살래? 양자택일하라고 그러더군요. 어쩔 수 없었습니다. 딴 여자와 결혼하느니 차라리 독신으로 살겠다는 생각을 굳히고 있었을 때였으니까요. 지금 그 약속을 지키고 있을 뿐입니다."

나는 그만 할 말을 잃었다.

두 번째는 그가 명퇴 신청한 직후였다. 내가 그의 술을 얻어먹은 빚이 있어 짬짬이 "공처의 윤허가 아직 없습니까?"라고 물으면 고개만 끄덕이던 그가 화장실에서 만나 나란히 오줌을 누고 있을 때, 그가 불쑥 말했다. "드디어 공처께서 윤허하셨습니다. 언제 가장 편안한 시간을 잡으시지요." 나는 듣던 중 반가운 소리라 당장 오늘 어떠냐고 물었고, 그가 바지 지퍼를 올리며 고개를 끄덕였다. 그래서 만났다. 그때도 학교 근처의 생고기 집이었다.

특별히 할 말이 없어 소주 한 병을 말없이 비우고 두 병째를 주문하고 나서였다. 그가 지나가는 말처럼 말했다.

"이 선생님, 그동안 고마웠습니다. 이 선생님과의 인연이 여가까진가 봅니다."

"네?"

나는 그의 말귀를 잘못 알아들어 반문했다.

"공처께서 그저께 명퇴를 명하셨습니다. 오늘 명퇴 신청을 했습니다."

"왜요? 대학으로 가십니까?"

"대학은 벌써 포기했습니다. 학원으로 갑니다."

그의 대답이 뜻밖이라 나는 무척 놀랐다. 그는 학원 강사 체질이 아니었다.

"혹시 무슨 일이라도 있었습니까?"

나는 한참 뜸을 들였다가 조심스럽게 물었다.

"아닙니다. 공처께서 박봉이라고 돈을 더 벌어 오라고 명하더군요."

"아, 예."

그가 그렇게 말하는데 달리 할 말이 없어 나는 소주잔만 기울였다. 실제로 그 당시엔 웬만한 학원 강사의 수입이 현직교사의 배는 되었다. 그래서 국어, 영어, 수학의 경우 학원으로 자리는 옮기는 경우가 자주 있었다. 나도 몇 번 유력 학원으로부터 강사 제의를 받았지만, 일언지하에 거절했다. 내 깜냥을 알고 있었기 때문이었다. 그는 그렇게 교직을 떠났다.

"그동안 함께해 행복했습니다. 결코 잊지 않겠습니다. 지금도 늦지 않았으니 이 선생님의 소설을 읽을 수 있는 기회를 주시기 바랍니다."

작별할 때 그가 내 손을 붙잡고 말했다. 나도 그의 손을 맞잡고 입 발린 소리를 늘어놓았다.

"가끔 연락드리겠습니다. 저도 잊지 않겠습니다. 부디 건강하시고 행복하십시오. 선생님 말씀, 깊이 가슴에 새기겠습니다."

말은 그랬지만, 그 후 나는 한 번도 그에게 연락하지 않았고 그의 존재도 빠르게 잊어 갔다.

'공처께서'만 빼면 그만큼 모범적인 교사생활을 한 이도 많지 않았다.

그는 성실했다. 나와 함께 근무한 오 년 동안은 적어도 결근은 물론이고 지각, 조퇴, 외출이 단 한 번도 없었다. 그는 누구보다 일찍 출근했고, 조기 퇴근하는 법이 없었다.

그는 근면했다. 그는 잠시도 가만히 앉아 있는 법이 없었다. 교재연구를 하지 않으면 교내를 돌아다니며 휴지를 줍거나 파손된 교구들을 손수 수리했다. 그래서 교실에 수리할 일이 있으면 용인을 찾기보다 그를 찾는 학생들이 많았다.

그는 용모가 단정했다. 머리는 군인처럼 짧게 깎았고 턱은 언제나 말갛게 면도되어 있었다. 복장은 여름 한철(항상 검은색 바지에 흰색 반팔 셔츠를 입었다)을 제외하고는 감색이나 검은색 정장을 입고 다녔다.

그는 정직했다. 내가 직접 확인해 보진 않았지만 출장비도 쓰고 남으면 반납한다는 후문이었고, 언젠가는 등기 우송료를 직원이 잘못 계산해 거스름돈을 더 받았다며 굳이 우체국을 찾아가 되돌려주기도 했다.

그는 늘 약자 편이었다. 진학상담이나 생활상담도 가정환경이 불우하거나 반에서 소외되는 학생들 위주로 했다. 가정환경이 좋거나 우등생은 자신이 아니어도 상담 받을 곳이 많지만 그렇지 않은 학생은 자신의 도움이 절실하다는 게 그의 지론이었다.

그는 평등주의자였다. 당시에는 반마다 학급일지라는 걸 의무적으로 쓰게 되어 있었는데, 대개의 경우 반의 학급서기가 전담해서 기록했다. 그러나 그의 반에서는 꼭 주마다 두 명씩 번호순으로 맡는 주번이 기록했다. 학급일지의 서기 전담은 편의주의적 발상이라는 게 그의 보짱이었다. 그러다 보니 그의 반 학급일지는 삼 일마다 글씨체가 달랐고, 프로가 아닌 아마추어가 돌려가며 쓰다 보니 학급일지가 곰보자국처럼 고친 자국이 숭숭했을 뿐만 아니라 학년말 무렵에는 외상 장부처럼 너덜너덜했다.

그의 공처가 상당한 미모의 소유자라는 소문이 퍼지게 된 것은 그가 퇴직하기 전해 여름이었다. 그러니까 나와 함께 근무한 지 오 년차 되던 해였다. 우연히 그와 함께 장을 보는 모습을 목격하게 되었다는 동료 교사의 전언에 의하면 부부가 천생연분인지 분위기가 묘하게 닮았더라며 '미녀와 야수'가 자연스럽게 떠오르더라고 했다. 이 소문이 퍼지면서 그의 공처는 한동안 회식 자리의 단골 메뉴로 올랐다.

"쇠뿔도 단김에 빼라고, 오늘 어떤가?"

학교 앞 예의 생고기 집에서 술을 마시다가 누군가가 불쑥 제안한 것은 그 무렵이었다. 요행 나도 그 자리에 끼어 있었는데, 그 제의는 즉시 만장일치로 통과되었다. 마침 술자리에 걸어서 오륙 분이면 가능한 위치에 집이 있는 동료 교사가 합석해 있었다. 그는 기꺼이 집에 가는 수고를 마다하지 않았다. 그는 우리가 소주 한 병을 비우는 사이 득달같이 집을 다녀왔다. 그의 손에는 앨범 뒤에 붙어 있는 교직원 주소록에서 베낀 그의 집 주소가 들려 있었다. 우리는 즉시 의기투합하여 남은 술을 마저 비우고 자리에서 일어섰다.

근 삼십 분 만에 택시 기사가 이 근처라며 내려준 곳은 일반주택이 밀집되어 있는 후진 동네였다. 우리는 사방으로 흩어져 문설주에 붙어 있는 문패와 번지를 확인해 가며 그의 집을 찾았다. 마침내 찾았다는 누군가의 외침에 우리는 일제히 소리 나는 쪽으로 달려갔다. 있었다, 고상한이라는 문패가.

그러나 막상 찾긴 했지만 선뜻 나서기가 망설여졌다. 아무리 흉허물 없이 한솥밥 먹고 있는 동료라지만 술김에 그것도 야밤에 불쑥 방문한다는 것이 통상 범위를 넘어선 결례가 아닐까, 뒤늦은 염려가 발목을 잡은 까닭이었다. 그러나 여기까지 와서 그냥 돌아간다는 게 말이 안 된다는 여론이 우세해 일단 시도는 해보기로 했다.

"고상한 선생님!"

문설주에 붙어 있는 벨을 눌러도 아무런 기척이 없어 우리는 집 안에 대고 합창하듯 왜자겼다. 대여섯 번 그랬을까, 그때야 철컥 녹색 쪽문이 열리는 소리가 났다. 우리가 문쥐처럼 일렬로 머리를 숙여 안으로 들어섰을 때, 점퍼 차림의 그가 슬리퍼를 꿰고 좁다란 마당에 서 있었다.

"이 누추한 곳까지 어인 행차십니까? 잠시 들어오시죠."

그는 우리를 보고도 놀라거나 전혀 당황하는 기색 없이 웃으며 말했다. 그리고 앞장서 뒷짐 지고 마루로 올라갔다.

"이 근처에서 마침 모임이 있었습니다. 고 선생님께서 이 근처에 사신다는 소리를 듣고 동료가 되어 어찌 그냥 지나칠 수가 있어야지요. 결례를 무릅쓰고 제가 깃발을 드는 용기를 냈습니다."

대청마루에 둘러앉았을 때, 일행 중 가장 연장자인 학년부장(지금의 교장)이 천연덕스럽게 거짓말했다.

"미리 연락을 주셨으면 장이라도 좀 봐두었을 텐데, 대접할 거라고는 차뿐입니다."

그는 민첩한 동작으로 일어나 커피포트에 물을 받으며 말했다. 그가 작은 방을 향해 아이들 이름을 불렀고, 곧 각각의 방에서 남매가 동시에 나와 우리들에게 인사했다. 큰아들은 고등학생이었고, 둘째 딸은 중학생이었다. 엄마를 닮았는지 자녀들은 하나같이 또랑또랑하고 잘 익은 복숭아처럼 예뻤다. 학년부장이 지폐를 꺼내 그들에게 내밀었으나 끝내 받지 않았다.

"정말 죄송합니다. 대접할 거라고는 이것뿐이라……."

그는 대청마루에 둘러앉은 우리들 앞으로 찻잔을 일일이 갖다놓으며 거듭 사과의 말을 올렸다. 우리는 서로 눈치를 보아가며 티백 녹차를 마셨다.

"사모님께서는 집에 안 계시는 모양이지요?"

기다려도 공처에 대한 언급이나 인사가 없자 누군가가 그의 귀에 대고 나직이 속삭였다. 그때 그가 말했다.

"죄송합니다. 마음 같아서는 열 번, 스무 번도 더 인사드리게 하고 싶습니다만, 지금 부재중이십니다. 돌아오면 존경하는 선생님들이 우리 집을 방문하셨다고 꼭 전하겠습니다. 나중에라도 허락이 떨어지면 정식으로 초대하겠습니다. 정말 죄송합니다."

그날 우리의 기습 작전은 결국 실패로 돌아갔다.

그리고 이듬해 봄, 그가 교직을 떠날 때까지 공처의 허락을 받아 동료교사들을 초대했다는 소문은 없었다.

친목회에서 교내 전산망을 통해 조문의 뜻이 있는 선생님은 퇴근 시간에 맞춰 안내실로 와 줄 것을 당부했지만, 모인 사람은 나를 포함해 다섯 명이

고작이었다. 그 중에서도 내가 고참에 연장자였다. 교장, 교감, 행정실장 일행은 오전에 조문을 다녀왔고, 그 사이 정년과 명퇴 등등으로 학교를 떠나 그의 이름이라도 아는 동료 교사는 손가락을 꼽을 정도였다. 나는 고참 값을 하느라 내 차를 끌고 왔다. 출발하며 더 왔으면 곤란할 뻔했다고 너스레를 떨었지만, 가는 세월의 무상함을 절감하지 않을 수 없었다.

그의 영정이 조용히 웃고 있는 장례식장 201호는 쓸쓸하고 한산했다. 조문실에는 이미 장성한 남매와 그의 백씨로 보이는 노인 한 분이 어두운 표정으로 조문객을 맞고 있었고, 널찍한 접객실은 을씨년스러울 만큼 썰렁했다. 조문을 마치고 내가 일행을 대표해 망자와의 관계를 설명하자 그제야 황송한 표정의 상주들이 거듭 머리를 조아리며 사의를 표했다. 그러나 그 속에 그의 공처는 없었다.

조문을 마치고 나와 밖에서 저녁을 먹을 생각이었지만, 분위기가 그렇지 않아 우리는 접객실의 한 자리를 차지하고 앉았다. 그리고 거기서 소고기국밥으로 저녁과 술도 한잔했다. 나는 차를 가지고 와 술 대신 음료수를 마셨고, 일행들은 맥주와 소주를 술집에서처럼 마셔댔다.

우리가 내심 기대하던 그의 공처를 목격한 것은 그때였다. 옆자리의 선생님이 내 어깨를 툭 치며 턱짓해 그쪽으로 머리를 돌리니 소복 차림의 그의 공처가 접객실의 한 녘에 넋 놓은 표정으로 앉아 있었다. 마침 일행 중에 그 옛날 함께 장을 보는 모습을 목격했던 선생님이 있었다. 그가 맞아, 틀림없어, 하며 오른손 엄지와 검지를 둥그렇게 말아 보였기 때문에 우리는 확신할 수 있었다.

사실이었다. 유난히 살결이 흰 그의 공처는 그와 분위기가 닮았고, 미인이었다. 알고야 모르쇠 잡고 있을 수 없어 내가 대표로 다가가 인사하자 그제야 그녀는 감동 먹은 표정으로 일어나 깊이 고개를 숙였다. 가까이 가서 봐도 공처의 이미지와는 거리가 멀었다. 온화한 인상에 슬픔으로 가득한 눈 망울은 따뜻함과 넉넉함이 체질처럼 배어 있었다.

"여자는 겉만 봐서는 절대로 모른다니까요."

내가 장례식장을 나오며 공처의 인상을 말하자 누군가가 말했다.

우리는 곧장 자주 가던 학교 근처의 생고기 집으로 갔다. 생고기와 그의 후일담을 안주로 소맥을 들어부으며 이제는 기억마저 아슴푸레한 그를 추억했다. 그리고 한잔하면 으레 거쳤던 생고기 집 맞은편 노래방에서 두 시간 가량 스트레스를 풀었다. 보너스 시간에 누군가가 제안한 그의 애창곡 한상일의 '웨딩드레스'와 남화용의 '홀로 가는 길'을 합창(그는 어쩌다 노래방까지 휩쓸려 들어오면 숙제하듯 얼른 그 두 곡을 거푸 부르고는 가뭇없이 사라졌었다.) 할 때는 감정이 고조되어 눈물을 흘리기까지 했다. 마치 그가 우리의 아이돌인 것처럼.

그리고 우리는 필수 코스처럼 빠르게 그를 잊었다.

나는 요행 신춘문예로 등단하긴 했지만, 글재주가 없는 데다 게을러 등단한 지 십오 년이 지나서야 첫 창작집을 내게 되었다. 그래도 처음인데 간단한 자리라도 있어야 하지 않느냐고, 주위에서 하도 들쑤셔 작은 한식당에서 조촐한 출판기념회라는 걸 가졌다. 한창 행사가 진행되는데 여종업원이 들어와 내 앞으로 접은 메모지를 슬그머니 건네고는 나갔다. 나는 메모지를 상 밑으로 내려 가만히 펴보았다. 누군가가 계산대 앞에서 나를 기다리고 있다는 기별이었다. 졸업한 제자가 어떻게 소식을 듣고 찾아왔나 보다 생각한 나는 짬을 보아 일층으로 내려갔다. 사프란색 투피스 차림의 여성이 등을 돌린 채 밖을 내다보고 있었다. 그녀의 손에는 장미꽃과 안개꽃이 어우러진 꽃바구니가 들려 있었다. 뜻밖에도 그의 공처였다.

"어떻게 여기까지……?"

나는 당황스럽기도 하고 난감해 어찌할 바를 몰랐다.

"우연히 소식을 듣게 되었어요. 출간을 진심으로 축하드립니다."

사모님은 내 앞으로 꽃바구니를 내밀었다. 나는 거절하면 상대의 입장만 난처해질 것 같아 사의를 표하고 공손히 받았다. 그리고 이러지도 저러지도 못해 어정쯰게 웃고 있는데 사모님이 먼저 어색한 상황을 풀었다.

"살아계셨으면 무척 좋아하셨을 거예요. 앞으로도 좋은 글을 많이 쓰세요."

돌아설 때, 이따 감사의 마음이라도 표할 수 있도록 연락처를 달라고 했더니 몇 번 사양하다가 계산대에서 얻은 메모지에 전화번호만 적어 내밀었다.

며칠 뒤 내가 그 전화번호로 연락했더니 사모님께서 그러잖아도 일간 뵙고 싶었다며 기꺼이 시간을 내주었다. 나는 사인한 내 첫 소설집을 가방 속에 넣고 약속 장소로 갔다. 학교와 가까운 한식집이었다. 사모님은 먼저 와 식당 문 앞에서 나를 기다리고 있었다.

"이렇게 시간을 내 주셔서 감사드립니다."

여종업원의 안내를 받아 호젓한 방 안에 마주앉았을 때, 내가 해야 할 인사를 사모님이 먼저 했다. 그리고 숄더백에서 2호 봉투를 꺼내 내게 건네주었다. 그의 처음이자 마지막이 된 시집이었다. 겉봉에는 학교 주소와 내 이름이 자필로 씍어 있었고, 스카치테이프로 봉해져 있었다.

"유품을 정리하다가 그게 발견되었어요. 아마 선생님께 우송하려다 그만둔 것 같았어요."

내가 봉투를 곱게 뜯을 때, 사모님이 덧붙였다. 시집 속표지에는 '존경하

126

는 이수오 선생님께', 연월일, '저자 ○○○ 드림'이 네임펜으로 쓰여 있었는데, 놀랍게도 저자명이 공처가였다.

"학교에서 그렇게 불렀다면서요?"

사모님이 웃으며 말했다.

"알고 계셨군요."

"저도 이 시집이 나오고 나서야 알게 되었어요. 오빠가 그런 엉뚱한 면이 있네요."

나는 물을 먹다 말고 눈을 둥그렇게 뜨고 바라봤다.

"결혼하고 오 년도 채 안 되었을 거예요. 둘째 지현이가 막 돌 지났을 때였으니까요." 사모님이 밥을 먹으며 조곤조곤 말했다. "올케언니가 불의의 사고를 당했어요. 큰 교통사고였죠. 그길로 식물인간이 되었어요. 제가 곁에 있다고 언니만 하겠어요."

"……."

나는 고개를 수그리고 수저질하는 것 말고는 할 게 없었다.

"지환, 지현이는 초등학교 들어가기 전까지 우리 엄마가 다 키웠어요. 오빠가 학교를 그만둔 것도 그 때문이었어요. 그 월급으론 병원비가 감당이 안 된 거죠. 그때 제가 참 많이 말렸어요. 제가 오빠를 잘 알거든요. 아, 죄송합니다."

동생분은 손수건을 꺼내 고개를 돌려 눈물을 닦았다.

"학원이란 데가 살벌한 전쟁터 아니에요. 오빠 같은 사람은 절대로 오래 버틸 수 없는 데죠. 아마 오륙 년 정도는 근근이 버텼을 거예요. 그동안 안 해본 게 없었을 거예요. 택배기사, 이삿짐센터 종업원, 건설 노동자, 대리운전기사, 세신사, 염사, 총알택배, 경비원…… 돈이 되는 곳이면 어디든 밤낮으로 뛰어다녔으니까요. 솔직히 전 속으로 사람 구실 못할 바에는……
바라기도 했어요. 그런데 오빠는 한결같았어요. 우리 오빠지만 참 존경스
러워요."

"네에……."

"올케언니는 오빠가 돌아가기 일 년 전에 가셨어요. 그러니까 그런 상태
로 이십 몇 년을 버틴 셈이죠."

"부끄럽습니다."

내가 진심으로 말했다.

"제가 괜히 밥맛 떨어지는 얘기를 했군요."

"아닙니다." 나는 보란 듯이 몇 숟갈 밥을 푹푹 떠먹고는 말했다. "제가 요
즘 그렇습니다. 가져온다는 게 그만 깜박 잊고 제 책을 가져오지 못했습니
다. 주소를 말씀해 주시면 내일 바로 우송해 드리겠습니다."

나는 가방 속에 넣어온 걸 차마 그대로 내밀 수가 없었다. 동생분은 몇 번
사양하다가 내 휴대전화로 주소를 보내주었다.

"천생연분인 것 같아요. 오빠가 올케언니랑 한 날 한 시에 운명하셨으니
까요."

헤어질 때 편안한 모습의 동생분이 말했다.

내가 계산하려 했지만 한사코 그녀가 계산대로 가 카드를 내밀었다.

"꼭 음미하며 읽어보겠습니다."

그녀와 헤어질 때 내가 말했다.

그러나 나는 끝내 선생님의 사인은 묻지 않았다.

"웬 거예요?"

내가 아파트 앞 플라워샵에서 장미 한 다발을 사들고 들어서자 아내의 눈이 놀라움으로 부풀어 올랐다. 아내를 위해 생돈을 들여 꽃을 사기는 처음이었다.

"왜긴……. 당신 주려고 들어오다가 샀지."

"아이고, 당신 주제에……. 어느 학모가 상담하러 오며 들고 왔겠지……."

아내는 나의 진정성을 여전히 믿지 않았다.

"이 사람이 맨날 속고만 살았나. 왜 남의 말을 못 믿어? 정 못 믿겠으면 전화해 확인해 봐. 거기 꽃다발 속에 명함이 꽂혀 있을 거야."

"그런다고 내가 속아 넘어갈 줄 알아?"

나는 더 이상 대꾸 않고 내 방으로 들어갔다. 그럴 줄 알고 꽃집엘 나올 때 매니저 아가씨에게 몇 가지 특별 주문을 해두었다.

"진짜 전화해 본다. 아니기만 해 봐라."

방문 너머로 아내의 협박성 목소리가 들렸다.

나는 책상 앞에 앉아 가방에서 시집을 꺼냈다. 시집 제목이 '틀니'였다. 나는 그 표제작부터 읽어보았다.

꿈에 달을 타고 고향집으로 갔다 고향집은 우물 속으로 들어가 절름발이 물고기와 지느러미로 뒤뚱거리는 돼지와 숨바꼭질하고 있었다 돼지는 짧고 고불고불한 몇 올의 음모가 살비듬처럼 붙은 노모의 빨간 내의를 입고 싯누런 틀니를 끼고 있었다 대문간 옆 장독대 아래 접시꽃 대궁에 숨어 해쭉 웃으며 돼지가 말했다 이것도 니 엄마 건데? 어떻게 생겼더라 도무지 기억에 없었다 틀니는 물고기 유방 속에 웅크리고 앉아 서럽게 울었다 이눔아 술김에 히죽 본 여편네 꽃 팬티는 알아보면서 삼십오 년 묵은 어미 틀니도 못 알아보냐? 육중한 지중해가 가슴의 크레

바스로 콸콸 쏟아졌다 밤이 바스러져 빙하 절벽으로 흩날렸다

　노모가 에트나 화산 분화구 구경 간다는 석류나무의 기별을 듣고 여동생 가족
이랑 카니발을 타고 고향집으로 갔다 성미 급한 노모는 벌써 집을 떠나고 없었다
우물가 석류나무는 자기를 버려두고 저 혼자 줄행랑 쳤다고 노모를 마구 욕하며
징징거리고 있었다 욕두문자가 바람에 풀풀 날려 온 마당이 붉었다 차 시간이 바
빠 나 그만 간다 분화구 구경 좋으문 거기 눌러 살 텡게 나 지달리지 말고 너희들
끼리 잘 살아라 녹슨 우물물을 찍어 괴발개발 써놓은 우물 가 하늘빛 비누통 속
틀니가 상기된 뺨으로 웃고 있었다

　나는 그의 표제작을 거듭 읽으며 어쩌면 그는 평생 아내의 틀니로 살지 않
았을까, 생각했다. 내가 착잡한 마음으로 그의 다른 시들을 뒤적거리고 있
는데 스르르 방문이 열렸다. 아내였다.

　"진짜네."

　문설주에 기대선 아내가 코맹맹이 소리로 말했다. 아내의 얼굴은 막 제 뱃
속에서 나온 첫애의 얼굴을 가만히 내려다볼 때처럼 붉게 상기되어 있었다.

아주 특별한 조등(弔燈)

내 나이 삼십 후반이었을 무렵, 학교 근처의 가정집 이층에 세 들어 살 때의 일이다. 추석을 얼마 남겨 놓지 않은 가을로 기억되는데, 어느 날 퇴근해 돌아오니 앞집 김민수 씨 댁 대문 문설주에 불그죽죽한 조등(弔燈)이 내걸려 있었다. 나는 그것을 보는 순간, 아, 그 할머님이 돌아가셨구나, 생각했다. 그 댁에는 고희는 족히 되었음 직한 노파가 살고 계셨다. 어딘가 신양이 있어 뵈는 그 노파를 볼 때마다 나는 머잖아 그 집 대문 문설주에 조등이 내걸릴 거라는 걸 짐작하고 있었다. 얼핏 봐도 단호한 죽음의 그림자가 노파를 감싸고 있는 게 느껴졌다. 그렇다고 내게 특별한 감정이 일었던 건 아니었다. 그 집과 우리 집은 단지 이웃일 뿐, 아무 관계가 없었다. 그러기에 나는 저녁을 먹으면서 건성으로 이렇게 물었을 뿐이었다.

"앞집 할머님이 돌아가신 모양이지?"

아내 역시 그랬다. 특별한 감정이 실리지 않은 나의 물음에, 상추에 쌈장을 발라 쌈을 싸먹으면서 덤덤히 대꾸했다.

"그런가 봐요. 아침나절에 시장 보러 나갈 때만 해도 아무 일 없었는데, 죽으려니 참 쉽네요. 저번에 우연히 함께 시장 보러 갈 때 아주머니 눈치를 보니깐 시어머니 병수발에 죽을 맛인 것 같더라고요. 잘 됐지, 뭐."

"누가 죽었어?"

초등학교 삼학년인 딸애가 굽은 갈치의 속살을 따깜질해 먹다 말고 반짝 머리를 쳐들고 우리의 대화에 끼어들었다. 아내가 마지못해 그래, 하며 냉장고의 생수를 꺼내려 일어섰다. 앞집의 얘기는 그게 다였다. 늙으면 죽는 게 당연한 일. 우리는 곧 평범한 일상의 저녁으로 돌아가 다정스레 수저를 놀렸다. 내일 소풍 간다며 어느 순간 딸애가 신나 했고, 아내는 딸애 소풍 때 담임선생님의 도시락을 싸느냐 마느냐를 두고 내처 고민하다가 수저를 뉘었다.

　앞집 김민수 씨 댁은 우리가 세 들어 사는 집과 구조가 엇비슷해 이층에서 내려다보면 마치 대형 거울 속의 주인집을 보는 것 같았다. 넓지 않은 마당 구석에는 봄이면 흐드러지게 피어나는 목련과 모과나무가 심어져 있었고, 현관 계단으로 이어지는 통로에는 장방형의 황토색 징검돌이 깔려 있었다. 그 집에는 김민수 씨 부부를 비롯하여 그의 노모와 1남 3녀의 자녀들이 살고 있었다. 나보다 몇 년 연상일 성싶은 맏아들 부부는 아들 하나와 함께 이층에서 살고 있었고, 대학생인 듯한 맏딸과 고3인 둘째 딸, 중학생인 듯한 셋째 딸이 그녀들의 조모, 부모와 함께 아래층에서 살고 있었다. 내가 둘째 딸이 고3인 줄 아는 것은 그녀의 어머니가 내가 교직에 있다는 걸 알고 딸애의 진학 문제에 대해 상담하고 싶어 하더라는 말을, 아내를 통해 들은 적이 있었기 때문이었다. 그리고 또 있다. 셋째 딸이 끔찍이 사랑하는 요크셔테리어.

　사실 나는 김민수 씨 댁을 잘 모른다. 이곳으로 이사 온 지도 얼마 안 되는 데다 도시생활이 대개 그렇듯 애써 알려고 하지도 않았기 때문에, 심지어 김민수 씨가 어디에 근무하고 있는지조차 모르고 있었다. 그의 이름이 김민수라는 것도 문패를 보고 알았을 뿐이었다. 그럼에도 불구하고 내가 최근에 그 집에 대해 관심을 가지게 된 것은 그 할머니 때문이었다. 어쩐지 그 할머니가 육 년 전에 돌아가신 나의 할머니와 흡사한 분위기를 풍긴 까닭이었다.

　보름 전이었다. 그날도 나는 어떤 출구를 찾지 못해 이층 옥상 가두리 속을 얼쩡거리고 있었다. 그러다 무심히 눈을 준 김민수 씨 댁에서 나는 놀라운 광경을 목격할 수 있었다. 이마가 훤칠히 벗겨진 김민수 씨가 그의 노모를 어린애처럼 업고 조붓한 마당을 바장이고 있었다. 그 뒤에는 팔짱을 지른 아들과 부인이 안타까운 표정으로 서 있었고, 현관 앞 계단에는 세 자매가 마치 슬픈 연극을 관람하듯 그윽한 눈빛으로 서 있거나 앉아 있었다. 그런 경황없는 중에도 셋째 딸의 가슴팍에는 요크셔테리어가 앙세게 달라붙어 있었다. 그 광경을 보는 순간 나는 어떤 환상을 보고 있는 듯한 착각에 빠져 연방 눈을 슴벅거렸다.

　그것은 영락없는, 할머니가 돌아가시기 전날 밤의 우리 집 풍경이었다. 그때는 눈발이 흩날리던 겨울이었지만, 그날 밤도 그랬다. 아버지는 정신이 혼미한, 그래서 눈에 자꾸 헛것이 뵈는 할머니를 업고 재우려고 마당을 바장이고 있었고, 나와 어머니는 그 모습을 지켜보며 안절부절못하고 있었다.

　할머니는 그렇게 돌아가셨다. 이십대에 생과부가 되어 죽는 날까지 징용으로 끌려간 지아비를 그리며 수절하다가 은행나무 밑 눈밭 위에서 흡사 알을 품고 있는 한 마리의 앙증스런 날짐승처럼 웅크려 죽었다. 간밤의 뒤숭숭한 악몽으로 새벽잠에서 깨어났을 때 할머니는 이미 싸늘한 주검으로 굳어 있었다.

　나는 앞집 할머니의 죽음이 궁금했다. 지나친 망상인지 모르지만 어쩐지 그 할머니도 나의 할머니 못잖게 깊은 속사정이 있을 것 같은 예감이 들었다. 그날 밤, 그의 집 안을 에두르고 있는 분위기가 그랬고 가족들의 아뜩한 표정이 그랬다.

"아빠, 담배 좀 그만 피워. 엄마가 또 신경질 낸단 말이야."

마루에서 피아노를 치고 있던 딸애가 언제 들어왔는지 등 뒤에서 채근했다. 나는 가슴이 뜨끔해 얼른 담배를 재떨이에 눌러 껐다.(당시에는 방 안에서도 대놓고 담배를 피우던 시절이었다) 그리고 나쁜 짓 하다 들킨 반편이처럼 딸애를 향해 멋쩍게 웃었다. 아내의 지청구보다 딸애의 은근한 충고가 내게는 더 무섭다.

나는 창문을 열었다. 눅눅한 저녁 바람이 가볍게 내 머리칼을 흔들었다. 그러나 바람 속에는 으레 있을 법한 상가의 축축한 울음이나 웅성거림이 섞여 있지 않았다. 평소와 다름없이 조용했다. 아내는 어딜 갔는지 보이지 않았다. 내일 딸애가 소풍 간다더니 간식거리를 사러 나갔나? 나는 보던 계간 문학잡지를 덮고 컴퓨터 앞에 앉았다. 그 무렵의 나는 아직도 작가의 꿈을 버리지 못하고 있었다. 대학 때부터 함께 동인 활동을 했던 진호가 작년에 신춘문예를 통해 등단한 뒤부터 나는 더욱 조바심을 내고 있었지만, 그럴수록 내 머릿속은 돌덩이처럼 굳어갔다.

"여보, 빨리 좀 나와 봐요."

내가 막 저장 파일을 불러냈을 때, 검은 비닐봉지를 들고 들어서던 아내가 다급한 목소리로 호들갑을 떨었다. 아내의 얼굴은 하얗게 질려 있었고, 거스러미가 보풀처럼 인 입술은 어떤 충격으로 파르르 떨리고 있었다. 아내는 다짜고짜 내 팔을 끌고 밖으로 나갔다.

"혹시 우리가 지금 꿈을 꾸고 있는 건 아닐까요? 저기 보세요. 할머님이 안 돌아가셨잖아요."

나는 아내가 벌름거리는 가슴에 손을 얹고 턱짓하는 쪽으로 눈길을 주었다. 사실이었다. 백목련이 수더분하게 핀 마당 어귀에서 김민수 씨가 그 할머니를 업고 등불처럼 일렁거리고 있었다.

하늘에는 또랑또랑한 달이 박혀 있었다.

나는 계단을 오르는 아내의 발자국 소리를 기다리며 바벨과 크롬 아령이 널브러져 있는 현관 앞에서 서성거렸다. 김민수 씨 대문 문설주에는 여전히 조등이 이물스런 느낌으로 매달려 있었다. 그렇다면 도대체 누가 죽었단 말인가. 나는 김민수 씨 가족들의 얼굴을 하나하나 떠올려 보았다. 잠자리에서조차 결코 기품 있는 몸가짐을 흩뜨리지 않을 것 같은 부인. 돈을 떼이고도 도리어 술을 받아주며 상대를 위무해 줄 것 같은 맏아들. 생고무처럼 통통 튀는 맏딸. 먹는 족족 젖가슴과 엉덩이로 살이 가는 듯한 둘째 딸. 웃음이 헤픈 셋째 딸. 세 시누이와 일대 삼으로 대거리해도 결코 질 것 같지 않을 며느리. 자주 팔을 가는 손자. 아무리 모모이 뜯어보아도 그들 중 하나가 조등의 주인이란 느낌은 들지 않았다.

나는 다시 김민수 씨 집 안을 은밀히 살폈다. 조금 전까지 얼비치던 김민수 씨의 모습은 보이지 않았고, 푸진 달빛만이 고즈넉한 마당에 푼더분히 깔려 있었다. 저 집이 상가라니. 음산한 느낌의 조등만 아니라면 여느 때와 다를 바 없는 풍경이요, 분위기였다.

달이 문제였다. 능준한 달빛만 아니라면 아내가 김민수 씨 댁을 애써 훔쳐보았을 리 만무하고, 그랬다면 우리는 으레 앞집 할머니가 돌아가신 줄 알고 평소처럼―모녀는 켜둔 텔레비전 앞에서 내일 있을 소풍을 화제로 담소를 나누다가, 나는 컴퓨터 앞에서 끙끙거리다가―특별한 감정 없이 잠자리에 들었을 것이다.

나는 일찍이 알량한 조등 문제로 이렇듯 길래 골머리를 앓아본 적이 없었다. 가끔 친척이나 친지의 집으로 문상 가 으레 맞닥뜨리는 조등을 보게 될 때도 별다른 감정이 일지 않았고, 어쩌다 길을 가다가 골목 모퉁이나 전신주에 매달려 있는 조등을 목격할 때도 또 누가 죽었구나, 습관적인 그런 느낌뿐 내 마음은 그 이상도 그 이하도 아니었다. 사물이란 그것이 놓인 장소와 상황에 따라 얼마나 달리 인식되는가.

　나는 달을 우러러 보았다. 달은 술래잡기하듯 더뎅이 진 구름 속을 번다히 들락거리며 흘러가고 있었다. 은행나무 사이로 물신선 같은 달이 떠오르면 넋을 놓고 장죽을 물고 계시던 할머니. 어쩌면 할머니는 마치 우리가 인공위성을 통해 머나먼 타지에서 일어나는 일들을 안방에 앉아 들여다보듯 달이라는 매개체를 통해 당신만이 볼 수 있는 모니터 속에서 할아버지의 일거수일투족을 훔쳐보고 계셨던 건 아니었던지……. 할머니는 마지막 눈을 감을 때까지 할아버지의 생환을 굳게 믿고 계셨다. 그것은 단순한 믿음이라기보다 일종의 종교적 신앙에 가까우리만큼 확고한 것이었다. 아버지가 매년 조급증을 내면서도 선뜻 할아버지의 제사를 모시지 못한 것도 그런 할머니의 확고한 신념이 있었기 때문이었다. 결국 그 문제는 내가 결혼하고서야 해결할 수 있었다. 꼭 그렇게까지 해가며 제사를 모셔야 하는가 하는 일말의 회의감도 없지 않았지만, 그 문제만큼은 유달리 집착이 강해 드러내놓고 매정하게 이의를 제기할 수 없었다.

　나는 지금도 뚜렷이 기억하고 있다. 신접살림을 차린 나의 집에서 할머니 몰래 도둑 제사를 모시고 나서 못 자시는 술을 음복할 때, 아버지의 상기된 표정을. 그것은 흡사 지며리 앓던 충치를 뽑아버린 것 같은 그런 표정이었다. 이미 할머니가 돌아가신 지 여섯 해나 지났고, 이제는 떳떳하게 할아버지의 제사를 모시고 있던 터라 다 끝난 줄 알았던 그 문제가 새삼 아픔으로 다가온 건 올 여름이었다. 아내의 전화를 받고 곧장 퇴근했을 때, 아무 연락 없이 불쑥 들른 아버지가 어두운 표정으로 방 안에 진중이 앉아 담배를 피우고 계셨다. 갑자기 어쩐 일이시냐고 잼처 물어도 담배만 피우시던 아버지가 이윽고 신사복 안주머니에서 누런 봉투 하나를 꺼냈다. 그러고는 밑도 끝도 없이 중얼거렸다.

"일이 낭패구나."

나는 아버지 앞에 놓인 봉투를 집어 들었다. 내용은 확인해 볼 것도 없이 예사 편지가 아님을 직감할 수 있었다. 우선 꾀죄죄한 봉투와 설면한 우표가 그랬고, 봉투에 적힌 한자투성이의 이물스런 글씨체가 그랬다.

아버지가 말했다.

"중국 흥룡강성 이춘시에 네 할아버지가 생존해 계신다는구나, 거참. 가족사진까지 동봉해 왔다."

아버지의 전언에 의하면 할아버지는 해방 이듬해 장가들어 사 남매를 두고 있다는 것이다. 나는 편지지를 꺼내다 말고 조용히 일어나 밖으로 나갔다. 마음의 평정을 유지하려고 붉은 놀을 향해 담담히 담배를 피워 물었으나 관자놀이를 짓누르는 현기증은 좀처럼 가라앉지 않았다. 제사를 접어두더라도 할머니 곁에 쌍분까지 한 망자가 살아 있다는 게 도무지 믿어지지 않았다.

나는 차츰 현기증이 어떤 분노로 바뀌어 머릿속에서 들끓고 있음을 느꼈다. 그건 배신이 아니라 돌이킬 수 없는 죄였고, 중대한 직무유기였다. 만일 진정으로 지어미를 위할 요량이라면 죽는 날까지 꼭꼭 숨어 있어야 했다. 아니, 영원히 흔적조차 드러내지 말았어야 했다. 그래야만 할머니의 생은 물론, 자신의 생도 값지고 의미가 있었다.

"여태 뭐하다 오는 거야?"

슬리퍼를 끌고 올라오는 아내의 기척이 들렸다. 아내의 거레는 유명하다. 궁둥이는 조롱박만 한 게 얼마나 무겁던지 사람의 간장을 바특이 졸여야 나타난다. 그것도 뻔뻔스러움에 가까운 능청스런 얼굴로.

"어머, 이이 좀 봐. 똥 뀐 놈이 성낸다더니……."

아내가 되알지게 눈자위를 뒤집었다. 하긴 아래층으로 내려가 보라고 부추긴 건 나였다.

"그래, 뭐 좀 알아봤어?"

"알아보긴요. 가는 날이 장날이라더니, 명혜 혼자 덩그렇게 집을 지키고 있더라고요. 어째 종일 안 보인다 했죠. 큰집 장조카 결혼 땜에 모두 마산엘 갔대요. 아침 일찍요."

나는 더는 대꾸 없이 현관문을 열었다. 딸애는 텔레비전 앞에 웅송그리고 앉아 연속극을 보고 있었다.

"내려간 김에 명혜한테 이것저것 물어봤어요. 근데 걔는 그 사실조차 모르고 있더라고요. 그렇잖아도 심장이 안 좋은 앤데 혼자 덩그렇게 집을 지키고 있길래 기겁할까 봐 자세히 물어보지도 못했어요. 아마 온종일 집에만 처박혀 있었던가 봐요."

뒤따라 들어오며 아내가 덧붙였다. 명혜는 주인집 외딸이다. 지난해 대학 시험에 떨어지고 재수하고 있다. 재수한다기보다 요양 중에 있다고 하는 편이 더 옳겠다. 주인 부부는 쉬쉬하고 있지만, 지난겨울에 학교에서 돌아오다 성폭행을 당했다는 소문이 있었다.

"명혜 말로는 저녁 무렵에 그 아주머니가 상복 비슷한 흰옷을 입고 찾아왔더래요. 무슨 날인지 백설기 한 덩이하고 사과와 배 몇 개 가지고요. 정말 웃기는 여자라니까요. 나는 그 아주머니가 그렇게 엉큼하고 뻔뻔스러운 여편넨 줄 몰랐네. 당신은 이해돼요?"

아내가 분개했다. 아내는 문갑에서 내의를 찾아 들고 화장실로 들어갔다. 아내는 화가 나거나 속상할 일이 있을 때 샤워하는 버릇이 있었다. 이제는 샤워기헤드의 구멍에서 쏟아지는 물줄기 소리만 들어도 아내의 가슴속 온도를 짐작할 수 있었다. 나는 화장실에서 쏟아지는 팍팍한 물줄기 소리를 들으며 가만히 중얼거렸다.

"글쎄……."

나는 점점 무력감 속으로 빠져들었다. 왠지 일이 손에 잡히지 않았다. 어쩌면 이것이 조등이 노리는 진정한 함정인지도 모른다고 나는 생각했다. 가족들의 묵인 하에 그들 중 누군가가 어떤 필요에 의해 고의로 그것을 내걸어놓고 이웃들의 반응을 떠보고 있는 건 아닌지……. 그런 망상이 풍선처럼 시나브로 부풀어 오르자 나도 모르게 목덜미가 뻣뻣하게 굳었다.

"당신 이렇게 능놀아도 되는 거예요?"

내 앞에서 커피를 마시던 아내가 참견했다. 딸애는 이미 꿈나라로 들어가 한창 놀고 있는 중이었다. 저녁 이후 커피를 마시면 잠이 안 온다고 여간해서 생심을 내지 않던 아내가 자청해서 홀짝거리는 걸 보면 아내 역시 신경이 예민해져 있는 모양이었다. 내가 시큰둥이 대답했다.

"글쎄. 나도 모르겠어. 내키지가 않아."

"그 일 때문이에요?"

"그 일이라니?"

"뭐긴 뭐겠어요. 당신 할아버진가 뭔가 하는 주책바가지지."

아내가 종알거렸다. 역시 아내는 머리 회전 속도가 빨랐다. 내가 미처 생각하지 못한 일을 족집게처럼 짚어냈다. 그럴지도 몰랐다. 나의 무력감이 예의 조등이 아니라 그것인지 모른다는 생각이 그제야 머리를 강타했다.

그런 걸 보면 아버지는 천생 효자였다. 나는 두 번 죽었다 깨어나도 아버지의 뒤꿈치도 따라갈 수 없을 것 같았다. 어느 날 할아버지의 초청 문제를 상의하러 온 아버지가 말했다. "그렇다고 어쩌겠냐. 네 할머니를 생각하면 억장이 무너질 일이다만, 시대가 원수지 딴 죄는 없다. 그리고 만나면 꼭 물어볼 말이 있다. 무슨 연유로 해방 뒤 곧장 귀국하지 못했는지……. 그리고 또 있다. 내가 꼼꼼히 따져보니까 마음만 잡쉈으면 네 할머니 살아생전에 소식도 가능했다. 그런데 왜 그렇게 무심했던지……, 다 부질없는 일이다만."

아내의 표현을 빌리면 그 주책바가지가 다음 달에 약 한 달간의 일정으로 방문한다는 것이다. 얼마 전에 전화한 아버지가 다소 상기된 목소리로 그 소식을 전해 주었다. 내게서 그 소식을 전해들은 아내가 부르르 언성을 높였다. "빈대도 낯짝이 있지. 무슨 염치로 온다는 거예요? 뻔한 거라고요. 인사 치례한답시고 일가붙이들을 일일이 찾아다니며 싸구려 물건을 안기고 돈푼깨나 뜯어 가겠다는 심보 아니겠어요." 그래도 명색이 나의 할아버지인데, 아내가 무람없이 매도해도 왠지 화가 나지 않았다.

나는 차츰 조등과 조부의 늪에서 빠져 나왔다.

"요즘 난 당신이 참 안쓰러워 보여요. 저러다가 덜컥 쓰러지면 어쩌나 조금 걱정도 되고요. 이미 결판이 났는데 땅띔도 못할 짐을 왜 내려놓지 못하고 끙끙거리는지 이해가 안 돼요. 제 오빠 보세요. 안 될 사람은 결국 몸만 상하고 안 되잖아요. 난 오빠의 능력을 믿어요. 졸업하자마자 옆 동네 기웃거리지 않고 외곬으로 머리를 싸맸으면 고시 아니라 그 할아비라도 합격했을 거예요. 모든 게 시기라는 게 있어요."

아내가 또 젖은 날의 저녁연기처럼 목소리를 깔며 꼬드기기 시작했다. 나는 말없이 싸늘히 식은 찻잔만 만지작거리고 있었다.

"제가 당신 앞길을 막으려고 이러는 게 아니에요. 당신은 이미 시기를 놓쳤다고요. 제가 애초에 뭐라고 그랬어요. 이대로 어영부영하다가 늙을 거냐고, 그렇게 애면글면 다그칠 땐 바둑이다 낚시다 등산이다 만판 놀다가 이제 와서 녹 쓴 칼을 벼르겠다니, 당최 미덥지가 않아요. 그리고 그 동기가 불순해요. 사촌 논 사면 배 아파하는 그 발심으로 무엇을 해낼 수 있겠어요. 그건 오기도 아니고 객기일 뿐이에요."

"알았어."

나는 담배를 꺼냈다.

"그리고 또 있어요. 물론 당신은 믿고 싶겠죠. 늦깎이로 입문해 일가를 이룬 사람도 있지 않느냐고요. 물론 있죠. 그러나 그런 경우엔 대개 삼년불비였거나 밑천이 두둑해요. 나는 당신을 조금은 알아요. 내가 보기엔 당신은 그 어느 쪽도 아니에요. 설령 운 좋게 등단한다 해도 금방 바닥이 드러나 지금보다 훨씬 심각한 절망에 빠지고 말 거예요. 가보지 않아도 뻔한 길을 왜 미련스레 꾸역꾸역 가려 하는지 그 이유를 모르겠어요. 당신, 지금 컨디션도 안 좋잖아요."

"알았다니까."

나는 신경질적으로 담배에 불을 붙이고 일어났다.

아내는 얼마 전부터 끈끈한 점액질 같은 입매로 나를 구슬리기 시작했다. 다른 일에는 곧장 성깔을 돋우는 아내였지만, 그 얘기를 할 때만은 달랐다.

아내의 목소리는 언제나 낮고 부드러웠다. 그리고 내가 어떤 반응을 보여도 결코 언성을 높이거나 안색을 바꾸는 일이 없었다. 어디까지나 자신의 생각이 그렇다는, 그런 자세를 일관되게 유지했다. 그것이 오히려 나를 더 절망케 했다. 아내는 왜 나쁜 쪽으로만 생각하는가. 왜 단 일 퍼센트의 가능성조차 인정하지 않으려 하는가. 하긴 아내의 말이 조목조목 맞는 것이긴 했다.

"앞집 할머님 땜에 당신과 생각지도 않은 오붓한 시간을 가졌네요. 분위기 있는 찻집이 아니라도 가끔씩 노닥거릴 만하네요."

아내가 내 기분을 북돋워줄 심산이었던지 커피잔을 거둬 일어나며 말했다.

오붓한 시간이라니. 입맛 떨어지게 줄곧 초만 쳐놓고서는……. 아내는 이렇듯 뻔뻔스럽다. 왜 아내는 진호의 와이프처럼 지팡이가 되어 주지 못하는가. 언젠가 진호가 말했다. 요즘 마누라가 더 적극적이야. 자료도 구해 주고 아이디어도 제공해 주고. 그게 엄청 부담스러워. 어느 정도 자신이 생길 때까지 시치미 떼고 있어야 하는 건데, 가벼운 주둥아리가 문제야. 자고로 기대가 크면 실망이 큰 법이거든. 그때 나는 속으로 이렇게 중얼거린 걸 기억한다. 난 네가 부러워.

아내는 그제야 싱크대 개수통에 처박아둔 그릇들을 부수기 시작했다. 약간 허리를 굽히고 그릇을 씻는 아내의 어깨와 궁둥이가 양손의 움직임에 따라 부드럽게 흔들렸다. 아내의 붉은 맨살이 얄찍한 잠옷 위로 실루엣처럼 투영되어 고스란히 드러나 보였다. 아내는 노브라였고, 아슬아슬한 팬티 한 조각만 붙어 있었다. 어쩌면 아내가, 내가 지금 아내의 얼비친 속살을 들여다보듯, 나의 미래를 은밀히 들여다보고 있는 건 아닐까, 그런 생각이 스쳤다.

담배 한 대로 마음을 추스르고 다시 컴퓨터 앞에 앉았을 때, 도어폰이 부드럽게 울렸다. 나는 직감적으로 진호라고 생각했다. 아직 야심한 밤은 아니지만 그래도 이 시간에 불쑥 도어폰을 울릴 사람은 그밖에 없었다. 진호는 전주가 있거나 글이 잘 써지지 않을 때 수시로 찾아오곤 했다. 그는 요즘 에이즈를 소재로 소설을 쓰고 있다. 며칠 전에도 뜬금없이 찾아와 혀 꼬부라진 소리로 중얼거렸다. 과욕이었어. 이빨도 없는 주제에 탐난다고 질긴 고기를 통째 씹어 먹으려 들었으니, 흐흥. 소설이란 쓰고 싶은 걸 쓰는 게 아니야. 네 말처럼 쓸 수 있는 걸 써야 하는데 말이야. ……미치겠어. 도무지 출구가 보이지 않아. 기분 같아선 에이즈라도 걸려보고 싶은 심정이야.

"진호냐?"

나는 도어폰에 대고 덤덤히 말했다. 진호 같으면 대뜸, 그래, 네 형님이다, 어서 문 열어, 그랬을 텐데 잠시 뜸을 들여도 아무런 반응이 없었다. 나는 조금 경직된 목소리로 물었다.

"누구세요?"

"앞집이에요. 사모님 계세요?"

앞집이라면 김민수 씨 댁이 아닌가. 그 아주머니가 이 밤에 무슨 일로? 나는 잠시 잊고 있었던 조등이 떠올라 괜스레 가슴이 짜부라졌다. 내가 수화하듯 앞집 아주머님임을 알리자 아내가 진저리치며 손사래 쳤다.

"무슨 일인데요? 집사람은 지금 몸이 안 좋아 누웠습니다."

"아 그러세요. 저녁때도 안 계시더니……. 잠깐 문 좀 열어 주세요. 무얼 좀 가져왔어요. 대문 앞에 두고 갈게요."

"저 여편네, 미쳤어."

내가 열림 버튼을 누른 뒤 아주머니의 말을 전하자 아내가 노골적으로 불평했다.

아내는 보기보다 겁이 많았다. 겉보기에는 간덩이가 농구공만 하게 생겼는데 실제는 정반대였다. 지금은 세상 땟물이 묻어 그래도 많이 나아진 편이지만, 결혼 초에는 후드득 빗방울이 떨어지며 번개만 쳐도 팔뚝에 오소소 소름이 돋곤 했다.

아주머니가 놓고 간 것은 백설기와 과일이었다. 아내는 내가 들고 온 그것을 쳐다보지도 않고 당장 쓰레기통에 처넣으라고 을러멨다. 아내의 목소리가 앙칼져 나는 찍소리 못하고 싱크대 위에 올려놓은 것을 다시 현관 밖으로 내다놓았다.

"맞아요." 한참 뒤 아내가 누웠던 자리에서 화들짝 일어나 앉으며 말했다. "당신, 오늘 그 집 요크셔테리언가 하는 애완견 못 봤죠? 그 애물이 죽은 거라고요."

"참신한 생각이긴 한데, 설마 그게 죽었다고 조등까지……."

"당신은 잘 모를 거예요. 그 집 셋째 딸이 그 애물단지를 얼마나 귀여워했다고요. 두고 보세요. 내 추측이 틀림없을 거예요. 어쩐지 개가 그저께부터 쉬어빠진 김치 쪼가리 꼴을 해가지고 다니더라니까. 시난고난 앓다가 결국 죽어버린 거라고요."

아내의 목소리는 어떤 확신에 차 있었다.

"물론 그럴 수야 있겠지. 그렇다고 설마 조등까지……. 이해가 안 돼."

"물론 안 될 거예요. 당신, 요즘 십대들 이해가 돼요? 안 되죠? 요즘은 십대가 왕이에요. 사람처럼 똑같이 조등을 내걸고 장례를 안 치러주면 각 뒤지겠다는데 밉지만 어떡해요. 두고 보니까요. 내일 아침이면 감쪽같이 사라질 테니까요."

"듣고 보니 그럴듯하군. 역시 당신 머리는 천재급이야."

146

나는 아내의 주장이 마뜩찮았지만 부픔하게 능쳤다. 아내는 조등의 덫에서 빨리 벗어나고 싶어 하는 눈치였고, 나 역시 그랬기 때문이었다.

"내가 누군데요."

아내가 으쓱했다.

"그러니 이제 그 문제는 그렇게 마무리 짓고 넘어가자고."

나는 그 표시로 목을 몇 바퀴 돌렸다가 뒷목을 주물렀다.

"당신이 섭섭해 할까 봐 여태 입을 다물고 있었지만, 실은 지난밤에 이런 꿈을 꿨지 뭐예요. 당신이 컴퓨터 앞에서 커피를 주문하길래 정성들여 끓여 가지고 갔죠. 으레 응모용 단편을 쓰는 줄 알고 무심코 등 너머로 훔쳐 보니깐 뜻밖에도 학위 논문을 쓰고 있는 게 아니겠어요. 꿈속이었지만 얼마나 감격했다고요."

나는 잠자코 듣고만 있었다.

다음날 아침 김밥 몇 개를 허겁지겁 집어먹고 이층 계단을 내리밟을 때, 나는 간밤 아내가 자신했던 예측이 보기 좋게 빗나갔음을 확인했다. 그리고 나는 보았다. 여전히 충충한 빛깔로 내걸려 있는 문설주의 조등을 뒤로 하고 김민수 씨와 그의 자녀들이 총총히 직장과 학교로 향하고 그의 며느리와 손자가 이층에서 아래를 내려다보며 밝은 얼굴로 손을 흔드는 모습을.

아무도 믿지 않았다. 내가 남교사 휴게실에서 1교시 수업을 기다리며 그 조등 얘기를 꺼냈을 때, 함께 있던 동료 교사들은 하나같이 고개를 갸웃하며 그럴 리가……? 하는 표정을 지었다. 진호도 그랬다. 진호는 숫제 내 어깨를 뚝뚝 치며 이렇게 충고까지 했다.

"이 선생, 요즘 너무 무리하는 거 아니야? 현실과 환상을 자네답지 못하게 이런 백주에 혼동하다니. 기발한 콩트감이긴 한데, 기발한 것도 상식의 범주 안에 있을 때 값지고 설득력을 갖는 거라고."

나는 섭섭했다. 내가 평소 헤프게 건풍이나 떨고 다니는 허릅숭이라면 모르겠지만, 그런 위인이 못 되는 줄은 누구보다 그가 더 잘 알고 있지 않은가. 그래서 나는 단호하게 말했다.

"자네야말로 지독한 편견에 사로잡혀 있군. 나는 다만 본 대로 말했을 뿐이야. 내게 잘못이 있다면 그걸 정직하게 발설했다는 경박함 정도지."

1교시 수업을 알리는 차임벨이 울렸다. 나는 휴게실을 나서며 공연히 이죽거렸다고 후회했다.

"그 집에 고3짜리 여학생이 있다고 그랬지? 혹시 그거 양법이 아닐까? 일테면 어느 미친 돌중이 구걸하러 왔다가 조등을 매달면 올해 틀림없이 대학에 붙겠다고 했던가. 요즘 대학에 들어갈 수만 있다면 염치고 나발이고 없으니 말이야. 내게 아재뻘 되는 친척인데 작년에 이런 일이 있었지 뭔가. 어디 가서 물어 봤더니 작년에 붙은 학생 속옷을 구해 입히고 부적을 몸에 지니면 올해 틀림없이 합격되겠다고 하더래. 그래서 정말 그랬던가 봐."

휴게실에서 말은 그랬지만, 조등이 묘하게 호기심을 자극했던 모양이었다. 2교시 수업 후 화장실에서 만난 진호가 내 옆에서 오줌을 누며 말했다.

"다시 생각해 봤는데 일종의 무언의 시위 아닐까? 그 댁 문중 사람 중에 이번 구조 조정 태풍에 희생양이 된 사람이 있는지 모르지. 그래서 억울하다는 항의 표시로 종친회에서 일정 기간을 정해 놓고 조등 달기 행사를 진행하고 있는 건 아닐까?"

점심시간에 식당에서 만난 진호가 진지한 표정으로 말했다.

"어이 이종기, 그게 확실하긴 한 거야? 정말 아무 일도 없고? 이거 귀신이 곡할 노릇이군."

6교시 후 교지 편집실로 나를 찾아온 진호가 담배를 빼물며 말했다. 나는 곧 그가 에이즈를 정복할 것 같은 예감이 들었다.

"네 말이 확실하다면 면례를 치른 게 틀림없어. 몇 년 전인가 내 외가에서 외조부 산소를 이장한 일이 있었어. 돌아가신 지 이십 년이 넘었는데도 이 장할 때 보니까 꼭 장례 때처럼 상복 입고 곡하고 그러더라고. 틀림없어. 그 댁 할아버지 산소를 이장하는 거야."

퇴근 무렵 교무실에서 만난 진호가 마침내 고난도 수학 문제를 푼 것 같은 홀가분한 얼굴로 말했다. 나는 녀석이 점점 존경스러워지기 시작했다.

함께 퇴근 준비하며 진호가 제목은 정했느냐고 묻길래 나는 솔직히 대답해 주었다. '알'로 할까 한다고. 그러자 제목이 선뜻 가슴에 와 닿지 않은지 '알? 알! 알이라……'를 열 번쯤 곱씹다가 말했다.

"내 생각에는 주제를 암시하는 수식어 하나 정도를 붙였으면 좋을 것 같은데, 가령 '붉은 알'이라든다 '따뜻한 알'이라든가……."

"나도 그런 생각을 안 해 본 건 아닌데, 그러면 독자의 상상을 제한하는 것 같아 내키지 않더라고. 왠지 독자 스스로 가공할 수 있도록 원석처럼 남겨두고 싶어지더라고."

"알에 대한 집착이 대단하군."

진호도 알고 있었다. 요즘 내가 무엇에 대해 쓰고 있는가를. 언젠가 진호가 물을 때 내가 귀띔해 주었다. 제목은 미정이지만, 내 할머니에 대해 쓰고 있다고. 그때 진호는 자기는 지금 에이즈에 대해 쓰고 있다고 알속했다. 뜻밖이었다.

"난 요즘 내가 아는 사람들 하나하나에 에이즈를 대입시켜 보는 이상한 버릇이 생겼어. 이러다간 보갈들처럼 에이즈 공포증에 걸리지 않을까 모르겠어."

우리는 와자하니 하교하는 아이들 틈에 끼어 퇴근했다. 역시 애들은 애들이었다. 새벽부터 지금까지 웬만큼 스트레스를 받았을 텐데 삼삼오오 어울려 주고받는 종알거림과 웃음 속에는 여고생들만이 갖고 있는 밝고 싱싱한 낭만이 묻어 있었다.

"행여 저 애들에겐 대입시키지 마. 상상만으로도 끔찍해."

내가 농담투로 말했다. 그러자 진호가 서슴없이 대답했다.

"벌써 몇 번 대입시켜 봤는걸. 그런데 의외로 덤덤하더라고. 열매의 맛과 향기는 공기나 햇볕 같은 외부적 환경보다 토양이나 뿌리 같은 근원적인 요인들에 의해 더 많이 좌우된다는 걸 알았어. 소설도 그렇지 않을까?"

"당연하지. 뿌리 깊은 나무는 바람에 아니 흔들리기도 하지만 그렇지 않는 것보다 더 싱그럽고 수명도 길거든. 그러나 자네는 이걸 알아야 돼. 상상은 자유이나 그 자유만큼 책임도 따른다는 걸. 누구나 잔인한 상상으로부터 보호 받을 권리가 있는 거라고."

진호도 웃고 나도 웃었다.

"맛있게 잘 삶아."

"뭘?"

"뭐긴 뭐야. 알이지. 내일 보자."

자동차 키를 뽑아든 진호가 손을 흔들곤 체육관 쪽으로 방향을 틀었다. 진호는 끝내 퇴근길 입가심 한잔을 들먹이지 않았다. 그런 의미에서 그의 자제력은 사줄만 했다. 진호는 보나마나 자동차를 아파트에 처박아 놓고 호프나 구이 집을 찾아갈 것이다. 안주 하나에 맥주 두어 병 시켜놓고 아무나 짚이는 대로 또 대입시켜 볼 것이다. 진호의 집착력도 자제력 못지않았다. 하찮은 바둑의 묘수풀이 같은 것도 제 손으로 풀어야 직성이 풀리는 성미였다. 나는 그의 고독한 대입에 친척이 있기를 멀어져가는 그의 뒷모습을 지켜보며 진심으로 빌었다.

없었다.

출근할 때 분명히 내걸려 있었던 조등이 보이지 않았다. 그렇다면 진호의 추리가 정답인가? 나는 도어폰을 누를 생각도 잊은 채 물끄러미 김민수 씨 댁을 바라보았다.

"아빠, 거기서 뭐해? 빨리 올라와."

딸애가 이층에서 아래를 내려다보며 소리쳤다. 잠시 뒤 쪽문이 열리는 금속성 소리가 들렸다. 딸애는 소풍 가서 신나게 놀다 왔는지 아침보다 밤볼이 익어 있었다. 나는 딸애를 번쩍 들었다 내려놓았다. 딸애가 내 이마에 쪽 입을 맞추고 간드러지게 웃었다. 어쩌면 진호가 무지막지하게 이 아이에게도 에이즈를 대입시켜 보지 않았을까, 그런 생각이 들자 나도 모르게 진저리가 쳐졌다.

아내는 저녁 준비하느라 주방에서 꼼꼼히 손을 놀리고 있었다. 가스레인지 불 위에 올려놓은 스테인리스 냄비가 요란한 소리를 내며 미세한 수증기를 뿜고 있었다. 곰국을 하는지 수증기 속에서 구뜰한 누린내가 풍겨 나왔다. 할머니는 통파를 송송 썰어 넣은 곰국을 무척 좋아했다. 덕분에 나는 어릴 때 그것을 많이 먹을 수 있었다. 그 때문인지 어른이 된 뒤에도 그것이 자주 생각났다.

나는 벌써 배가 출출해 옴을 느꼈다.

"얼른 씻으세요."

아내가 내의를 내주며 말했다. 나는 저녁 먹고 씻고 싶었으나 아내에게
등 떠밀려 화장실로 들어갔다. 별수 없이 거울을 보며 옷을 벗는데 문 밖에
서 아내의 목소리가 들려왔다.

"참, 낮에 시골 아버님에게서 전화가 왔어요. 다음 달 공항에 함께 마중
나갈 수 있겠느냐고요."

"그래서 뭐랬어?"

"이따 여쭤보고 연락드린다고 했어요."

나는 괜히 짜증이 나 샤워기의 손잡이를 힘껏 돌렸다. 맨살에 부딪치는 세
찬 물줄기가 땀구멍 속으로 파고들어 따끔거렸다. 나는 비누칠을 하며 아버
지를 이해하려고 애썼지만, 선뜻 마음의 고동이 틀리지 않았다.

씻으니 한결 개운했다. 나는 젖은 머리를 말리고 주방 식탁 의자에 앉았
다. 곰국을 싫어하는 딸애는 숫제 제 밥그릇과 반찬을 들고 텔레비전 앞으
로 갔다. 아내와 나는 신혼시절 때처럼 오붓하게 마주앉았다. 아내는 벌써
앞집 조등을 까맣게 잊은 듯했다. 스스로 내린 결론에 아직도 만족하고 있
는 건가. 나는 고슬고슬한 쌀밥을 곰국에 말며 지나가는 투로 말했다.

"들어올 때 보니 앞집 조등이 안 보이던데……."

나의 말에 그제야 생각난 듯 아내가 말했다.

"아침나절에 사장 갔다 오다가 길에서 그 아주머니를 만났어요. 마침 잘
만났다는 듯이 반색하며 말해 주더라고요. 어젯밤에도 그걸 설명해주려고
왔던가 봐요. 앞집 할아버지가 휴전 직전에 월북했었나 봐요. 아주머니 말
로는 납북됐다고 그랬지만 느낌이 그랬어요. 세월이 얼마예요. 모두 까맣
게 잊고 있었는데 그저께 새벽인가 소스라치게 깨어난 시어머니가 난데없

이 네 아비가 돌아갔으니 조등을 달라고 꼭 투정 부리는 애들처럼 조르더래요. 식구들이 번차례로 들어가 달래고 설득해도 막무가내더래요. 진지도 안 드시고 벽 쪽으로 토라져 누워 조등 타령만 하는데 잘못하면 큰일 나겠더래요. 그래서 할 수 없이 달았대요. 그런 것 보면 부부지간에는 텔레파시가 통하나 봐요. 당신 할머니도 그랬다면서요? 돌아가실 때까지 지아비의 생존을 신앙처럼 믿고 계셨다면서요?"

나는 입맛이 썼다. 몇 숟갈 말아 놓은 것만 퍼먹고 일어났다. 아내가 눈을 동그랗게 뜨고, 왜 그래요? 곰국이 맛이 없어요? 물었지만, 나는 대꾸 없이 바깥으로 나갔다. 어둑한 거리에는 무심한 사람들이 지나가고 동녘하늘에는 열이틀 달이 구름 속을 들락거리며 흘러가고 있었다.

다음날 아침, 김민수 씨 댁 대문 문설주에는 할머니의 죽음을 알리는 불그죽죽한 조등이 조곡 속에 흔들리며 내걸려 있었다.

하룻밤 전쟁

자야 하는데 잠이 오지 않았다. 아내는 바람벽 쪽으로 돌린 등을 새우처럼 꼬부리고 일찌감치 의기투합한 잠속에서 와달박달 이빨을 갈고 있었다. 그 본새가 저녁 밥상머리에서 시작된 전쟁이 종전이 아니라 휴전임을 명확히 표징하고 있는 것처럼 보였다. 나는 아내가 친친 감고 있는 이불을 왈살스레 낚아채 턱까지 넉넉히 덮으며 역시 획 돌아누웠다. 그러다 요의 삼분의 이를 점령한 아내의 뻔뻔스런 엉덩이로 하여 내 들피진 엉덩이 위로 차일 친 것처럼 조무래기 머리통만한 공간이 졌다. 기분 같아선 천골에 불꽃이 튀도록 들입다 박아 불법 점령당한 땅을 일거에 탈환하고 싶었지만, 보나마나 놀란 아내가 이불을 획 걷고 일어나 포달진 눈으로 전쟁 재개를 선언할지 몰랐다. 그러면 감질 나는 건 나다. 내일 새벽같이 일어나야 하기 때문이다.

낮에 커피를 너무 많이 마신 탓일까. 잠을 자야 한다는 열망이 강할수록 오히려 의식은 초롱초롱 살아 온갖 상념들을 엮어냈다. 모새를 뿌린 듯 눈알이 아리고 귓속의 이명이 방 안을 와글와글 채운 지도 꽤 지났다. 나는 별수 없이 알코올의 힘을 빌리기 위해 밖으로 나왔다.

익숙한 손놀림으로 벽면의 스위치를 누르자 어둠의 더께를 쓴 거실과 주방의 흉물스런 잔해들이 갑작스런 어마지두에 깨어났다. 식탁 위에는 다섯 시간 삼십 분 전, 우리 가족의 저녁 풍경을 적나라하게 보여 주는 식기들이 아주 자연스럽게 놓여 있었다. 시서늘하게 식어 버린 된장찌개 냄비를 중심으로 아가리를 벌리고 졸막졸막 앉아 있는 반찬 그릇은 그렇다손 치더라도 혹은 비벼 둔 채로, 혹은 말아 둔 채로, 혹은 강밥에 수저를 꽂아 놓았거나 걸쳐 둔 채로 방기한 모습이란 전쟁의 상흔처럼 살풍경스러웠다. 콩나물에 된장과 고추장을 듬뿍 쳐 척척 비벼 먹던 아내가 제일 먼저 자리를 떴고, 통깨를 동동 띄운 콩나물국에 조금씩 밥을 떠 말아 먹던 내가 그 다음으로 자리를 떴고, 소시지 완자랑 멸치볶음을 다투어 게걸스럽게 먹던 쌍둥이 녀석들이 분위기 파악을 하지 못하고 눈치 없이 허기를 채우다간 후환이 두렵기라도 한 듯 멈칫 서로의 얼굴을 살피다 조용히 자리에서 일어났다. 그 후, 적어도 식탁 위에서의 시간은 정지되어 있었다.

원진살

크든 작든 갈등이 돌출할 때마다 아내가 꼭 들먹이는 말이 그거였다. 그럴지도 모른다. 이 세상에서 각양각색의 인연으로 만난 숱한 부부들 중에 우리 부부만큼 기연인 경우는 그리 흔치 않으리라 싶다. 하객이랄 것도 없는 가까운 친지 몇몇만 초대하여 변두리 예식장에서 조촐한 결혼식을 올리고 그나마도 그들을 따돌리듯 분분히 떠난 2박 3일 일정의 신혼여행지에서 이죽거린 아내의 말이 그것을 단적으로 증명해 주고 있었다.

"우습지 않구요. 원수끼리 결혼을 하다니요."

꽃잠의 부끄러움도 없이 속살이 얼비치는 슈미즈 차림으로 소파에 앉아 갈증을 축이던, 이제는 아내가 된 그녀가 갑자기 픽 웃음을 쏟뜨리는 통에 나는 놀라 화들짝 침대에서 몸을 일으켰다. 그녀의 입에서 스스럼없이 튀어나온 '원수'라는 단어가 주는 섬뜩함 때문에 기분이 묘했다. 그런데 그녀는 계속 그 문제를 들고 나왔다.

"우리는 어쩌면 아이를 갖지 못할지 몰라요. 원수란 물과 기름 같은 것이 아니겠어요. 저야 당신을 받아들였지만 내 속의 난자가 당신의 정자를 받아 줄지는 자신할 수 없거든요."

성격 탓인지 간호사란 직업 탓인지 신혼 초야부터 그런 낯 뜨거운 소리를 늘어놓는 데에도 도무지 숫저운 기색이 없었다. 서로가 오랫동안 젊음을 불 사르며 죽살이치게 연애한 사이라면 몰라도 아직은 충분히 데면데면한 사이가 아니던가. 나는 그 순간, 앞으로의 결혼 생활이 순탄하지 못하리라는 걸 예감했다. 솔직히 그 꺼림칙한 기분은 그녀가 첫애를 순산할 때까지 이엄이엄 지속되었다. 곱빼기로 축하해요. 산실에서 나온 간호사가 콧잔등의 보송보송한 땀을 훔치며 나에게 전해 주었을 때, 초조감을 달래기 위해 껌을 씹으며 대기실을 서성이던 나는 그 '곱빼기'란 말의 의미를 뒤늦게 깨닫곤 실소를 터뜨렸다. 문득 신혼여행지에서 소락소락 건풍 떨던 그녀의 말이 우련히 떠올랐기 때문이었다.

돌이켜보면 아내는 선천적으로 다산 체질이 아니었던가 싶다. 장모가 쌍둥이임을 감안하면 나의 지레짐작은 충분히 타당성을 지니고 있었다. 내가 예쁜 딸아이를 갖고 싶다는 미련을 버린 것도 그 추측과 무관하지 않다. 공연히 욕심을 부렸다간 아내의 몸속에서 양산한 난자가 들어오는 족족 정자를 빨아들여 감당하지 못할 쌍둥이를 줄줄이 엮어 낼지도 모른다는 상상은 생각만 해도 끔찍한 풍경이었다.

인연

그녀와의 결혼 이후, 나는 새삼 인연이란 걸 곰곰이 따져 보는 버릇이 생겼다. 인연을 얘기하자면 아무래도 나의 할머니를 접어 둘 수가 없다. 내가 결혼하기 이 년 전에 돌아간 할머니는 세상사를 온통 인연과 숙명으로 파악하려 들었다. 애오라지 한 점 혈육과 가난만을 짐 지우고, 그것도 떳떳하게 죽지 못한 지아비를 그래도 이해하고 고된 삶의 궤적을 망각하기 위해서는 그런 식으로밖에 자위할 수 없었는지도 몰랐다. 어쩌면 지금쯤 할머니는 이제는 이력이 붙었을 저승 살림을 다독이며 봉희가 자신의 손부이거니 생각하면서 아스라한 이승을 문득문득 추억하고 있을지도 모를 일이었다.

우리 부부의 중매쟁이는 죽은 할아버지였다. 실은 그날 커피숍에 그녀의 오빠가 나오기로 되어 있었다. 나보다 서너 살쯤 연상으로 보이는 그 사내에게 여동생이 있는 줄은 몰랐고, 오빠 대신 그녀가 나오리란 것은 더욱이 상상하지 못한 일이었다.

"오빠가 갑자기 두바이 현지로 장기 출장을 떠났어요."

회매한 트레머리의 그녀는 나의 신분을 확인하고는 마주 앉으며 대신 나오게 된 이유를 밝혔다. 나는 꼭 꿈을 꾸고 있는 기분이었다. 우선 초면의 그녀가 오빠의 꾀죄죄한 얼굴로는 상상이 되지 않을 만큼 미모를 갖추고 있는 데다 입을 옹다물고 있을 때 오망하게 패는 볼우물이 아찔한 인화성 물질을 머금고 있었기 때문이었다.

"만일 끝까지 생떼를 쓰면 소송을 제기하랬어요."

그녀는 계속 고압적인 자세였다. 어안이 벙벙했다. 생떼라니. 그녀의 도도한 미모에 주눅 든 나는 속으로만 뇌까리고 있었다.

"어쩌시겠어요? 포기하시겠어요, 법정까지 가시겠어요?"

나는 별수 없이 그녀의 오빠에게 되풀이한 돌에 대한 설명을 또 되뇔 수밖에 없었다.

160

"참으로 답답하시군요. 제 할머니께서 분명히 유언을 하셨어요. 설마 유언까지 믿을 수 없다고 불신하지는 않으시겠지요. 이 사진을 보세요. 이게 현장 사진입니다. 돌의 모양, 크기, 돌이 박힌 위치, 그리고 주위의 정황 등이 유언과 일치했습니다. 그래도 못 믿으시겠어요?"

우리는 그날 이후 수시로 만났다. 어느 한쪽이 일방적으로 권리를 포기하지 않는 한 애당초부터 만남 자체가 부질없다는 것을 알고 있었지만, 그렇다고 연락을 받으면 나가지 않을 수도 없는 노릇이었다. 최악의 경우 법정에 설 각오까지 되어 있었기에 나의 사소한 게으름이 자칫 엄정한 법정에서 하나의 허점으로 비쳐질 수도 있고, 그것은 경우에 따라 엄청난 결과를 초래할 수 있다고 믿었기 때문이었다.

난감했다. 난감하긴 그녀도 마찬가지였을 것이다. 대화가 될 턱이 없었다. 서로의 입장만을 거듭 되풀이하고 돌아서는 것이 만남의 전부였다. 그러다가 기묘한 제의를 해 온 것은 그녀였다.

"밑도 끝도 없는 골편 냄새 나는 얘기는 때려치우고 술이나 한잔하러 가요."

당신, 내일 안골 할부지 산초에 벌초하러 가기로 했다면서요? 가는 김에 고모 집에 들렀다 오세요. 안골 고모가 오늘내일 한다네요. / 말 한번 잘한다. 안골을 떼면 어디 혓바닥에 종기가 돋나. 말끝마다 안골, 안골……, 사람이 헛말이라도 얌통머리가 있어야지.

식탁에 둘러앉아 오붓하게 저녁을 먹으며 무심코 이죽거린 아내의 말에 내가 그런 식으로 즉각적이고도 단호하게 알레르기성 반응을 보인 것은 좀

161

과하긴 했다. 그런 식으로 말의 꼬투리를 파잡기로 한다면 한이 없을 것이다. 그럼에도 내가 부르르 언성을 높인 것은 발설한 아내의 의도성을 의심한 까닭이었다.

나는 냉장고 문도 열어 보고 찬장 안에도 기웃거려 보았으나 술은 어디에도 없었다. 술을 사러 나가기에도 늦은 시간이었다. 베란다 너머로 얼핏 본 맞은편 동은 불빛 한 넌출 흘러나오지 않는 정적 속에 묻혀 있었고, 어디에도 인기척은 느껴지지 않았다.

벌초를 끝내고 당일 돌아오자면 적어도 새벽 다섯 시에는 집을 나서야 한다. 언제 보아도 심산의 한 자락을 다소곳이 차지하고 앉은 할아버지의 고향은 머슬머슬한 느낌을 주었다. 할머니의 유언 한 토막만을 곱새기며 찾았을 때의 낯설음은 그 후에도 퇴색되지 않은 이미지로 나의 의식의 토끝을 견고히 붙잡고 있었다. 그 전에는 우리나라에 그런 마을이 있었던가, 기억조차 흐리마리할 만큼 관심 밖이었다.

산소는 마을에서 북쪽으로 십여 리 떨어진 흡사 낙타 등을 연상시키는 산등 너머에 있었다. 나는 지금도 그 초행길의 낭패감을 잊을 수 없다. 가까스로 어림 짚어 예의 산등성이엘 올랐을 때 느닷없이 눈자위를 가득 채우던 숱한 무덤들. 좁다란 하늘만 아뜩히 보이는 등성이 너머로 그만한 평수의 공간이 있다는 점도 그렇지만 수백 기는 족히 될 성싶은 올막졸막한 무덤들이 촘촘히 박혀 있는 살풍경은 경이를 넘어 충격이었다. 할머니가 빈말이라도 공동묘지 운운한 적이 없었으므로 그건 전혀 예상하지 못한 일이었다. 나는 혼 뜬 모습으로 망연자실 서 있다가 왔던 길을 되돌아왔다.

그나마도 마을의 팔초한 노인을 만난 것은 다행이었다. 감히 엄두를 내지 못하고 느적는적 내려온 내게 마을 초입의 회관에서 술판을 벌이고 있던 노인들이 먼저 말을 붙이지 않았더라면 나는 그렇게 일없이 서성거리다가 돌아섰을 것이다. 여든 안팎쯤으로 보이는 그 노인은 나의 딱한 사정을 전해 듣자 조상을 찾고자 하는 선사라며 선뜻 동행을 자청하고 나섰다. 나는 물론 술값을 내놓는 것을 잊지 않았다.

노인은 대대로 선산을 지키며 장승처럼 살아 왔다고 했다. 노인은 그것이 대단한 자랑이기나 되는 듯이 말하며 나를 앞질러 휘적휘적 걸음을 옮겼다. 걸음새가 고비늙은 노인답잖게 젊은 내가 따라가기에 버거울 정도로 실팍했다. 노인은 산등을 오르기 전까지 정확히 세 번 혼자 속으로 가늘게 혀를 찼다. 그 세 번의 혀 참 가운데 하나는 여태 무얼 하고 있다가 이제야 산소 타령이냐고, 나의 무심함을 타박하는 것임을 직감할 수 있었다. 노인은 구태여 나의 신원에 대해 알려 하지 않았다. 내가 머뭇거리자 노인은 묻던 걸 멈추고 슬그머니 말머리를 돌렸다. 초봄이어서 그다지 덥지 않았는데도 나의 목덜미에는 땀이 줄줄 흘러내렸다.

원래 저기는 문둥이 내외가 화전을 일구어 살던 오두막집이 있었다. 난리가 나던 그 해에는 그 내외마저 죽어 묵정밭에는 억새풀들이 장정의 키를 넘었다. 저쪽 준령을 타고 맨 처음 난리 소식이 들렸을 때만 해도 이 일대가 그토록 처참한 전장이 되리라고는 누구도 상상하지 않았다. 세상이 뒤집혀 곳곳에서 보복 살육을 자행하던 빨갱이 놈들이 속속 자취를 감출 무렵이었다. 북쪽으로 도주하던 인민군들이 퇴로가 차단되자 이 일대에 은신해 있었다. 그 속에는 숱한 지방 빨갱이들과 짐꾼으로 억울하게 끌려간 양민들도 다수 있었다. 밤마다 산사람들이 내려와 식량과 짐승들을 약탈해 가던 어느 날, 야음을 틈타 소리 없이 밀고 들어온 국군의 소탕전이 전개되었다. 밤새도록 피 비린내와 화약 냄새가 마을을 뒤덮었다.

산등의 바위에 걸터앉아 잠시 숨을 돌리던 노인이 공동묘지가 생기게 된 내력을 뜸직뜸직 들려주었다. 시신을 수습한 가족들이 거개가 떳떳하지 못한 죽음이라 야밤에 그 자리에 암장하고 도주하기가 다반사라 했다. 지금도 이 일대를 뒤져보면 무주고혼으로 뒹굴고 있는 유해 몇 구쯤은 쉽게 찾을 수 있을 거라며, 그 후 자연스럽게 공동묘지가 된 이 일대에 인적이 끊어졌다고 했다.

나는 할머니의 유언을 한 음절이라도 놓칠까 보아 조바심치며 외고 있었다. 연고가 있는 무덤과 그렇지 않은 무덤은 쉽게 구별되었다. 더러는 새로 봉토를 하고 잔디를 입혔는지 제법 무덤다운 것도 있었고, 더러는 그것이 무덤인지 흙무더기인지 식별이 안 될 정도로 쑥부쟁이와 가시덤불, 그리고 푸나무들에 짓눌려 있는 것도 있었다. 죽기 전날 밤 할아버지가 집에 들렀다고 했다. 아랫목에 세상모르게 잠들어 있는 나의 생부를 가만히 바라보며 눈물을 흘렸다고도 했다. 할머니는 쭉정이 눈에 질펀하게 눈물을 쏟으며 유언했다.

"내사 후회 안한다. 이것도 다 전생의 업이고 숙명인 기라. 이 할미가 죽거들랑 화장시켜 다고. 그라고 박골 니 할배 묘를 찾아내 유골을 패서 화장시켜 함께 고향 앞바다에 띄워다고. 이 세상에서 못다 한 삶을 바닷새가 되어 훨훨 살아 볼란다. 묘는 정신도 없고 어두버서 눈에 아슴하지만도 왼손 핀에 하나 오른손 핀에 하나 세 쌍분맨치로 나란히 있었니라. 묏등 뒤로 굴밤나무 한 그루 있었고 조금 밑에 우리 집 농만한 방구가 하나 있디라. 그라고 묘 앞뒤로 돌덩이로 표적을 해 뒀니라. 앞엣것은 쟁반맨쿠로 둥글납작한 것인데 묘 중앙에 딱 붙여 비석맨쿠로 세워갖고 반쯤 묻어 뒀고 뒤엣것은 묘 꼬랑지에 니 할배 옷자락에 싸서 묻어 뒀니라. 크기는 장정 팔뚝만하

164

고 모양은 가지맨쿠로 생긴 것이디라."

실은 그것은 유언이랄 것도 없었다. 내가 철이 들면서부터 숱하게 들어온 말이었다. 그러나 나는 한 번도 할머니의 말을 가슴에 새겨 들어본 일이 없었다. 그런데 할머니가 그 말을 끝으로 거짓말처럼 내 곁을 떠나버리자 새삼 그 말이 날이 갈수록 큰 울림으로 가슴에 와 닿았을 뿐이었다.

나는 어릴 때부터 할머니 밑에서 자랐다. 나의 부모는 있어도 없는 것이나 마찬가지였다. 내가 초등학교 들어갈 무렵 이혼한 그들은 나를 할머니 집에 처박고 각자 자신의 살길을 찾아 어디론가 떠나갔다. 간혹 아버지란 작자가 나타나 닭 쳐다보는 개의 눈빛으로 잠시 나를 쳐다보다가 쓰다 달다 말 한마디 없이 횅허케 사라지곤 했지만, 나는 그자를 아버지로 인정하지 않은 지 오래였다.

"허허, 유언대로라면 조부 산소가 여기가 틀림없는데, 말시."

어떤 무덤 앞에 우뚝 멈춰 선 노인이 난처한 표정으로 담배를 피워 물며 탈기했다. 나는 노인의 탈기를 직감적으로 가늠할 수 있었다. 노인이 조부의 묘라고 지목한 그것은 첫눈에도 연고가 있어 뵈는 단아한 모습을 하고 있었다.

"연고가 있습니까?"

"글시 말시. 어릴 적에 안골에 살았다는 어떤 청년이 몇 년 전부터 자기 조부 묘라카민서 벌초도 하고 성묘도 댕기던 것이디, 거참."

노인의 얘기를 듣고 보니 그 역시 난감했다. 주위의 정황은 할머니의 유언과 엇비슷이 맞아떨어졌으나 바위 뒤에 있다던 졸참나무와 표적을 해 두었다던 돌덩이는 어디에도 없었다. 가토한 흔적이 역력한 것으로 애써 찝찝한 부분을 상쇄하고 나는 뒤숭숭한 마음도 도스르고 담배도 피울 겸 개울로 내려왔다. 개울가 기스락에는 탐스런 진달래꽃이 지천으로 피어 있었고, 돌돌돌 정겨운 소리를 뿜으며 돌 수풀을 헤집고 흐르는 개울물은 정갈한 수맥을 넉넉히 짐작할 수 있는 투명함으로 아롱지고 있었다. 그 투명의 깊이만큼 손끝을 적시는 촉감은 차가웠다. 지금도 산속을 뒤지면 유골 몇 구쯤은 손쉽게 찾을 수 있을 거라는 노인의 말이 문득 공허한 메아리로 느껴지는 것은 영혼의 내면까지도 얼릴 듯한 물의 차가움과 투명함 때문일까. 나는 일순 지치도록 능놀고 싶은 야릇한 충동을 느꼈다.

"산자로 치면 살인하는 짓이나 진배없는 일인 거로. 양자가 서로 합의하면 모를까."

내가 묘의 뒤를 확인해 보고 싶다는 속내를 내비치자 노인은 헛기침을 토하며 난색을 표했다. 이치로 따지면 하긴 그렇기도 하여 나는 더 이상 고집할 수가 없었다.

"명절 전에 벌초하러 일간 다니러 올 끼요. 그 전에 혹 연줄이 닿으면 연락해 드리리다."

멍한 상태로 허탈을 씹고 있는 내가 퍽 안쓰러워 보였던지 노인이 덧붙였다. 나는 노인에게 연락처를 적어 주는 것으로 자위하고 일단 물러설 수밖에 없었다. 기분 같아서는 내친 김에 당장 헤적여 보고 싶었지만, 꼬부장한 허리임에도 불구하고 제 일처럼 앞장서 준 초면의 상노인 앞에서 자발없이 무례를 범할 수는 없었다.

"도움이 되어 드리지 못해 안됐소. 시장할 낀데 찬은 없는따나 밥 한 술 뜨고 가시오."

마을 복판의 어르신 집 앞에서, 내가 막걸리라도 한 잔 받아 잡수시라고 한사코 쥐어준 만 원권 지폐 석 장을 마지못해 받아 들며 노인이 말했다. 나

166

는 사양과 고마움의 표시로 거푸 허리를 낮추고 돌아섰다. 뒤도 돌아보지 않고 허청허청 발걸음을 놓았지만, 노인의 수더분한 인정에 가슴속이 축축이 젖어 들었다.

이제 와서 안골 할부지면 어떻고 박골 할부지면 어떻다는 거예요. 그래요. 분명히 안골 할부지예요. 말이 났으니 말이지, 그게 말이나 되는 소리예요. 억지도 유분수지. 빨갱이 집안인 주제에……. / 당신 말이야, 걸핏하면 빨갱이 집안이라고 비꼬는데, 당신 할부지가 토호였다는 증거를 대어 봐. 당신 말대로 그렇게 떳떳했다면 뭣 땜에 야밤에 토감하고 도망갔겠어? 보자보자 하니, 웃겨서…….

애초에 불을 지핀 건 나였지만 거기에 딸딸딸 풀무질을 한 것은 아내였다. 아내가 그렇게 막말로 복장거리를 해댈 줄은 몰랐다. 십여 년 남짓 언틀먼틀 살아오는 동안 입때 한 번도 아내가 거짓부리라도 나에게 져 주는 꼴을 못 보았다. 무슨 꼬투리를 달아서라도 내게서 항복을 받아 내야 직성이 풀리는 여자였다. 번연히 내 잘못이 아닌 줄 알면서도 생활의 불편함 때문에 내키지 않는 싹싹한 눈길을 먼저 보내 주곤 했다. 나는 그것을 강자의 아량이라고 자위했다. 그것이 실수였다. 신혼 때부터 아내의 기를 턱없이 드세게 살려 주었다고 이제야 나는 뉘우쳤다.

나는 다시 방으로 들어왔다. 단 삼십 분이라도 눈을 붙여야 한다. 눈을 붙이고 안 붙이고는 다음날 일해 보면 천양지차다. 설사 내가 제 시간에 일어나지 못하더라도 처남이 알맞추 콜을 넣어줄 것이다. 그런 면에서 처남은 완벽주의자였다.

아내는 여전히 깊은 잠속에 곤드라져 있었다. 그 꼬락서니를 보아하니 웬

167

틈입자가 시부저기 올라타도 기척 없이 자빠져 잘 형상이다. 저러니 멍털멍털 살이 더뎅이질 수밖에. 그러나 지금은 무척 부럽기까지 하다. 나는 드난살이 하는 행랑 아비 같은 몸꼴로 아내 곁에 웅크려 누웠다.

처남과 함께 벌초하러 다니기 시작한 것은 오 년 전부터였다. 그 전에는 번차례로 다녔다. 그러다가 시간적 여유가 생기고 설면하던 사이도 잦은 허물기의 만남으로 어느 정도 가시자 원족 삼아 자연스레 함께 다니게 되었다. 점심과 애초기는 처남이 가져오기로 했고, 술과 낫, 톱은 내가 가져가기로 했다. 길이 먼 데다 그런 일에 익지 못한 손방으로 쉬엄쉬엄 하다 보면 늘 하루가 빠듯했다. 날이 설핏해져 일을 매기단하고 젖은 등털미를 산산한 골바람으로 말리며 내려오는 기분은 그지없이 상쾌했다.

돌아오는 길에는 예의 노인을 찾아뵙는 일을 잊지 않았다. 그 노인은 작년에 세상을 떠났다. 처남과 나는 그것도 모르고 마을 앞 구판장에서 됫병 소주를 사 들고 집 안으로 들어서다가 곤혹스런 입장에 빠졌다. 정이 유별난 그 노인을 다시는 만나볼 수 없다는 섭섭함보다는 이유야 어떻든 문상하지 못한 죄스러움이 하얗게 고비늙은 노파를 대하는 순간 가슴속에서 붉게 달아올랐다. 늦게나마 문상을 하고 싶었으나 삼일 만에 매혼한 망자의 빈소는 없었다. 우리는 즉석에서 만든 조의금을 소주병과 함께 내밀고 노을이 걸린 사립을 바삐 빠져 나왔다.

"나이를 이기는 장사는 없어."

처남이 담뱃불을 붙이며 궁근 목소리로 말했다.

처남과 내가 첫 대면한 것은 그 노인의 사랑방에서였다. 그날 심증만 가지고 일단 물러선 나는 일주일 뒤에 아예 인부 하나를 사서 그 곳을 다시 찾았다. 설사 연락이 닿아 사내를 만난다 해도 그 작자가 나의 요구를 고분고분

들어줄 것 같지도 않았을 뿐더러 만일 그 일을 알면 공연한 실랑이를 우려한 나머지 그쪽에서 감쪽같이 현장을 훼손해 버릴지도 모른다는 불안감이 들었기 때문이었다. 몇 차례 허방집긴 했지만 예상했던 대로 조부의 돌은 잠 속에서 적나라한 모습을 드러냈다. 할머니가 쌌다는 할아버지의 옷자락은 세월의 깊이에 곰삭아 그 흔적을 가늠할 수 없었지만, 모양이나 크기로 보아 영락없는 조부의 돌이었다. 일순 기가 산 나는 잠시 할머니의 꼼꼼한 손길을 헤아릴 겨를도 없이 카메라 셔터를 눌러댔다. 그리고 솔잎으로 흙고 물을 찬찬히 쓸어낸 다음 그것을 준비해 간 흰 보자기에 쌌다.

"형씨도 참 딱하시오. 그런 흔해빠진 돌덩이는 아무데나 파도 있소. 쇼를 하려면 좀 그럴싸한 걸 들고 나와야지……."

노인의 연락을 받고 허겁지겁 찾아간 내가 증거품으로 그것을 풀어 보이자 얼굴이 가무잡잡하고 데데하게 생긴 사내가 시건방진 웃음을 입가에 묻히며 가볍게 퉁겨 버렸다. 돌의 가치를 인정하지 않으려는 사내의 태도는 생각보다 훨씬 당당했다. 나는 현장 사진을 낱낱이 들춰 보이며 할머니의 유언을 남김없이 곱씹었으나 사내의 입매는 여전히 냉소적이었다.

"고인의 유언에 대해서 이러쿵저러쿵 언급할 필요를 느끼지 않소만, 어렸을 때 본 내 기억으로는 무덤 앞에 표적 같은 돌은 분명히 없었소."

"그럼 노형은 그렇게 당당히 주장하는 확실한 증거라도 있습니까?"

나는 화가 나서 언성을 높였다.

"있지요. 내 눈이 그 증거요. 조부의 시신을 내 선친과 외삼촌께서 직접 묻었소. 내가 초등학교를 졸업하던 해 선친께서 나를 직접 데려가 주셨소. 그 후 철도 없었고 제살이하기 바빠 오래 불효를 저질렀소만 그때 표시해 두었던 쇠말뚝은 이십오 년이 지난 뒤에도 분명히 박혀 있었소."

"허허 이러다가 큰 싸움 나겠소. 듣고 보이까내 참 난감한 일일세. 이 젊은이도 무단히 남의 묘를 자기 조부 묘라 칼 턱이 만무하니 감정만 앞세우지 말고 차근차근 생각해 보세. 세월이 하도 오래 지나고 보니 잠시 착각할 수도 있는 일이고, 또 혹 고인을 욕되게 하는 망발일는지 모르나 매장한 자리에 매장한 수도 있응께. 경황없는 중에 건성 지은 봉분이 올케 봉분 구실을 했겠소."

노인이 참견했다. 그러나 감정이 날카로워진 사내와 나는 노인의 말이 귀담아 들릴 리 없었다.

"듣고 보니 형씨의 심정도 이해할 수 있을 것 같소. 따지고 보면 형씨나 나나 어쨌든 피해자가 아니겠소. 산에서의 기분 같아서는 도저히 묵과할 수 없을 것 같았소만, 묘 훼손 문제는 불문에 붙이겠소."

사내는 서둘러 분쟁의 늪에서 빠져 나오려 했다. 그리고 빛깔 좋게 연민의 고명까지 친 사내는 선뜻 자리에서 일어났다. 이런 문제는 한시라도 빨리 손을 씻는 것이 상책이라는 것쯤은 익히 알고 있는 나이였다. 그럴수록 나는 다급해졌다. 실상 사내의 입장에서 보면 아닌 밤중의 홍두깨일 수도 있겠지만 나의 경우는 달랐다. 마침내 나는 사내의 가슴을 향해 퍼런 왜낫 같은 말을 날렸다.

"아무튼 나는 노형의 말을 전적으로 믿을 수 없소. 그 묘는 내 조부의 것임이 틀림없소. 양해해 주셨으면 합니다."

사내와 나는 그때부터 강단진 줄다리기를 계속했다. 우리는 아직도 그 불가사의한 수수께끼를 풀지 못하고 있다. 어쩌면 그 수수께끼는 영원한 미궁 속을 맴돌다 세월의 무게에 짓눌려 차츰 소멸의 길을 걸을 것이다. 뜻하지 않은 그녀와의 결혼은 우리의 줄다리기를 꼬다케 내연하는 불씨로 변질

시켜 놓았다. 서로 그 불씨를 들추기를 꺼렸다. 자연 묘는 방치될 수밖에 없었고 불현듯 곱씹히는 명절 때면 데억지게 자라 있을 푸나무들에 벙어리 냉가슴만 앓았다.

도무덤

우리가 망막한 언어의 바다에서 그 기발한 단어를 건져 올린 것은 그때로 부터 고즈넉이 네 해나 넘긴 뒤였다. 술자리에서 처남이 찾아낸 것이지만 그 역시 달리 방법이 없다는 결론을 내렸다. 언제까지 그대로 내버려 둘 수 없다는 절박한 심정이 처남의 제의에 쉽게 동의해 주는 결과를 낳았는지도 몰랐다. 정말 그럴지도 모른다. 그랬을 거야. 밤중이었을 테고, 경황이 없었을 거고, 혹시 아는 사이인지도 모르고, 아 또……. 우리는 새삼스레 분주히 술잔을 주고받으며 달콤한 생각들을 안주 위로 올려놓았다. 내켜 가토까지 하기로 마음을 추린 우리는 당장 날을 잡아 실행에 옮겼다. 원풀이하듯 두 기의 묘은 실하게 봉분을 짓고 가토를 마무르자 그제야 울혈처럼 맺혔던 가 슴속 옭매듭들이 녹느즈러지는 기분이었다.

고상고상 뒤척이며 누워 있어도 깔깔한 시신경은 줄곧 장롱 위로 뻗치고 있었다. 먼지가 더버기로 쌓여 있을 장롱 위에는 자질구레한 가재도구들이 올망졸망 층을 이루고 있었고, 그 너머 한 구석에 나는 나만이 아는 비밀을 감춰 두고 있었다. 마치 귀중한 가보이기나 한 듯이 신문지로 겹겹이 싼 돌이었다. 나는 처음 그것을 장식 겸 자리 땜으로 수족관 옆 콘솔 위에 올려놓을 생각이었다. 그런데 아내의 완강한 저항에 부딪혀 뜻을 이루지 못했다.

그것을 본 아내가 새파래진 얼굴로 당장 내다버리지 않으면 자신이 나가 버리겠다고 성깔을 돋우며 으름장을 놓는 터에 찔끔해진 나는 꺼내 놓았던 가방 속으로 집어넣을 수밖에 없었다. 아내의 으름장이 두려워서가 아니라 이제 의젓한 두 아이의 엄마로서 터를 잡아 가는 그녀의 체면을 아이들 앞에서 세워 주기 위해서였다.

나는 그것을 가게에 숨겨 두었다가 아내가 어느 정도 잊을 만해서 다시 집으로 가지고 왔다. 아내가 출근한 틈을 타서 은밀히 잠입한 나는 집 안을 샅샅이 물색한 끝에 그 곳이 가장 안전하다는 결론을 얻었다. 흡사 처녀림 같은 그곳은 우리가 이사 가기 전에는 결코 아내의 손이 미치지 않을 터였다. 지금도 그 돌은 그 속에 야무지게 보관되어 있다.

나는 가끔 아내와 다툴 때마다 그것을 버리고 싶은 강렬한 충동을 느꼈다. 싸움 끝마다 들먹이는 원진살의 주범이 그것인 것 같아 능청스레 등을 돌리고 누워 있어도 괜스레 뒤가 켕기곤 했다. 그러나 그뿐이었다. 그 순간만은 움직일 수 없는 바위처럼 느껴지던 하냥다짐도 다음날이면 언제 그랬던가 싶게 열없어지곤 하는 것이었다. 특별한 까닭이 있는 것도 아니었다. 조부의 묘임을 입증해 준 유일한 물증이어서도 아니었다. 그 문제는 이미 어떤 식으로든 해결을 본 뒤여서 그 존재의 의미는 따라서 퇴색한 셈이었다. 그럼에도 나는 선뜻 버릴 수가 없었다.

거슬러 올라가면 나의 잘못이었다. 차라리 그대로 내버려 두었더라면 아내로부터 그토록 홀대 받는 돌로 전락하지는 않았을 것이다. 수족관 속에 넣어 두고 있었을 때만 해도 아내는 그다지 탓하지 않았다. 왜 그랬을까. 어쩌면 아내는 가공한 돌의 모습 속에서 나의 불순한 저의를 갈파했는지도 몰랐다. 그러나 하늘을 두고 맹세하지만 무슨 꿍꿍이가 있어 수석공방을 찾았

172

던 것은 아니었다. 나의 마음은 순수했고 단순했다.

가토를 하고 돌아온 다음날이었다. 전날의 피로와 주기로 깊은 잠에 곯아 떨어졌다가 가까스로 눈이 떠졌을 때 나는 내가 너무 늦잠을 잤다는 걸 알았다. 아내와 아이들은 이미 직장과 유치원에 가고 없었고 집에는 나 혼자만 호젓이 버려져 있었다. 굳이 동티의 원인을 찾자면 그 버려짐 때문이었다.

나는 왠지 마음이 스산했다. 무심히 바라본 수족관 속에는 노을빛 금붕어들이 헌거로운 지느러미를 흐느적거리며 주둥이를 벌름거리고 있었다. 습관처럼 일어나 놈들에게 먹이를 흩뿌려 주다 말고 나는 여처럼 곧추선 그것을 집어 들었다. 파르스름한 동록 같은 물때가 돌의 거죽을 에두르고 있었다. 햇볕이 곱게 든 거실 탁자 위에 올려놓자 햇살에 부딪혀 그것은 무슨 생명체처럼 반짝거렸다. 나는 아침 먹을 생각도 잊고 진득이 바라보다가 아무 생각 없이 배낭 속에 넣었다.

정작 기분을 잡친 것은 수석공방에서였다. 내가 그것을 꺼내 놓았을 때 정수리가 말갛게 벗겨진 중씰한 사장이 가선 진 눈시울에 황망한 조소를 매달더니 말했다.

"사장님, 이건 돌이 아닙니다."

수석공방 사장의 반응은 나의 심사를 뒤틀어 놓기에 충분했다. 하긴 그자가 그 돌의 깊은 속정을 어찌 알까마는 상대방 자존심에는 아랑곳없이 일방적으로 자신의 칼로 도련쳐 버리는 작태는 무례하기 그지없었다. 더욱이 고작 나슬나슬한 지식 나부랭이로 상대를 교육시키려 드는 데는 역겹기까지 했다. 그래서 나는 밸이 꼴려 이렇게 언구럭을 부렸다.

"바로 보셨습니다. 이건 돌이 아닙니다. 저희 할머께서 이 못난 손자를 위해 유산으로 물려주신 금덩어리지요."

그자는 아마 나를 미친놈쯤으로 여겼을 것이다. 더 이상 상종할 놈이 못
된다고 판단했음인지 그자는 대꾸 없이 내게서 돌을 낚아채 갔다. 세공하
고 받침대까지 해놓고 보니 그 방면에 문외한인 나의 눈에도 제법 그럴듯해
보였다. 보기에 따라서 다양한 형상으로 변모하는 그것은 내가 가끔 보아온
여느 수석에 밑지지 않았다.

"앞으로 금은방으로 가 보십시오. 저희 집은 보다시피 돌만 취급합니다."

대금을 지불하고 돌아서자 그자는 기어이 한마디 던졌다. 미친놈. 지가
돌을 알면 얼마나 안다고. 나는 속으로 투덜거리며 거칠게 문을 밀쳤다. 그
러나 그때만 해도 나는 아내로부터 그렇게까지 푸대접을 받을 줄을 몰랐
다. 나의 마음이 순수했고, 그즈음의 아내는 화분이랑 장식물 등을 자주 사
들여 집 안의 빈 공간을 채우는 일에 한창 재미를 붙이고 있던 중이었다.

빌어먹을, 돌 때문일 거야.

나는 시간이 지날수록 도리어 머릿속이 맑아 오는 내 자신이 혐오스러워
나직이 중얼거렸다.

이이가 고만 살려고 아주 작심을 했는가 보네. / 마음대로 생각해. 누군 살고 싶
어 목매고 있는 줄 알아? 그래 좋다. 그만 끝내자고.

제 성깔에 못 이겨 탁 소리 나게 숟가락을 내려놓고 일어서는 아내가 또
박또박 말했고, 내친걸음이라 내가 마구 떠벌렸다. 본격적인 전쟁은 그때부
터 시작되었다. 아내와 나는 해묵은 감정까지 죄 들춰내 상대방을 가차 없
이 공격했다. 더 이상 공격할 실탄이 떨어졌을 때쯤, 나는 휴전을 선언하듯
휑허케 아파트 현관을 나섰다.

174

나는 오늘만큼 그녀와의 결혼을 속속들이 뉘우친 적은 없었다. 처남이 우리의 결혼을 반대했던들 나는 굳이 그녀와 결혼하지 않을 수도 있었다. 처남 쪽에서 보면 그거야말로 듣던 중 반가운 소리였는지 몰랐다. 하나밖에 없는 누이라는 것이 서른다섯이 넘도록 제 얼굴값을 못하고 길래 사귀던 남자가 군 복무 중 사고사했다고 비혼을 선언하고 나섰으니 숯머리를 앓아도 여간한 냉과리가 아니었을 것이다. 그런 애물단지를 거둬가겠다고 나섰으니 말이다.

흐흐흐. 나의 입에서 '결혼'이란 당찮은 말이 튀어나오자 처남은 어처구니없다는 듯이 느물느물 웃음부터 뿜었다. 그러나 계산속이 빠른 처남은 재바르게 머릿속으로 계산기를 두드려 보았을 것이다.

아파트 입구 나의 사진관 옆에는 '로즈'라는 이름의 헤어숍이 있다. 아내도 가끔 들르는 그 미용실은 내가 사진관을 차리기 전부터 터 잡고 있던 것으로 변두리 바닥에서는 꽤나 알려져 있었다. 그 미용실의 주인은 지금은 순주 엄마라고 불리는 봉희 씨인데, 중학교를 졸업하자마자 곧장 미용 기술을 익혔다는 그녀는 남들이 한창 공부할 방년의 나이 때부터 그 곳에서 독립해 생계를 꾸려가고 있었다. 몸매가 구새통같이 덤덤하고 얼굴이 좀 빠진다는 것 외는 별반 나무랄 데가 없는 아가씨였다. 나는 아직도 그녀를 보면 남 같지 않은 야릇한 감정을 느끼곤 한다. 특히 아내와 다툼이 있는 날은 그것이 미련의 감정까지 겹쳐 종일 심란해지기도 했다.

"내사 그만하면 개안타 싶다만도……. 여자는 얼라 몇 낳고 하문 그기 그긴겨. 마음씨하고 씀씀이가 최고제. 몰라 인연이 있으문 될 끼고……."

봉희 씨를 두고 할머니가 한 말이었다. 군말도 잦으면 진담이 된다고 할머니가 나의 혼사를 걱정한 모양이었다. 건넛집 시계포 아주머니가 중매를 놓아 그 무렵 그녀와 혼담이 오가던 중이었다. 만일 할머니가 몇 달만 더 늦게 자리보전했더라면 나는 분위기에 휩싸여 그녀와 결혼했을지도 몰랐다.

사실 그건 핑계에 불과했다. 그 후에도 그녀와 결혼할 기회는 있었다. 그녀가 상대를 정하기 얼마 전, 허가증 갱신용 증명사진을 찾으러 나의 가게엘 들렀었다. 그녀는 문 닫을 준비를 하는 내게서 사진을 받아 들고서도 티나게 머뭇거렸다.

"정섭 씨는 결혼 안 하세요? 전 내일 선보러 가요. 웬만하면 갈래요. 처녀 금새란 아침 이슬 같은 것 아니겠어요."

차 한 잔을 달래서 마지못해 끓여 준 그것을 홀짝이며 그녀가 말했다. 나는 그날도 마음만 바꿔 먹었으면 그녀와 결혼할 빌미를 마련할 수 있었다. 마지막으로 나의 의사를 타진하러 왔음이 분명한 그녀가 왜 나의 눈에는 달리 보이지 않았을까. 그때는 이미 나는 지금의 여우에게 홀려 있었다.

"늦게 문 닫으시네요."

셔터를 열려고 꾸부리고 있는 내가 그렇게 비쳤던지 자매를 앞세우고 지나가던 순주 엄마가 인사조로 말했다. 일찍 문을 닫더니 아이들과 함께 어딜 다녀오는 길인 모양이었다.

"아, 네."

나는 적당히 얼버무리고 문 여는 걸 미적거렸다. 갑자기 내 꼴이 몹시 초라하게 느껴졌다.

아내는 기어이 내게서 완전한 투항을 받아 내고서야 그 칼칼한 성깔의 촉수를 낮출 모양이었다. 아내는 끝내 문을 따 주지 않았다. 쌍둥이 녀석의 이름을 겨끔내기로 부르며 벨도 눌러 보고 현관문도 두들겨 보았으나 안에서는 방음 장치가 잘 된 유리벽 너머처럼 아무런 기적이 없었다. 나는 하는 수 없이 가게로 되돌아올 수밖에 없었다.

커피포트의 플러그를 꽂아 두고 나는 참담한 심정으로 담배를 꺼내 물었다. 이제는 더 이상 테메울 수 없는 간극처럼 느껴졌다. 아내는 이미 이혼과 투항 중 양자택일을 강요하고 있음이 분명했다. 무엇이 아내를 막다른 골목으로 내몰았을까. 우리의 전쟁이 새삼스러운 것도 아니었다. 생활의 일부처럼 아주 친숙하기까지 한 그 싸움에 새로운 의미 부여는 어떤 기미의 단초일 수 있었다. 나는 차라리 내처 가게에 눌러 있을걸…… 알뜰히 뉘우쳤다. 이유야 어떻든 결과적으로 아내에게 백기의 한 자락을 보여 주는 꼴이 되었으니, 그러잖아도 펄펄한 아내의 기세가 그빨로 상승 곡선을 그렸을 건 자명한 일이었다.

한 잔의 울가망한 커피를 마시며 온갖 상념들을 사리고 있을 때, 휴대전화의 멜로디가 울렸다. 큰놈 우석이었다.

"아빠, 지금 빨리 와. 엄마 지금 코 골며 자고 있어. 아까는 엄마 땜에 어쩔 수 없었어."

"아직 안 잤니?"

"어. 문 열어 주려고 참았어. 세 번이나 물 먹고 낯 씻었다. 벨은 누르지 마."

나는 갑자기 눈물이 핑 돌았다. 아무것도 모르는 철부지인 줄 알았는데 그놈 속에 이렇듯 생각이 멀쩡한 영감이 들어 있었다.

이부자락을 샅에 끼우고 실신한 사람처럼 널브러진 아내의 모습은 영원히 깨어나지 않을 것 같은 천연덕스러움이 묻어 있었다.

간신히 눈을 붙였는가 싶었는데 휴대전화의 멜로디가 흘러나왔다. 처남이었다. 게슴츠레한 눈으로 밖을 보니 어느새 날이 희붐하게 밝아 있었다. 기어이 날밤을 새우고 말았다는 허탈감이 회한의 감정처럼 일순 가슴을 베었다.

나는 남쪽 베란다 선반 위에 올려 둔 낫과 톱, 장갑들을 챙겨 백팩에 넣었다. 내가 준비하기로 했던 술과 안주는 가다가 사면 될 것이었다. 그리고 나는 식탁 의자를 들고 안방으로 건너갔다. 문제는 처남이었다. 처남이 어떻게 생각할까가 못내 꺼림칙했다. 그러나 결코 아무데나 갖다 버릴 수는 없었다. 굳이 버려야 한다면 나는 그 자리에 다시 묻고 싶었다. 그것이 간밤에 내가 오랜 고민 끝에 내린 최종 결론이었다.

나는 층을 이루고 있는 가재도구 너머로 손을 뻗어 조심스럽게 더듬어 나갔다. 분명히 매만져져야 할 그 공간쯤에서도 나의 손끝은 여전히 허공을 맴돌았다. 예감이 이상했다. 그럴 리가 없다고 생각한 나는 시야를 가리는 몇 개의 연생이들을 뜯어내고 안을 들여다보았다. 먼지가 떡고물처럼 자욱하고 어웅한 공간 속 어디에도 내가 숨겨 놓은 돌은 없었다. 그 순간 덴겁해진 나는 의자에서 펄쩍 뛰어내렸다. 뛰어내리면서 얼떨결에 나의 손이 쌓아 놓은 물건들을 건드렸던 모양이었다. 일시에 와르르 무너지는 소리와 함께 무엇이 방바닥에 쾅, 하고 부딪치는 소리가 들렸다. 그 소리가 나의 가슴속에서 얼마나 큰 굉음으로 증폭되었던지, 나는 아파트 건물 전체가 하얀 포연을 뿜으며 송두리째 무너져 내리는 줄 알았다. 그런데도 내가 까무러치지 않고 용케 버틸 수 있었던 것은 순전히 아내 덕분이었다. 그 순간, 잠에서 깨어난 아내가 눈을 둥그렇게 치뜨고 나를 올려다보고 있었던 것이다. 어, 저 인간이 어떻게 문을 따고 들어왔지? 아내의 부숭부숭한 방울눈이 분명 그렇게 짓씹고 있었다.

나는 어찌할 바를 몰라 그 자리에 얼어붙은 듯 서 있었다. 나는 그때 보았
다. 아내가 시집올 때 나 몰래 죽은 애인의 추억들을 소복소복 담아 가지고
온 직사각형의 예쁜 고리짝 속에서, 부딪히는 충격에 의해 그것 대신 튕겨
나온 굉음의 실체를. 그것은 내가 방금 찾고자 했던 돌이었다.

석류와 RAINBOW

성유란이 구속되었다는 소식을 처음 'RAINBOW'에 띄운 녀석은 시인이자 신문기자인 R이었다. 얼마 전, R이 우리에게 사전 동의도 구하지 않고 제멋대로 단톡방을 개설했다. 이름하여 RAINBOW. 'RAINBOW'는 어린 시절 우리가 지구를 구하기 위해 운명적 사명감으로 결성한 비밀 조직이었다. 일방적인 R의 행티가 내키지 않았지만 우리가 침묵으로 묵인한 것은 여전히 'RAINBOW'에 대한 애착이 유별난 R의 체면을 생각해서였다. 당시 'RAINBOW'의 멤버는 일곱 명이었고, 성유란이 사령관, R이 대장이었다.

간밤 석류 된서리 맞다. 붉게 익은 죄

처음 우리는 그 사실을 인지하지 못했다. 전적으로 R의 어법 때문이었다. R은 늘 그런 식이었다. R의 닉네임은 빨래판이었다. 세 줄의 이맛살 주름이 빨래판처럼 깊게 패었다 하여 우리가 붙여준 이름이었다. 원래 R은 자신의 닉네임으로 빨대를 선호했다. 큰 키에 호리한 몸매가 빨대와 닮았고, 또 웬만한 난제들은 빨대처럼 빨아들여 잘 해결한다는 이유에서였다. 그러나 우리 중 아무도 R의 주장에 동조하지 않았다. 당시 우리는 남이 잘 되는 꼴, 더구나 잘난 체하는 별종은 죽어도 못 봐주는 악동들이었다.

지금 생각해도 R의 닉네임은 신의 한수였다. 아무리 쉽고 간단한 언어도 일단 그의 뇌를 통과해 나오면 빨래판에 치댄 빨랫감처럼 애매모호하게 탈색되어 나오니 말이다.

9월의 첫 주말 아침. 뜬금없는 R의 게시물에 우리의 첫 반응은 이랬다. '잠 잘 자고 아침부터 웬 쓰잘데기 없는 죄 타령?' '달밤에 체조하는 겨? 석류가 붉게 익지 희게 익냐?' '빨래판이 술 치대고 싶은 모양이네. 오늘 번개팅 어때?' '굿 ^^' '얼쑤~~' 그러다가 누군가가 정곡을 찔렀다.

혹시 성유란?

그 순간 우리는 약속이나 한 듯 일제히 잠수 탔다. 한참 뒤 R의 반응이 'y'와 '구속'으로 나오자 설마 하던 멤버들은 일제히 탄성을 조포처럼 쏘아 올렸다.

어린 시절 우리는 그녀를 석류라고도 불렀다. 그녀의 이름이 그것과 발음이 비슷해서라기보다 그녀가 살던 집의 마당귀에 제법 헌거로운 석류나무가 가을이면 침샘을 자극하는 석류를 매달고 서 있었기 때문이었다. 그녀가 우리 앞에 모습을 드러낸 것은 초등학교 6학년 때였다. 아빠가 순경이었던 그녀는 그해 7월에 우리 학교로 전학 왔다. 전학 첫날, 그녀는 노란색 바탕에 보랏빛 물방울이 찍힌 프릴 원피스를 입고 있었다. 첫눈에도 우리와는 차원이 다른, 촌뜨기인 우리에겐 늘 선망의 대상이었던 도시풍의 냄새를 발산하는 옷차림이었다. 아침 조례 시간 때 담임선생님의 뒤를 따라 교실로 들어선 그녀는 선생님이 자신을 소개하자 스스럼없이 앞으로 쓱 나서 이렇게 말했다.

"모두들 안녕!(오른손을 흔들며) 함께 공부하게 되어 정말 반가워. 내 이름은 성유란이야. 자주 전근을 다니시는 우리 아빠 덕분에 내 취미가 전학이 됐어. 이번이 세 번짼데, 왠지 전에 학교들보다 느낌이 좋아. 앞으로 얼마나 함께 지낼지 모르지만, 함께하는 동안 사이좋게 지냈으면 해. 모두에게 감사."

마치 스피커에서 흘러나오는 듯한 촉촉하고 말랑말랑한 목소리는 순식간에 우리의 눈과 귀를 저격했다. 우리는 한순간 그녀의 광팬으로 등극했다.

그녀의 집은 지구대 뒤편에 있었다. '개조심'이란 나무패가 명패처럼 붙은 녹색 쇠대문이 달린 한옥이었다. 대문 한 모서리에는 쪽문이 달려 있었고, 우리의 기억이 정확하다면 그 쪽문은 늘 한 뼘 가량 벌어진 채 열려 있었다. 깨진 병조각을 흉물스럽게 촘촘히 꽂아 놓은 시멘트 벽돌 담벼락 안쪽에는 철 따라 피어나는 개나리, 영산홍, 접시꽃, 맨드라미, 해바라기, 코스모스가 심어져 있었다. 그리고 집보다 턱없이 넓은 황토 빛깔의 마당이 있었다. 마당귀에는 어른 허리춤 높이의, 거뭇한 시멘트로 둥그렇게 가두리를 지은 고풍스런 우물이 있었고, 우물 옆에 석류나무가 늘 축축한 그림자를 늘어뜨리고 서 있었다. 그녀는 그 집 사랑채에서 제 부모와 어린 남동생과 함께 살았다.

그 집은 우리의 등·하굣길 길목에 있었지만, 그녀가 살기 전까진 그런 집이 있었는지조차 기억이 흐리마리하던 집이었다. 그러나 그날 이후, 그 집은 우리의 등·하굣길에서 가장 인기 있는 집이 되었다. 어쩌다 등·하굣길에 그녀를 만나거나 담장 너머로 그녀의 목소리를 듣는 날이면 마치 길에서 돈을 주웠을 때처럼 환호성을 질렀다. 그런 날이면 어김없이 여느 계집애들과는 차원이 다른 그녀의 매력을 들추어내느라 우리의 등·하굣길이 짧았다. 그러다 혹, 미처 몰랐던 그녀의 숨은 매력을 찾아내기라도 하는 날이면 그 기쁨을 공유하느라 우리의 발걸음은 한없이 느려졌다. 물론, 최초 발견자는 즉각 우리의 대장이 되었다. 대장이 되면 그날 하루 동안 무엇이든 명령할 수 있는 특권이 주어졌다.

날이 갈수록 우리는 대범해졌다. 하굣길에 돌아가며 그녀의 집 담장 너머로 공, 신발, 딱지, 제기, 구슬 따위를 슬쩍 던져놓고 당번을 정해 그것을 가져오는 놀이를 하곤 했다. 어떤 때는 쪽문으로 우르르 몰려 들어가 우물물을 두레박으로 퍼 번차례로 마시며 킬킬대기도 했다. 그러면서 우리는 그녀의, 학교가 아닌 집 안에서의 사생활을 은밀히 훔쳐보는 쾌감을 즐겼다.

참다못한 그녀가 우리의 행티를 제 아빠에게 고자질한 모양이었다. 한번은 지구대에 불려가 그녀의 아빠로부터 점잖은 목소리지만 가시가 숭숭 박힌 훈화를 들어야만 했다. 한 번만 더 나쁜 짓 하면 담임선생님께 일러바치겠다는 엄포에 지레 겁먹고 다시는 그러지 않겠다는 다짐과 함께 각서까지 썼다. 그러나 우리의 행위는 멈추지 않았다. 그 이후, 전처럼 소지품을 담장 너머로 던지거나 우르르 몰려 들어가 킬킬거리는 않았지만, 여전히 그녀의 집 앞에 이르면 휘파람을 불거나 괴성을 지르거나 노래를 부르거나 하면서 꼭 우리가 지나가는 티를 냈다. 우리는 그 행위만으로도 신났고 즐거웠다. 그런 짓거리는 중학교에 입학한 뒤에도 계속되었다.

한마을에서 육 개월 사이에 앞서거니 뒤서거니 하며 태어난 우리는 모두 읍내 중학교를 다녔다. 반은 달랐지만 그녀도 우리와 같은 읍내 중학교를 다녔다. 그 무렵 우리는 학교까지 시오리나 되는 길을 자전거로 통학했고, 그녀는 걸어서 다녔다. 어쩌다 그녀가 혼자 타박타박 걸어 등·하교하는 모습을 보면 서로 그녀를 자기 자전거에 태워주고 싶어 또 설레발치곤 했다. 그러나 아무도 그녀에게 태워주겠노라고 말을 붙인 적도, 더구나 태위준 적은 단 한 번도 없었다. 그래도 우리는 그 기분, 그 상상만으로도 마냥 즐겁고 유쾌했다.

아쉽게도 그런 우리의 생활은 그다지 오래 가지 못했다. 그녀는 한 학년을 다 채우지 못하고 또 어디론가 전학 갔다. 그녀가 없는 석류나무 집은 마치 철새가 떠나버린 빈 둥지처럼 공허하고 의미 없는 공간이었고, 그녀가 없는 등·하굣길은 그저 먼저가 풀풀 날리는 무미건조한 시골길에 불과했다.

깊은 실망과 충격에서 깨어난 우리는 경쟁하듯 다양한 형태의 '?'를 매달았다. 정작 R도 그것까지는 모르고 있었다. R은 모든 정보망을 동원해 궁금증을 확실하게 풀어주겠다고 큰소리 쳤지만, 그의 말을 전적으로 신뢰하기도 어려웠다. 그를 불신해서가 아니라 그만큼 그녀는 우리의 영역 밖에서 신기루처럼 존재했다.

사실 우리는 그녀에 대해 아는 것이 거의 없었다. 심지어 우리는 그녀가 어디서 무엇을 하며 살고 있는지도 정확히 모르고 있었다. 어쩌다 동기 모임에 나가 주위로부터 겨우 몇 마디 소식을 주워듣는 게 다였다. 그것도 유비 통신에 불과했다. 그녀는 전학 간 뒤로 우리와 연락이 두절되었고, 그녀 또한 동기나 동창 모임에 일절 얼굴을 내비치지 않았다.

그렇지만 그녀는 상당한 기간 동안 우리의 정신세계를 지배했다. 비록 상징적이긴 했지만, 그녀는 우리의 비밀 조직인 'RAINBOW'의 엄연한 사령관이었다. 'RAINBOW'는 그녀가 전학 간 다음날 결성되었다. 결성의 직접적 계기는 우리의 성 이니셜을 조합하면 기이하게도 RAINBOW가 된다는 사실을 알고 난 뒤였다. 우리의 성 속에 무지개가 숨어 있다는 놀랍고도 기이한 사실을 처음 발견한 이는 R이었다. R은 공부 머리는 별로였지만, 그런 잔머리를 굴리는 데는 타의 추종을 불허할 만큼 비상했다. 그 순간, 우리는 하교하던 냇가 모래사장에서 씨름 왕을 뽑기 위한 리그전을 벌이다 말고 둥그렇게 둘러앉아 샅바 대신 자신의 빈주먹을 그러쥐었다. 마치 우리가 위기에 처한 지구를 구하기 위해 북두칠성에서 무지개를 타고 내려온 전사처럼 느껴졌던 까닭이었다.

우리는 즉각 숙명을 거부할 수 없다는 결론을 내리고 그 사명을 수행할 비밀 조직을 결성하기로 의견을 모았다. 당연히 R이 대장으로 추대되었다. 최초 발견자에 대한 깍듯한 예우는 초등학교 때부터 엄격히 지켜오던 불문율의 전통이었다.

"단, 조건이 있어." 대장으로 추대되었을 때, R이 말했다. "어젯밤에 꿈을 꿨어. 그 꿈이 아니었으면 내 머리로는 그런 비밀을 절대로 발견하지 못했을 거야. 이건 하늘의 계시라고 생각해."

"어떤 꿈인데?"

누군가가 물었다.

"성유란. 걔가 우리를 보듬고 하늘에서 무지개를 타고 내려왔거든. 정말 짜릿하고 황홀했어. 이건 단순한 꿈이 아니라고 생각해. 거짓말이 아니야."

R의 입에서 그녀의 이름이 터져 나오자 우리의 입에서도 가느다란 탄성이 터져 나왔다. 이제는 더 이상 볼 수 없다는 허전함이 가슴을 뭉근하게 짓누르고 있던 터라 우리의 탄성은 더욱 애틋했다. R이 부연 설명했다.

"비록 몸은 우리 곁을 떠났지만 마음만은 우리와 영원히 함께 하겠다는 일종의 암시라고 생각해. 그런 의미에서 걔를 우리의 사령관으로 추대했으면 해. 너희들 생각은 어때?"

R의 제의에 아무도 이의를 제기하지 않았다. 그러자 R이 가방 속에서 도

화지 한 장을 꺼냈다. 거기에는 간밤의 꿈에 보았다는 성유란의 모습이 물 감으로 그려져 있었다. R은 우리에게 그것을 보여주며 눈곱만큼도 과장하 지 않았다고 덧붙였다. 당시 R은 시보다 그림에 소질이 더 많았다. 물감 살 돈이 넉넉했다면 아마 R은 시인이 아니라 화가가 되었을 것이다. R이 직접 그린 그녀의 모습은 사진처럼 또랑또랑하고 실물보다 더 예뻤다. 마치 그녀 가 옆에 와 있는 듯했다. 우리는 그녀의 초상화 앞에서 주먹 쥔 손을 왼 가 슴에 붙이고 충성을 맹세했다.

'RAINBOW'는 그런 과정을 거쳐 결성되었고, 그런 과정을 거쳐 그녀가 우리의 사령관이 되었다.

'RAINBOW' 결성 후, 첫 번째 성과는 R의 누나를 늑대로부터 구출한 일 이었다. 그 사건은 결성한 지 불과 보름 뒤에 발생했다. 양의 탈을 쓴 늑대 가 당시 우체국에 근무하던 누나를 유인하러 온다는 첩보를 입수한 R이 즉 시 우리에게 SOS를 보냈다. 우리는 즉시 B의 집에 집결했다. B의 외딴집 이 당시 우리의 아지트였다. 우리는 2인 1조씩, 3개조로 나누어 미행, 연 락, 침투의 역할을 맡아 작전 계획을 수립했다. A와 W가 미행, N과 B가 연 락, I와 내가 침투, 대장 R이 총지휘를 맡았다. 모든 연락은 각자 소지하고 있는 손전등의 불빛을 이용했다. 곧 연락조로부터 늑대가 R의 누나를 유 인해 앞산 장군묘로 향하고 있다는 신호를 보내왔다. 즉각 대장의 작전 개 시 명령이 떨어졌고, I와 내가 준마처럼 내달아 늑대를 생포하기에 가장 용 이한 은폐지를 확보했다. 아니나 다를까 늑대가 도망 못 가게 R의 누나의 손목을 아귀차게 잡고 해낙낙한 얼굴로 나타났다. 우리는 숨죽이며 기다렸 다. 그 사이 미행조와 연락조가 우리와 합세했다. 융단 같은 잔디 위에 손수건을 깔고 앉자 늑대가 슬슬 본색을 드러내기 시작했다. 늑대는, 그랬다간 영락없이 죽임을 당할까봐 적극적으로 거부하지 못하는 R의 누나에게점점 해코지의 강도를 높여나갔다. 우리는 대장의 진격 명령을 기다리며 마른 침을 삼켰다.

"진격!"

이윽고 늑대가 R의 누나를 넘어뜨려 입술을 물어뜯으려는 순간, 대장의명령이 떨어졌다. 우리는 일제히 짧고 단호한 기압과 함께 건전지 불빛을기관총처럼 쏘며 민첩하게 앞으로 내달았다. 갑작스런 어마지두에 혼비백산한 늑대는 제대로 저항 한 번 해보지 못하고 산속으로 줄행랑쳤고, 잠시뒤 사태를 파악한 R의 누나는 감격한 나머지 눈물을 흘렸다. 뒤늦게 이 사실을 알게 된 R의 아버지는 R을 비롯한 우리의 용기 있는 행동을 높이 치하했다. 반면 R의 누나에게는 안전한 신변 보호를 위해 야간 금족령이 떨어졌다.

이 일로 R은 큰 전과를 올리고도 상처뿐인 영광을 얻었다. R은 두고두고억울함을 토로했지만 어쩔 수 없이 냉혹한 현실을 받아들여야만 했다. 영광이란 아버지의 짧디 짧은 신뢰였고, 상처란 매달 쏠쏠하게 받던 누나의 기약 없는 용돈 단절과 이유 없는 핍박이었다.

그 사건의 파급 효과는 의외로 컸다. 몰래 음모를 꾸미거나 떳떳하지 못한 일을 계획하던 사람들은 슬슬 우리의 눈치를 보기 시작했다. 어떤 사람은 우리를 두고 '암행어사 박문수 출현'이라고 치켜세우기도 했다. 우리는마을 사람들의 호응에 입히어 더욱 사기가 오르고 용맹스러워졌다. 우리는지구를 해치거나 위협하는 일에는 그 누구를 막론하고 가차 없이 응징했다.

두 번째 성과는 그로부터 한 달 뒤, B의 아버지를 응징한 일이었다. B의 아버지가 장날이면 읍내로 출타해 삼거리 기생집에서 돈을 대중목욕탕 물 쓰듯 쓰고 돌아온다는 B의 제보에 따라 우리는 즉각 작전 계획을 수립했다. 몇 차례 숙의 끝에 지구를 위협하는 나쁜 버릇을 응징해야 한다는 데 의견이 모아졌다. 그리고 비오는 장날을 디데이로 잡았다. 디데이는 열흘 뒤에 찾아왔다. 대장이 파견한 밀사를 통해 B의 아버지가 기생집에 머물고 있다는 연락을 받은 우리는 신속하게 작전을 위한 작업에 들어갔다. 작업이란 동구의 길목에 허방다리를 놓는 일이었다. 우리는 가능하면 넓고 깊게 허방을 파고 흙탕물을 채운 뒤 애먼 사람이 허방 짚지 않도록 그 위에 널빤지를 덮고 흙으로 위장했다. 그리고 신호를 기다리며 매복했다. 신호는 밀사로 파견된 B가 500미터 전방에 은거해 있다가 손전등으로 알려주기로 했다.

신호는 근 자정 무렵이 되어서야 왔다. 우리는 신속하게 널빤지를 제거한 다음, 미리 준비한 비닐을 그 위에 깔고 흙과 풀 더미로 위장했다. 그리고 재빨리 매복지로 돌아가 B의 아버지가 우리의 계획대로 보기 좋게 허방 짚어 주기를 기다렸다. 아니나 다를까 B의 아버지가 콧노래를 흥얼거리며 갈지자걸음으로 올라오고 있었다. 우리는 두 손을 모우고 작전 성공을 기원했다.

"텐, 나인, 에잇……."

마침내 대장 R이 나직한 목소리로 카운트다운을 시작했다. R의 입에서 '제로'가 떨어짐과 동시에 B의 아버지가 허방 속으로 오달지게 나자빠졌다. 작전, 대성공이었다. 작전 성공을 누구보다 기뻐한 녀석은 B였다. 우리는 B에게 축하의 하이파이브를 해주고 즉시 사령관에게 작전 성공을 보고했다. 작전이 완료되면 실패든 성공이든 즉시 보고하는 것이 당시의 관례였다. 그리고 작전의 가장 큰 공로자에게는 사령관의 초상화를 하룻밤 소지할 수 있는 영광이 주어졌다. 그날의 수훈자는 B였다.

지금도 B의 손등에는 그때의 영광의 상흔이 희미하게 남아 있다. 다음날 아침, 직감적으로 우리의 소행이라고 판단한 B의 아버지가 화가 난 나머지 베고 있던 목침을 B의 머리통을 향해 사정없이 집어던졌기 때문이었다. B는 침착하고도 의연하게 그것을 손등으로 막아냈다고 한다. B는 그 무용담을 멤버들에게 들려주며 자신의 용맹성을 뽐내듯 영광의 상처를 보여주었다. 감동한 대장이 사령관의 초상화를 하룻밤 더 소지할 수 있는 특전을 제의했고, 우리가 만장일치로 의결했다. 그래서 B는 처음이자 마지막으로 사령관의 초상화를 이틀 연속 소지하게 된 영광의 얼굴이 되었다.

그 외에도 'RAINBOW'의 성과는 부지기수다. 계집애들 놀이 훼방꾼 겁박하기, 비밀 연애 소문내기, 얌생이몰이 고자질하기, 각종 서리 훼살하기, 주정뱅이 해코지하기 등등. 자질구레한 것까지 포함하면 열 손가락도 모자란다. 그럼에도 불구하고 'RAINBOW'는 우리가 중학교를 졸업하면서부터 유명무실해졌다. 우리가 상급학교 진학을 위해 더러는 남고, 더러는 중소도시나 대도시로 뿔뿔이 흩어졌기 때문이었다. 그와 동시에 우리의 정신세계를 지배했던 그녀에 대한 충성심도 시나브로 묽어졌다.

R은 좀처럼 모습을 드러내지 않았다. 녀석은 새로운 정보를 입수해 오겠다며 곧장 방을 떠난 뒤로 여태 잠수 중이었다. 우리는 아스라한 기억 속에서 그녀의 몸속에 석류 알갱이처럼 박힌 매력들을 찾아내 공유하며 하염없이 녀석을 기다리고 있었다.

'허밍도 아닌 것이, 쇳소리도 아닌 것이, 목소리 하나는 죽여줬지. 서시 목소리가 그랬을 거야.' '주판알, 너 진짜 여자 볼 줄 모르는구나. 유란의 진

정한 매력은 눈웃음이야. 그게 바로 벽계수 꾀던 황진이 눈웃음이라니깐.'
'주판알과 노랭이의 말도 일리가 있는데, 자고로 여자의 매력 포인트는 모래 언덕 같은 부드러운 곡선이야. 우리가 간과한 성유란의 숨은 매력은 간드러지는 허릿매와 찐빵처럼 토실토실한 골반이야. 척 보면 흐벅진 콩액을 흘리며 매끄럽게 돌아가는 맷돌이 자연스럽게 연상되잖아.' '파리똥, 쟤는 뭐든 섹스와 연관 짓는다니깐. 에라이, 변태!' '매력이 무어냐고 물으신다면 콧방울의 점이라고 말하겠어요.' '초롱아! 너, 나훈아 광팬이냐? 이 시국에 웬 청승?' '남생, 너도 한 방 날려. 가만히 눈치만 보고 있지 말고.' '인신 구속된 사람을 놔두고 대체 뭐하는 짓들이람.' '남생 말이 맞아. 그래도 왕년에 충성을 다해 우리가 모시던 상관인데, 안 그려?' '보글이 말에, 나도 한 표.'

맴버들끼리 만나면 지금도 우리는 이름 대신 닉네임을 사용한다. 특이하게도 우리는 자신이 원하는 닉네임을 가질 수가 없었다. 반드시 조직에서 지어준 닉네임만 인정했다. 그것이 우리 세계의 불변의 철칙이었다.

내 닉네임은 남생(남자기생의 준말)이었다. 기생처럼 얌전하고 남의 비위를 잘 맞춘다고 해서 붙게 된 이름이었다. 변호사인 N의 닉네임은 초롱이었다. 공부도 잘하고 눈망울이 초롱초롱하다고 붙여진 이름이었다. 우리가 붙여준 닉네임 중 유일하게 긍정적 이미지를 지니고 있는 이름이었다. 삼 년 내내 수석을 놓치지 않은 성적의 힘이었다. 안경제조공장 사장인 I의 닉네임은 노랭이었다. 자린고비라서 붙여준 이름이 아니라 몸이 약골이고 얼굴이 늘 횟배 앓는 것처럼 노르께하다는 이유에서였다. 지금은 몸집이 비대하고 얼굴이 너무 붉어 탈이지만. 약사인 A의 닉네임은 주판알이었다. 이악하고 짠돌이라서 머릿속으로 맨날 주판알을 튀기고 있다고 해서 붙게 된 이름이었다. 부동산 중개업자인 B의 닉네임은 파리똥이었다. 얼굴에 주근깨가 파리똥처럼 자욱해 붙게 된 이름이었다. B는 그 닉네임을 똥만큼 싫어했다. B는 자신의 닉네임으로 '파리채'나 '파리약'을 원했다. 그것이 여의치 않자 파리 뒤에 뭐를 붙여도 좋으니 '똥'만은 빼 달라고 읍소했지만 손톱도 안 들어갔다. 그 닉네임의 핵심이 '똥'인데 핵심을 뺀다는 것은 말이 안 된다는 이유에서였다. 끝내 자신의 주장이 관철되지 않자 B는 그 닉네임을 쓰느니 차라리 'RAINBOW'에서 탈퇴하겠다고 선언했다. 그러나 B는 단 사흘을 버티지 못하고 제 발로 걸어와 눈물을 줄줄 흘리며 '똥'을 받았다. 은행원인 W의 닉네임은 보글이었다. 머리가 보글보글 지진 것처럼 곱슬머리여서 붙게 된 이름이었다. W도 B만큼 그 닉네임을 싫어했다. W는 싫은 나머지 여섯 명에게 은밀히 뇌물까지 바쳤지만 끝내 실패했다. W는 어른이 되어서야 그 닉네임이 싫어 자살까지 생각했다고 털어놓았다. 당시 W가 원했던 닉네임은 보송이었다. 지금도 W의 피부를 보면 탐이 날 정도로 하얗고 보송보송하다.

N을 제외하곤 다들 자신의 닉네임에 대해 조금씩 불만을 가지고 있었지만, 'RAINBOW'의 일원으로 살아남기 위해서는 감수할 수밖에 없었다. 당시에는 왜 그토록 영악하고 타인에 대한 배려심이 없었는지 여전히 이해되지 않지만, 어느덧 지천명에 다다른 지금에 와서는 오히려 그 시절의 닉네임이 정겨워 우리끼리 있을 땐 으레 자주 그 닉네임을 애용한다.

한 시간을 기다려도 R이 여전히 잠수 중이자 서서히 불만들이 터져 나오기 시작했다. 맨 처음 총대를 맨 녀석은 B였다. '야, 빨래판! 확 불 질러 놓고 치사하게 자빠져 자는 거 아니야? 당장 확인해 본다.' B를 필두로 여기저기에서 그동안 꾹꾹 눌러 참고 있던 불만들이 폭죽처럼 터지기 시작했다. '빨래판아, 좋게 말할 때 잠수 해제해. 지금부터 열 셀 때까지 내 명령을 거역하면 네 와이프한테 확 불어버린다. 난 지난여름에 네가 피운 강풍을 알고 있당께. 하나, 둘, 셋······.' '좋게 똥구멍 간질일 때 쌍수 들고 나와. 나도 너의 치명적인 급소를 알고 있지.' '솔직히 까고 말하자. 석류 어쩌구 저쩌구 한 말, 팩트기는 한 거냐? 팩트가 아니기만 해봐라. 당장 현영철식 총살이다.' '아이구, 속 터져. 너도 석류 따라 가버린 낙엽이냐?' '여기는 온라인 아지트, 빨래판 나와라. 오버!' '대장? 웃기고 있네.' 'R의 묘비명 : 희대의 비겁자! 여기 총 맞고 잠들었소이다.' '그대 이름은 배신, 배신, 배신. 왔다가 사라지는 배신.' '배신자여~, 배~신자여! 레인보우의 배신자여.'

방 안은 순식간에 우리의 무차별 공격으로 아수라장이 되었다. 반향 없는 허공에 대고 총질하는 것만큼 허망한 것은 없다. 무지비한 총질에도 기적이 없자 제풀에 지쳐버린 우리는 하나 둘 침묵 모드로 돌아섰다. 그때까지 주검처럼 잠수하고 있던 R이 마치 거대한 공룡이 수억 년의 긴 동면에서 깨어나듯 슬그머니 머리를 들었다.

염병할! 대장은 임무 수행하느라 죽을 맛인데, 졸때기들이 방구석에 처박혀 상관 뒤통수에 대고 총질이나 하고. 에라이, 퉤! 금일 18시 오프라인 아지트에 전원 집합할 것. 명령 불복종자 즉결 처형함. 대장 백

R이 독해졌다. 독해지니 어법이 달라졌다. 어법이 달라지니 딴 사람처럼 보였다. 방 안은 순식간에 상황이 반전되었다. 우리는 그만 머쓱해 말 대신 표정이나 이모티콘으로 자신의 감정을 표현했다. 그리고 B를 선두로 속속 방을 떠났다.

오프라인 아지트란 우리가 분기별로 한 번씩 모임을 갖는 단골 음식점을

말한다. R은 그 식당을 말할 때마다 그 용어를 사용했다. 저의야 뻔하다. 예전의 'RAINBOW' 때처럼 여전히 우리의 대장으로 군림하고 싶다는 무언의 암시였다. 권력이란 힘의 논리에 따라 움직이는 생물. 우리는 이미 개뿔도 없는 R에게서 마음이 떠나 있었다. 그런데도 그 사실을 유독 R만 모르고 있었다. 어쩌면 알면서도 권력에 대한 집착이 '모른 척'을 부뚜질하고 있는지는 모르겠다.

그 식당을 처음 발견한 녀석은 N이었다. 평소 견원지간이기도 하지만, 호시탐탐 R의 대장 자리를 노리던 B가 어느 날 느닷없이 우리 앞으로 뜬금없는 메시지를 날렸다. '야들아, 이런 식으로 재미없이 살래? 산 날보다 살 날이 적다는 건 알고는 있는 겨? 더 삭기 전에 낯짝 좀 보고 살자.'

그 메시지를 보는 순간, 우리는 낮잠에서 깨어나듯 화들짝 놀랐다. 그랬다. 돌아보니 정신없이 질주한 세월이 사십오 년이었다. 그 메시지가 불쏘시개 되어 그 다음 주 일요일에 첫 등산모임을 가졌다. 사업상, 혹은 다른 목적으로 몇몇이 끼리끼리 만나거나 다른 모임에 섞여 간혹 만난 일은 있지만, 'RAINBOW'가 유명무실하게 된 이후, 그 멤버들끼리만 오롯이 모이기는 그때가 처음이었다. 우리는 덧없이 흘러간 세월을 안타까워하며 일 년에 한두 번만이라도 낯짝을 보기로 의기투합했다.

오후 2시에 만나 대덕산을 오른 우리는 해질 무렵에야 출발지로 되돌아왔다. 첫 모임을 근처 식당에서 갖기로 하고 마침맞은 모임 장소를 물색했다. 각자 흩어져 보물찾기하듯 주변 일대의 고샅을 꿸 때, N이 소리쳤다.

"여기 '석류네 집'이 있네."

N의 신호에 따라 근처에 흩어져 있던 나머지 멤버들이 우르르 몰려갔다. 정말, 있었다. 석류네 집. 여염집을 개조한 한식집이었다. '석류네 집'에는

석류나무가 없었지만, 그 순간 우리는 까맣게 잊고 있었던 지구대 뒤편의 석류나무가 있던 집과 그 집 사랑채에 살던 성유란을 동시에 떠올렸다. 하산하면서 캔 맥주에 소주를 타서 마신 B는 술기운에 붉어진 얼굴로 '석류네 집' 상호 간판을 올려다보며 유란아, 보고 싶다, 외치기도 했다.

'석류네 집'은 단지 그 이유만으로 우리의 단골집이 되었다. 집이 솔고 음식이 좀 부실한 것은 아무런 문제가 되지 않았다. 우리에겐 오직 석류만 있으면 족했다. 절차상 모임 규칙을 만드는 회의가 개최될 때만 빼고 그날 우리의 대화 속에는 온통 그녀 얘기뿐이었다.

회의는 일사천리로 진행되었다. 모임은 분기별로 갖되 경비는 모임이 있을 때마다 즉석에서 거출하여 충당하고 경조사 발생 시에는 개별 부조하기로 했다. 모임명은 예전의 향수를 살려 'RAINBOW'로 하되 대표나 회장을 두지 않는 대신 연락책을 두기로 했다. 연락책은 RAINBOW의 이니셜 순서대로 일 년씩 돌아가며 맡기로 했다. R이 대장의 기득권을 살려 계속 대표나 회장을 맡고 싶은 마음에 장(長)이 없는 모임이 세상에 어디 있느냐고 강력 항의했지만, 아무도 동조하지 않았다. R의 그 검은 심보를 알기에 굳이 대표나 회장을 두지 않으려 한다는 걸 R만 모르고 있었다. 그리고 서둘러 회의를 끝냈다. 다들 유란의 얘기가 하고 싶었기 때문이었다.

"혹시, 유란이 정보 가지고 있는 사람 없어? 엉큼하게 혼자만 소유하지 말고 다 같이 공유하자고?" "나도 몇 번 정보를 캐보려고 시도해 봤는데, 전학 간 이후, 계속 관계를 맺고 있는 사람이 없더라고. 성격상 쉽게 마음을 여는 타입이 아닌가 봐. 동기 모임에도 일체 안 나오잖아." "지금쯤 어디서 무얼 하며 살고 있는지 되게 궁금하네. 결혼은 했겠지, 물론?" "야, 우리 나이를 생각해 봐라. 아무리 줄여 잡아도 막내가 고딩은 됐겠다. 여자들은 보통 남

자보다 결혼을 좀 빨리하는 편이잖아." "복 받은 놈." "야 빨래판, 이 자리에
서 솔직히 한번 물어보자. 레이보우 조직할 때 유란의 꿈 꿨다고 했잖아. 그
거 사실이냐?" "사실이지 그럼. 돌이켜 보니 그게 첫 몽정이었던 것 같애."
"몽정? 빨래판이 생각보다 조숙했네." "조숙? 오히려 늦은 편이지. 나는 육
학년 땐걸. 모르긴 해도 걔가 우리의 사춘기 연령을 몇 년은 업그레이드시
켰을 거야." "그래 맞아. 석류는 우리 모두의 연인이었지. 솔직히 유란을 상
대로 그거 안 해본 사람 나와 보라, 그래." "그거라니?" "야 주판알! 너는 꼭
찍어 먹어 봐야 똥인지 된장인지 아냐?" "아하, 그거." "쟤, 저런 눈치로 약
장사는 어떻게 하는지 몰라." "아무튼 그 시절이 더럽게 그립다."

그날 이후 정기 모임을 가질 때마다 우리의 화제에 그녀가 오르지 않은 일
은 없었다. 모임을 가질 때마다 석류 얘기가 빠지지 않으니까 내막을 모르
는 '석류네 집' 여사장은 이렇게 석류를 좋아하는 손님은 처음 본다며 석류
철이 되면 일부러 석류를 구입해 특별 서비스로 내놓기도 했다.

그곳에서 정기 모임을 가진 지도 벌써 육 년째가 되는데 올해는 순서에
따라 내가 연락책이었다. 모임의 횟수가 거듭될수록 그녀를 점점 잊어갔지
만, 그래도 그녀는 잠깐씩 우리의 화제에 올랐고, 건배사에도 흘러간 옛 노
래처럼 단골 메뉴로 등장했다.

혹시 사적으로 석류 만난 녀석, 있냐?

아지트로 가기 위해 휴대전화를 챙겨 확인해 보니 뜻밖에도 W의 게시글
이 'RAINBOW'에 올라와 있었다. 거기에 대한 몇몇 녀석들의 반응도 올라
와 있었다. '웬 뚱딴지여? 넌 만났냐?' '당근. 달콤한 꿈속에서' '우리의 소원

은 통일, 나의 소원은 석류와의 사적 만남' '희미한 옛 만남의 그림자' '아리송해. 아리송해. 너의 저의가 아리송해.'

나는 슬쩍 방을 훔쳐보았다가 군말 없이 'RAINBOW'를 빠져 나왔다. 새삼 의견 제시하기도 뭣했고 막상 떠오르는 말도 없었다. 굳이 의견을 내야 한다면 이쯤 될까? 왜 묻냐건…… 웃지요.

아무래도 날이 날인만큼 술을 좀 해야 할 것 같아 나는 대중교통을 이용하기로 했다. 아파트에서 '석류네 집'까지는 그다지 멀지 않았지만, 곧바로 가는 버스가 없어 어림잡아 한 시간은 걸렸다. 나는 버스를 타기 위해 아파트 정문 앞의 버스정거장으로 갔다. 구월 초라 아직은 햇볕이 토실하고 따가웠다.

불과 육 개월 전이었다. 수업을 마치고 교무실로 돌아오니 책상 위에 옆자리의 동료 교사가 남긴 메모가 놓여 있었다. 메모지에는 어떤 분이 전화를 하셨더라며 전화번호와 함께 '연락 요망'이라고 적혀 있었다. 낯선 전화번호였다. 마침 다음 시간의 수업이 없어 나는 휴게실로 갔다. 이런 경우 십중팔구 민원성 학부모의 전화이기 십상이어서 마음의 준비가 필요했다. 요즘은 예전과 달리 학부모를 대하기도 겁이 날 지경이었다.

"나, 성유란이야. 혹시 기억나니?"

내가 마음의 각오를 다진 끝에 전화를 넣었을 때 반가운 목소리의 상대가 대뜸 말했다. 나는 얼른 감이 잡히지 않아 다시 한 번 말씀해 달라고 부탁했다.

"초등학교 육학년 때 느네 학교로 전학 간 성유란. 느네들끼리는 가끔 날 석류라고도 불렀다며?"

상대의 부연 설명을 듣고 나서야 나는 아, 그 석류! 나직이 중얼거렸다.

유란은 우연한 기회에 근무처를 알게 되었다면서 아이 진학 문제로 상담을 받고 싶다는 의향을 내비쳤다. 그런 문제라면 별 부담이 없어 쾌히 승낙했더니 며칠 뒤에 연락이 왔다.

유란은 평소 우리가 상상한 이상이었다. 초일류로 빼입은 입성과 단아한 자세, 그리고 오십대라곤 믿어지지 않을 만큼 잘 관리된 외모와 피부를 지니고 있었다. 그녀가 직접 몰고 온 승용차도 내 수입으로는 엄두도 낼 수 없는 고급 외제차였다. 나는 단박에 주눅이 들어 눈빛이 내려앉았다.

"많이 궁금하고, 보고 싶었어. 결혼이야 물론 했을 테고. 다들 잘 살아?"

수성구의 어느 횟집 특실에 단둘이 마주앉았을 때 유란이 말했다.

"가끔 동기 모임에 나오지, 그래. 모일 때마다 네 소식이 궁금하고 그랬는데."

"난 뜨내기잖아. 가고 싶어도 개밥에 도토리 신세가 될 것 같아 용기가 나지 않았어. 그럴 입장도 아니기도 했지만. 고등학교 졸업 후 곧장 미국으로 유학 갔거든. 한국에 들어온 지도 얼마 안 됐어. 미국에 있을 때도 왠지 너희들 생각이 제일 많이 나더라. 그 석류 집도 생각나고……."

"아, 그랬구나."

나는 시간이 지날수록 눈빛뿐만 아니라 목소리도 기어들어갔다. 반면, 술잔을 드는 속도는 그것과 반비례했다. 유란은 술을 꽤 잘하는 편이었다. 부담 없는 동기를 만나서인지 술을 전혀 사양하지 않았다. 그녀는 술에 취할수록 솔직담백해지고 목소리는 더욱 다정다감해졌다.

"솔직히 나, 너 되게 좋아했었다. 혹시 그 눈치 못 챘니?"

유란의 말을 듣고 아슴푸레한 기억을 복기해 보니 그랬던 것 같기도 했다. 어쩌다 얼굴이 마주치면 유난히 수줍어하고 귓불이 발그레해지고…….

200

나는 일순 회한에 사무쳤다.

"몇 번 편지를 쓰기도 했어. 용기가 나지 않아 포기했지만. 그땐 여자들이 먼저 프러포즈하는 건 좀 아닌 분위기였잖아. 넌 나 좋아 안 했니?"

"속으로 많이 좋아했지. 난 네가 날 별로라 생각하는 줄 알았지."

"그랬구나. 그래도 용기 한번 내어 보지, 그랬어? 그랬다만 세상에서 제일 행복한 잉꼬부부로 인연을 맺었을지도 모르는 일이었잖아. 아쉽다. 지금 와이프도 좋은 분이겠지만."

유란의 언변은 거침이 없었다. 나는 꼭 어린 시절 경험했던 몽정의 꿈을 꾸고 있는 기분이었다. 그녀는 뜻밖에도 이쪽 정보에도 밝았다. "너희들 일곱이 레인보우라는 이상한 조직을 만들어 가지고 나를 고문인가 뭔가로 추대하고 그랬다며?"라든가 "어릴 때, 날 모델로 이상한 짓도 했다며? 너도 그랬니?" 등등. 심지어 누군가가 얘기해 주지 않으면 알 수 없는 그런 세세한 정보까지 훤히 꿰고 있었다.

유란은 한사코 밥값을 냈고, 앞으로 아이 진학 문제도 상담할 겸 종종 연락하겠다고 약속했다. 그날은 내게 상담한 것은 고등학교를 보낼 때 공립이 좋은지 사립이 좋은지 물은 것이 다였다.

나는 공짜로 밥을 얻어먹은 것이 짐이 되어 일주일 뒤 연락했다. 결과적으로 그것이 화의 단초가 되었다. 우리는 그것을 계기로 한 차례 더 만남을 가졌다. 마지막 세 번째 만날 때는 유란이 먼저 연락했고, 그녀의 제의에 따라 그녀의 차로 동화사 일대를 드라이브했다. 그리고 저녁 안개가 어둑한 산자락을 감쌀 무렵 한우 갈빗집에 들러 저녁을 먹으며 반주로 소맥을 곁들였다. 그날따라 유란이 남편과 다퉜다며 술을 과하게 들었다. 저녁을 먹고 나올 무렵에는 몸을 가누기 힘들 정도로 흐느적거렸다. 나는 대리운전기사가 올 때까지 유란을 부축하고 있었다. 그것이 다였다.

그런데 며칠 뒤 문제가 발생했다. 웬 사내가 내 근무지로 찾아왔다. 첫눈에도 기분 나쁘게 생긴 인상이었다. 처음에는 싹싹하던 사내가 막상 단둘이 마주앉자 태도가 급변했다. 사내는 숫제 반말 투로 말했다.

"순진무구한 여고생을 가르치시는 점잖은 선생님께서 겉 다르고 속 다른 이중행각을 벌이면 쓰나. 선생님마저 이러시면 우리나라 미래가 한참 암담하지."

"당신, 누구요?"

내가 되받았으나 내 목소리는 잔뜩 주눅 들어 간신히 흘러나왔다.

"나? 알고 싶어?"

사내가 손에 쥐고 있던 휴대전화를 작동시켜 내 앞으로 내밀었다. 그 속에는 유란을 껴안고 있는 민망한 모습이 여러 장이 저장되어 있었다. 우리 뒤편으로는 불빛도 선명한 모텔이 불륜의 증인처럼 우아하게 서 있었다. 순간, 내 머리칼이 천장에서 잡아당기는 것처럼 쭈뼛했다. 내가 눈을 떼자 사내가 능글능글한 목소리로 덧붙였다.

"이제 짐작이 좀 돼? 불륜으로 지구를 더럽히는 불량 남녀를 세상에 고발함으로써 아름답고 건강한 지구를 후손들에게 물려주려는 지구 지킴이 모임 '지지모'의 멤버지. 물론, 깊이 반성하고 운영 경비를 찬조해 주신다면야……."

사내는 찬조비 명목으로 거액을 요구했다. 나는 억울했지만, 그렇다고 사내의 요구를 일방적으로 묵살할 수도 없었다. 무엇보다 유란의 가정을 지켜주고 싶었다. 나는 사내와 여러 차례 협상 끝에 철저한 비밀 보장과 더 이상 이 문제를 재론하지 않을 것과 여자에게는 어떠한 요구도 하지 않겠다는 조건으로 그가 요구한 금액의 절반을 송금해 주는 것으로 사건을 무마시켰다. 오백만 원은 내가 아내 몰래 티 안 나게 충당하려면 몇 년이 걸려야 하는 금액이었지만, 달리 사내의 덫에서 빠져 나올 구멍이 없었다. 천만다행으로 사내는 합의 조건을 잘 지켰고, 그 뒤로 나는 유란에게 연락할 엄두를 내지 못했다. 유란이 또한 더 이상 연락하지 않았다.

'석류네 집'에는 다섯이 모였다. A와 N은 개인적인 볼일이 있어 일이 끝나는 대로 참석하겠다는 연락을 보냈다. 불경기 탓으로 식당은 거의 폐업 수준이었다. 손님이라곤 달랑 우리 다섯이 전부였다. 우리는 늘 모임을 가지던 방으로 갔다. 우리는 우선 A와 N이 올 때까지 두부김치와 파전으로 입가심하기로 하고 둘러앉았다. 소주 반 잔을 태운 소맥으로 목을 축이고 났을 때 I가 물었다.

"보글아, 조금 전에 레인보우에 올린 글의 저의가 뭔데?"

실은 나도 그게 가장 궁금했지만, 나는 애써 태연한 척했다. I의 물음에 W가 대꾸 없이 자작해 소맥 한 잔을 단숨에 들이켜고 나더니 말했다.

"실은 작년에 유란이한테서 연락이 왔었어. 우연한 기회에 내 근무처를 알게 되었다면서 대출 문제로 상담하고 싶다는 속내를 내비치는 거야. 그 문제라면 일단 만나서 들어봐야겠다 싶어 쾌히 승낙했지. 솔직히 그 건으로 유란이 얼굴도 한 번 보고 싶었고……. 그랬더니 며칠 뒤에 연락을 했더군. 그래서 만났는데 초일류로 빼입은 입성이랑 비까비까한 고급 액세서리로 치장한 몸매가 우리 나이 또래라고는 믿기지 않을 정도였어. 유란이가 직접 몰고 온 승용차도 우리와는 급이 다른, 고급 외제차 아우디였어. 첫 느낌에도 역시 하는 생각이 들더라니까. 내가 왜 그동안 꼭꼭 숨어 지냈느냐고 물으니까 여고 졸업 후, 곧장 미국으로 유학 갔다고 하더군. 한국에 들어온 지 얼마 안 됐다면서 미국에 있을 때 우리들 생각이 제일 많이 나더라고 그러 더군. 그 석류 집도 많이 생각났고."

"기가 막히는군."

I가 자작한 맥주를 벌컥벌컥 들이키곤 그 말이 안주이기나 한 것처럼 중 얼거렸다.

"전학 가고 처음 만났는데도 마치 평소 자주 만나던 사이처럼 유란의 행 동에는 거침이 없었어. 술도 잘 했고. 분위기가 무르익자 가슴이 쫄깃쫄깃 해지는 말을 하더군. 첫눈에 내게 필이 꽂혀 날 무척 짝사랑했다고. 혹시 그 눈치, 못 챘냐고? 용기가 나지 않아 끝내 전달하지 못했지만, 남몰래 여러 번 연애편지까지 썼다더군."

"돌겠군."

이번에는 B가 I로부터 전염이라도 된 듯 자신의 빈 잔에 콸콸 맥주를 따 르며 혼잣말처럼 중얼거렸다.

"그 말을 듣는 순간, 꼭 꿈을 꾸는 기분이었지. 유란이가 날 그렇게 좋아 한 줄은 솔직히 몰랐거든. 기분이 업 돼 저녁을 내가 내렸더니 기어이 자기 가 계산하겠다는 거야. 그래서 어디 가서 술이라도 한잔 하겠더니 오늘은 안 되고 다음 기회에 연락 주면 기꺼이 응하겠다는 거야. 사내 체면에 입 싹 닦을 수 있나. 그래서 며칠 뒤에 연락을 했지. 그게 계기가 되어 몇 번을 더 만났어. 결국 새드 엔딩으로 끝났지만……."

"새드 엔딩이라니?"

내가 반사적으로 물었다.

"내가 뒤 번 저녁을 샀더니 미안해서 안 되겠다면서 전망 좋은 교외로 나

가 드라이브도 시켜주고 저녁도 사 주겠다며 나오라는 거야. 그래서 하루
종일 가슴이 뿡 떠 있었는데, 약속시간을 불과 한 시간 앞두고 불쑥 문자를
보냈더군. 갑자기 남편이 출장 갔다 돌아와 나갈 수 없게 되었다면서 정말
미안하게 되었다고. 언제 매개를 보아 연락할 테니 그때까지 먼저 연락하지
말고 기다려 달라고. 그러면서 지금까지 단둘이 만난 일은 극비로 해 달라
는 거야. 남편이 의처증이 심해 조금이라도 눈치 채면 자기는 무사하지 못
하다면서. 허망하게도 그게 다야."

"역시 ……답군."

R이 담배를 꺼내 물고 자리에서 일어서며 애매하게 중얼거렸다.

다소 가라앉았던 분위기는 A와 N의 합세로 활기를 띄기 시작했다. A와
N는 삼십 분 뒤, 십 분 간격으로 도착했다. R의 제의에 따라 우리의 변함없
는 우정과 계속적인 모임을 다짐하는 건배가 이어졌다. 건배 뒤 화제가 자
연스럽게 석류에게로 옮아갔고, 누군가가 R에게 도대체 이유가 뭐래? 단
도직입적으로 물었으나 R은 모르쇠로 일관했다. 나름대로 최선을 다했으
나 경찰의 철통 보완과 비협조로 끝내 취재할 수 없었다는 게 그 이유였다.
그게 말이 되느냐, 그럼 번개팅은 왜 제의했느냐는 비난의 화살이 R를 향
해 집중 발사되었고, 그래도 R이 굳세게 초지일관의 자세를 유지하자 누군
가가 제안했다.

"이제 와서 그딴 걸 알아서 뭘 하냐. 기분 더러운데, 한 곡조 어때?"

우리는 마치 기다리고 있었다는 듯이 동시에 자리를 떨고 일어났다. 가요
주점은 '석류네 집'에서 시내 방향으로 얼마쯤 내려가면 있었다. 모임이 있
을 때 가끔 들르던 곳이었다.

우리는 전원(전에는 꼭 한두 놈의 배신자가 생겼다) 가요주점으로 갔다. 가자마자 모두 불판 위의 메뚜기들처럼 미쳐 날뛰었다. 마치 내일이 없는 막가파들처럼. 그 누구도 '스톱!'을 외치는 사람이 없었다. 술이 노래를 부추기고, 노래가 광란을 부추기고, 광란이 다시 술을 부추기는 악순환이 끝없이 계속되었다. 나는 여태 그렇게 이성을 내팽개쳐 본 적이 없었다. 심지어 나는 속옷 바람으로 테이블 위에 올라가 궁둥이를 흔들며 원숭이 흉내를 내기도 했다. 내 낯선 행동에 누군가가 '남생이 진짜 석류를 좋아했나 보네.' 비아냥거렸지만, 상관하지 않았다. 우리는 새벽 2시가 넘어서야 가요주점을 나왔다.

"넌 알고 있지?"

집이 같은 방향이라 R과 함께 택시를 탔을 때 내가 물었다. 나는 기사에게 양해를 구하고 담배를 꺼냈다.

"네가 알고 있는 그대로야. 다 거짓말이었어. 유학, 남편, 아이……"

나 따라 담배를 빼 문 R이 이윽고 창밖으로 담배연기를 풀풀 날리며 지나가는 말처럼 중얼거렸다.

"뭐?"

나는 어이없어 말이 안 나왔다.

우리는 말없이 담배 피우는 일에만 집중했다.

R의 아파트 앞에 이르렀을 때였다. 만류하는 택시비를 한사코 내 주머니에 찔러주며 R이 내 귀에 대고 가만히 속삭였다. "사필귀정, 알지? 그래도 네가 가장 적은 금액이야. 다음 모임에 보자." 그러곤 알 듯 말 듯 희미하게 웃으며 내 어깨를 다독였다. 그의 웃음을 보는 순간, 어쩌면 성유란을 고소한 장본인이 녀석이 아닐까, 하는 생각이 내 머릿속을 총알처럼 뚫고 지나갔다.

친구를 찾는데요

■

　나와 순신에겐 여전히 잊지 못하는 친구가 있다. 이름은 양철동이고 나이
는 그의 표현을 빌리자면 남의나이 동갑이다. 키는 우리보다 더 작았고 얼
굴은 언젠가 잡지에서 본 천상병 할아버지처럼 귀엽게 생겼는데, 마음씨는
누구보다 넓고 따뜻했다. 그와는 여름날 소나기처럼 우연히 만나 짧게 사귀
었지만, 그는 우리에게 친구란 반드시 깊은 인연으로 오래 사귀어야 진정한
친구가 되는 것은 아니라는 것을 몸소 실천해 보여준 사람이었다. 만일 그
가 우리의 인생길에 존재하지 않았다면 지금처럼 소소하지만 행복한 우리
의 삶은 없었을 것이다.

　그는 우리가 다녔던 태권도장 빌딩 뒤편의 떡볶이 집이 있던 골목 끝에
살았다. 얼핏 보면 사람이 살 것 같지 않은, 마당에는 온갖 잡동사니들이 쓰
레기더미처럼 쌓여 있고 길고양이들이 제집처럼 들락거리던 그런 단층 한
옥이었다. 그는 그 집에서 가뭇없이 종적을 감출 때까지 혼자 고즈넉이 살
았다.

　우리가 그를 알게 된 것은 중2때의 여름이었다. 순신이 몰래 제 엄마를 만
나러 갔다가 불곰에게 들켜 얻어터진 날이었다. 그날 순신은 태권도장에 나
오지 않았다. 나는 순신을 위로하기 위해 태권도장 건물 뒤편의 떡볶이 집
으로 불러냈다. 순신은 깊게 눌러쓴 조던 스냅백 블랙으로 퍼렇게 부은 얼
굴을 가리고 나왔다. 그 무렵 순신은 빨리 어른이 되고 싶다며 담배를 배우
기 시작했다. 나는 순신이 부탁해 엄마의 담뱃갑에서 한 개비를 째벼 가져

갔다. 순신의 아빠는 담배 관리가 엄격했지만, 엄마는 태평이었다. 순신이 그걸 알고 있었다.

떡볶이 집을 나온 우리는 도린곁을 찾았다. 그곳이 양철동의 집이었다. 우리는 처음 그곳이 쓰레기장인 줄 알았다. 집에는 팥죽 색깔의 쇠대문이 달려 있었고 나직한 벽돌담 위로 수북한 잡동사니 더미가 솟아 있었다. 우리는 반신반의한 마음으로 살그머니 대문을 밀어 보았다. 대문은 비걱거리는 소리도 없이 싱겁게 밀려나갔다. 우리는 열린 공간으로 머리를 디밀었다. 마당에는 밖에서 본 더미보다 더 많은 양의 잡동사니들이 무질서하게 널려 있었다. 도둑담배 피우기에 그만인 장소였다.

순신이 삼킨 연기를 이기지 못해 쪼그려 앉아 캑캑거릴 때였다. 우리는 빠끔히 뚫린 문 안에서 흐느끼는 듯한 인기척을 들었다. 화들짝 놀란 우리는 발자국을 죽여 접근했다. 문틈으로 본 방 안에는 하얗게 고비늙은 노인이 어린애처럼 퍼더버리고 앉아 징징거리고 있었다. 할아버지, 어디 아프세요? 우리가 망설임 끝에 가만히 물었을 때도 그는 들은 척도 하지 않고 내처 징징거리기만 했다.

그 후에도 우리는 몇 차례 더 그 집을 찾아갔다. 그 집만큼 안전하고 편안한 은신처가 없었다. 순신이 콧구멍으로 담배연기를 제법 어른스럽게 뿜어낼 줄 알고 그 모습이 왠지 멋져 보여 나도 배워보겠다고 순신의 손가락에 끼어져 있는 담배를 뺏어 목구멍으로 연기를 넘길 때였다.

"학생이 그러면 못 써."

불쑥 대문 옆 화장실에서 모습을 드러낸 예의 할아버지가 우리들 앞에 어정뜨게 서 있었다. 우리는 학주를 만난 것처럼 순간적으로 흠칫했지만 할아버지쯤이야, 하는 표정으로 빤히 건너다보았다. 그런 우리를, 할아버지는 꾸중(그래봤자 눈썹 하나 까닥할 우리가 아니지만)하기는커녕 앞으로 못된 짓 안 하겠다고 약속하면 라면을 끓여주겠다고 제의했다. 마침 우리는 태권도장에서 땀을 빼고 나온 뒤여서 배가 고팠고, 영감탱이 약속쯤은 언제든 안 지켜도 되니까 하는 마음으로 순순히 고개를 끄덕였다.

우리는 그날 그의 입을 통해 그때 징징거린 이유를 알게 되었다. 할아버지의 말이 믿어지지 않아 우리는 여러 날 잠복해 지켜보았는데, 사실이었다. 멧돼지와 여우는 수시로 들락거리며 할아버지로부터 돈을 뜯어갔다. 돈을 주지 않거나 적게 주면 쌍욕과 손찌검도 서슴지 않았다. 술주정뱅이 멧돼지는 할아버지의 아들이고, 막돼먹은 여우는 그의 손녀라 했다. 우리는 어린 마음에도 가슴이 아팠고, 분노했다.

그가 우리에게 친구하자고 제의한 것은 그로부터 한 달 뒤였다. 그날도 그는 멧돼지에게 얻어터져 얼굴 한 쪽엔 푸르뎅뎅하게 멍이 들어 있었고 입술은 참혹하게 당나발이 되어 있었다. 우리는 처음 그의 말귀를 잘못 알아들어 동시에 반문했다.

"뭐라고요?"

"나와 친구하자고. 중학교 이학년이면 나하고 남의나이 동갑이야. 그러니까 친구해도 돼."

그가 부은 입으로 재차 말했다. 우리는 '남의나이 동갑'이란 말의 뜻을 몰랐지만, 우리가 손해 볼 일은 아니기에 딱히 나쁠 것은 없었다. 그래도 우리는 확인하듯 되물었다.

"친구하면 이름도 막 부르고 서로 말도 까고 그래야 하는데, 그래도 돼요?"

"당연하지. 친구니까."

그날 이후 우리는 양철동과 친구가 되었다.

학교가 온갖 포식자들이 득시글거리는 밀림지대라면 양철동의 집은 그야
말로 지상 낙원이었다. 거기에는 공갈, 협박, 왕따, 학대, 음모, 무시, 얼차
려, 삥땅, 빵셔틀도 없었고 지켜야 할 규칙, 해 가야 할 숙제, 들어야 하는
꾸지람, 억울한 벌도 없었다. 엄마나 불곰은 우리의 성적에는 별 관심이 없
었기 때문에 우리가 나쁜 짓만 하지 않으면 무엇을 하든 간섭하지 않았다.
그래서 우리는 양철동의 집에서 자유와 평화와 재미를 만끽할 수 있었다.
우리는 거의 매일 양철동의 집을 들락거렸고, 공휴일에는 함께 산과 강과
공원으로 놀러 다니기도 했다. 우리와 사귀면서 멧돼지와 여우의 괴롭힘이
줄어들었고, 날이 갈수록 양철동의 얼굴은 화색이 돌았다. 우리는 양철동이
젊은 시절에는 월남까지 다녀온 용맹한 군인이었고, 어딘지는 모르지만 월
남에서 부상을 당해 매달 일정 금액을 보훈처로부터 받고 있으며, 그의 고
향에는 오래 전에 무슨 병으로 죽은 그의 부인이 묻혀 있는 산이 있고 그도
언젠가는 그곳으로 가게 되리라는 것을 알게 되었다.

그러나 우리의 행복한 만남은 저녁 무렵 잠깐 허공에 걸린 무지개처럼
짧았다.

양철동과 사귄 지 석 달도 채 되지 않았을 무렵이었다. 우리가 여느 때처
럼 양철동의 집으로 갔을 때, 뜸하던 멧돼지가 또 양철동을 괴롭히고 있었
다. 멧돼지는 무슨 서류를 들고 양철동을 을러멨고, 양철동은 죽었으면 죽
었지 그건 못해 준다는 몸짓으로 바르르 떨고 있었다. 보다 못한 우리는 멧

돼지에게 덤벼들었다. 그러자 멧돼지는 벼르고 있던 참에 잘되었다며 우리의 멱살을 틀어쥐었다. 참을 수가 없었다. 우리는 멧돼지를 마당으로 유인해 작살냈다. 양철동이 말리지 않았으면 멧돼지는 그날이 제삿날이 되었을 것이다. 말리는 틈을 타 삼십육계 놓은 멧돼지가 잠시 뒤 고래의 순찰차를 타고 나타났다. 우리는 고래에게 덜미 잡혀 바로 지구대로 끌려갔다.

우리가 고래 앞에서 조사를 받고 있을 때, 고래의 호출 명령을 받은 엄마와 불곰이 삼십 분 시차를 두고 나타났다. 양철동도 허겁지겁 지구대를 찾아왔다.

조서를 꾸밀 때 고래가 양철동 할아버지와 어떤 관계냐고 물었다. 우리가 친군데요, 하자 고래는 비대한 몸집을 불쑥 일으키며 버럭 소리를 질렀다. 할아버지 연세가 몇인 줄 아냐? 엉? 이놈의 새끼들. 우리의 말이 믿어지지 않으면 양철동에게 직접 물어 보라고 해도 소용없었다. 뿔이 난 고래는 이 자식들이 보자보자 하니……, 하며 우리의 머리통을 내리칠 듯이 손을 번쩍 들어 올렸다가 담배를 빼물고 밖으로 나가버렸다.

결국 고래가 엄마와 불곰에게 우리의 버릇없음을 일러바친 모양이었다. 따로 고래를 만나고 온 불곰은 다짜고짜 솥뚜껑만 한 손바닥으로 순신의 머리통을 퍽 소리가 나도록 내리쳤고, 엄마는 내가 못 살아……, 하며 사정없이 하이힐로 내 종아리를 걷어찼다.

우리는 늦은 저녁이 되어서야 지구대를 나왔다. 집으로 돌아가자마자 순신은 또 불곰에게 야구방망이로 엉덩이 열 대를 얻어맞았고, 나는 엄마에게 30센티미터 뿔자로 손바닥 스무 대를 얻어맞았다. 내가 질퍽한 눈물을 흘리고 있을 때, 엄마가 말했다. 친구는 뭔 얼어 죽을 친구야? 한 번만 더그 할아버지 집에 가기만 해봐라. 손바닥 오십 대, 종아리 백 대다. 그리고 당조짐했다. 순식이랑 절대로 어울리지 말라고. 그 애비를 보면 그 새끼는 보나마나라고.

엄마는 순신의 아빠를 그날 처음 보았다. 나도 그때 처음으로 불곰을 자세히 보았는데, 정말 끔직했다. 예전에 야구 선수했다더니 덩치도 엄청 크고 첫눈에 봐도 야구 방망이를 잘 휘두르게 생겨먹은 얼굴이었다. 나는 왜 어른들은 우리의 말을 믿지 못할까 불만이었지만, 당장 눈앞의 뿔자가 겁나 알았어, 어, 맹세할 수밖에 없었다.

순신의 진짜 이름은 순식이었다. 자기는 앞으로 이순신처럼 존경받는 장군이 될 거라며 그렇게 불러 달래서 언제인가부터 그렇게 불러주고 있다. 나뿐만 아니고 태권도장의 아이들은 다 그렇게 부른다. 그래서 그 즈음에는 순식의 진짜 이름이 순신처럼 느껴졌다. 왜냐하면 '이순식' 하면 순신의 얼굴이 안 떠오르는데, '이순신'하면 순식의 얼굴이 떠오르기 때문이었다.

양철동이 우리에게 짧은 편지 한 장씩만 남기고 가뭇없이 집을 나간 것은 다음날이었다. 우리가 태권도장에서 한 시간 가량 운동하고 양철동의 집으로 갔을 때, 친구는 이미 집을 떠나고 없었다. 그러나 우리는 그런 사실도 모르고 잠시 바람 쐬러 갔나 보다 생각하고 문을 따고 들어가 여느 때처럼 놀았다. 배가 고파 라면도 끓여 먹고 부루마블 보드게임도 하며 시간을 보냈다. 그런데 다저녁때가 되어도 오지 않아 우리는 그제야 뭔가 이상하다고 느꼈다. 우리는 양철동을 찾으러 함께 놀러 다녔던 놀이공원과 등산로, 떡볶이 집과 대중목욕탕까지 가 보았으나 양철동은 없었다. 해가 저물어 날이 어둑어둑해져서야 혹시나 싶어 양철동의 집으로 되돌아오니 방 안에 불이 켜져 있었다. 우리는 양철동이 돌아온 줄 알고 반가운 목소리로 철동아! 부르며 문을 열었다. 그러나 방에는 양철동 대신 멧돼지와 여우가 독을 키우며 앉아 있었다.

"너희들이지? 너희들이 우리 할아버지를 빼돌렸지?"

우리를 보자 여우가 다짜고짜 독을 뿜었다. 우리도 지금 찾아다니다 오는 중이라고 하자 여우가 더 독한 독을 뿜었다.

"만일 우리 할아버지가 잘못되기만 해봐라. 너희들 가만 안 둘 거다."

한꺼번에 많은 독을 뿜느라 여우의 불룩한 젖가슴이 들썩거렸다. 우리는 그제야 양철동에게 확실히 무슨 일이 일어났다는 걸 알았다.

"지금 가만히 생각해 보니 아버지랑 너희들 새끼가 날 가지고 놀았어. 손톱도 안 들어가던 양반이 순순히 도장을 찍어 주겠다고 할 때 알아봤어야 하는 건데……."

여우 대신 멧돼지가 반창고가 붙은 턱주가리를 쓰다듬으며 회한의 연기를 피웠다. 그러나 멧돼지의 어깨는 예전과는 달리 풀이 많이 죽어 있었다.

여우는 아직 멧돼지가 전날 우리에게 얻어터진 걸 모르는 모양이었다. 그걸 알았으면 그 성질에 몬존하게 앉아 있을 여우가 아니었다. 여우는 우리와 같은 학년이지만, 몸은 이미 다 자란 어른이었다. 어마어마한 젖가슴은 말할 것도 없고 둥근 바가지 두 개를 엎어놓은 것 같은 빵빵한 엉덩이와 탱글탱글한 허벅지는 장난이 아니었다. 키도 우리보다 더 컸다.

"며칠 내로 안 돌아오면 너희 두 새끼, 콩밥 먹을 각오 해."

멧돼지가 여우를 믿고 마구 연기를 피웠다. 멧돼지가 피우는 연기는 하나도 겁나지 않았지만, 우리에게 한마디 상의 없이 종적을 감춘 양철동의 행위는 못내 섭섭했다.

우리는 섭섭한 마음을 떡볶이 집에서 달래고 집으로 돌아왔다.

그런데 우리 앞으로 보낸 양철동의 편지는 아파트의 우편함에 들어 있었다.

막상 집을 나간다는 게 불안하고 무서웠지만, 양철동을 그대로 내버려 둘 수는 없었다. 순신과 나는 다음날 바로 양철동을 찾아 나서기로 의기투합했다. 이른 아침, 순신이 문자로 제의했고, 내가 즉각 동의했다. 현관을 나서며 내가 그 사실을 엄마에게 문자로 알렸을 때, 엄마는 전화기에 대고 여우처럼 독을 뿜었다.

"이 새끼가 죽고 싶어 환장했나 보네. 엄마가 뭐랬어? 가기만 해봐라. 손바닥 오백 대, 종아리 천 대다."

엄마도 양철동이 집을 나갔다는 걸 알고 있었다. 어젯밤에 내가 솔직히 얘기해 줬다.

나는 엄마의 마음을 이해했다. 조금 전 친척 결혼식 때문에 집을 나가며 엄마는 내게 또 당부했었다. 나이 많은 어른한테 버릇없이 굴면 못 쓴다고. 앞으로 그 할아버지 집엔 가지도 말고 순식이랑은 눈빛도 마주치지 말라고. 그랬으니 엄마의 꼭지가 돌만했다.

엄마, 미안해. 이번이 진짜 마지막이야. 그러니까 당분간 날 찾지 마. 다시는 사고 같은 건 안 칠 꺼다.

나는 다시 엄마에게 문자를 보내고는 바로 휴대전화를 꺼버렸다. 무섭고 미안했지만, 어쩔 수 없었다. 엄마는 예식장에 갔다가 볼일 보고 바로 일하러 나갈 거라고 했다. 밤늦게나 다음날 아침에 돌아오면 지금보다 더 지독

216

한 독을 뿜을 게 뻔했다. 내가 없어진 것보다 돈이 없어진 것을 알게 될 테니까. 나는 엄마가 나가자마자 엄마의 옷과 가방이랑 화장대를 뒤져 돈을 훔쳤다. 순신은 최소한 오만 원은 확보해야 한다고 했지만, 아무리 긁어모아도 턱없이 모자랐다. 나는 그거라도 호주머니에 넣고 집을 나왔다.

순신은 태권도장 빌딩 앞에서 나를 기다리고 있었다. 등산복 차림에 조던 스냅백 블랙을 쓰고 제법 불룩한 백팩을 멘 모양새가 장기전을 각오한 폼이었다. 순신은 나를 보자, 헤이 골뱅이! 외치며 손을 번쩍 들었다.

골뱅이는 내 별명이었다. 내 이름 고병희와 발음이 비슷해 학교에서도 도장에서도 그렇게 부른다. 나는 그 이름이 불만이었지만, 내 능력으로는 어쩔 수 없었다.

"골뱅아, 이거 보이냐?"

내가 가까이 다가가자 순신은 손가락 사이에 골드 빛깔의 카드를 끼워 농구공처럼 빙글빙글 돌렸다. 묻지도 않았는데 순신은 간도 크게 불곰의 카드를 째볐다고 자랑했다. 그러고는 이제 맞장을 떠도 이길 자신이 있다며 불곰 같은 새끼는 하나도 안 무섭다고 큰소리쳤다. 그저께 사건 이후, 순신의 간덩이가 엄청 부어 있었다.

우리는 태권도장으로 올라갔다. 재작년 겨울, 이 태권도장에서 순신을 만났다. 초등학교는 달랐지만, 알고 보니 같은 중학교에 학년도 같고 바로 옆 동 아파트에 살아 금방 친해질 수 있었다.

우리는 곧장 몸을 풀고 있는 관장에게 갔다. 깍듯이 인사하고 당분간 도장에 나오지 못할 것 같다고 하자 관장이 그 이유를 물었다. 순신은 천연덕스럽게 학교에서 단체 수련 간다고 둘러방쳤다. 관장은 아직 우리가 학교 밖 아이란 걸 모르고 있었다. 솔직히 말하면 우리가 학교 안 간 지 일주일이 넘었다. 순신은 학교에서 당분간 나오지 말래서 못 갔고, 나는 가기 싫어서 안 갔다. 그러니까 학교는 언제 가게 될지 기약도 없었다.

"순신아, 불곰한테 연락은 했어?"

도장을 나오며 내가 물었다.

"아니."

순신은 당당했다.

"그래도 찾지 않을까?"

"찾겠지. 나를 때려죽이려고……. 찾다가 내가 집 나간 걸 알면 씹새끼는 속으로 엄청 좋아할걸."

순신은 제 아빠를 꼭 불곰, 아니면 씹새끼라 불렀다.

"왜?"

"내가 없으면 마음 놓고 여자를 집으로 불러들일 수 있을 거거든. 느네 엄마도 속으론 좋아할지도 몰라. 느네 엄마도 많이 굶었을 거잖아. 어른들은 다 그래."

순신은 어른처럼 어른스럽게 말했다.

순신에겐 엄마가 없고 내겐 아빠가 없었다. 그러나 나는 아빠의 얼굴을 모르지만 순신은 제 엄마의 얼굴을 알고 있었다. 순신의 말에 의하면 초등학교 삼학년 때, 불곰이 휘두르는 야구 방망이를 견디지 못해 도망갔다고 했다. 불곰은 술만 먹으면 야구 방망이를 휘두르는 버릇이 있다고 했다.

우리는 양철동의 집으로 갔다. 문을 따고 들어가 앉은뱅이책상 위에 놓여 있는 양철동의 사진을 보자 눈물이 났다. 양철동은 자기가 죽으면 그 사진을 사용할 거라 했다. 양철동의 사진 옆에는 오래 전에 죽었다는 부인의 사진이 나란히 놓여 있었다. 이런 날이 올 줄 모르고 낄낄거리며 놀았던 때가 꿈만 같았다.

순신은 양철동의 사진을 백팩에 넣었다.

우리는 아무도 들어가지 못하도록 책상 서랍에서 찾아낸 새 자물쇠로 방문을 채우고 마당에서 주운 철사 동가리로 쇠대문과 쪽문을 친친 동여맨 다음 집을 나왔다. 양철동이 부탁했다.

하늘이 파랗게 맑았다. 따가운 가을 햇살이 눈부셨다. 밤을 주우러 가기에는 안성맞춤인 날씨였다. 일주일 전 계획대로라면 지금쯤 양철동과 함께 밤을 줍거나 주우러 가고 있을 시간이었다.

일주일 전, 셋이 방에 나란히 누워 장난질을 치고 있을 때였다. 양철동이 뜬금없이 제안했다. 다음 주 토요일에 밤을 주우러 가자고. 자기가 밤나무 숲이 있는 곳을 알고 있다며 밤을 많이 주우면 영순 씨를 초대해 밤을 삶아 먹자고 했다. 자기가 김밥이랑 치킨이랑 음료수를 준비해 갈 테니 빈 배낭만 메고 오라고도 했다. 우리가 밤 따러 가는 건 대환영이지만, 자꾸 얻어먹으려니 좀 그렇다고 하자 양철동이 말했다. 친구야, 너무 부담 갖지 마. 지난번 내 생일 때 너희들이 파티까지 열어 줬잖아. 정말 고마웠어. 그 답례야. 실제로 우리는 양동철에게 늘 신세만 졌다.

그랬다. 우리는 열흘 전 양철동의 생일 때 조촐한 생일 파티를 열어주었다. 순신과 나는 아껴 쓴 용돈과 빈병, 폐휴지를 팔아 모은 돈으로 작지만 하얀 케이크를 사고 남은 돈으로 떡볶이, 초코파이, 사탕도 샀다. 우리는 그날 양철동이 용재 할머니를 좋아한다는 걸 알고 치밀한 작전을 세워 그 할머니를 깜짝 초청하는 이벤트도 가졌었다. 용재는 순신의 초등학교 동기인데, 제 할머니와 함께 양철동의 집 길 건넛집에서 세 들어 살고 있었다. 손등에 검버섯이 피고 목과 얼굴에 주름이 자글자글해 그렇지, 젊었을 적에는 귀엽다는 소리를 들었을 것 같은 모습이었다. 그 할머니의 이름이 장영순이었다. 우리는 용재를 떡볶이까지 사주며 꼬드겨 이벤트를 성사시켰다. 그 할머니는 용재 말이라면 껌벅 죽는데, 우리는 그 맹점을 이용했다. 아닌 게 아니라 우리의 작전에 따라 용재가 배를 움켜쥐고 긴급 전화를 때리자 장영순 할머니는 총알같이 달려왔다.

  태권도장 빌딩 앞 약국 모퉁이를 돌아 나오는데 고래의 순찰차가 길목을 지키고 있었다. 괜히 앗, 뜨거워라 싶어 얼른 돌아섰다. 그런데 고래가 언제 봤던지 말대가리 같은 얼굴을 순찰차 속에서 뽑아 올리며 어이, 사고뭉치들! 하고 우리를 불러 세웠다. 재수 더럽게 없었다.
  "우리 사고뭉치 아닌데요."
  순신이 반항하듯 되받았다.
  "인마, 사고뭉치가 따로 있냐? 사고 치면 사고뭉치인 거지." 그러고는 우리의 약점을 콕 찔렀다. "열흘 전에도 어떤 할머니를 골탕 먹었다며? 그 할머님이 신신당부하더라. 못된 짓 한 놈들을 잡아다가 단단히 교육 좀 시켜달라고 말이야. 누군가 했더니, 바로 너희 새끼들이더구먼."
  용재 할머니를 두고 하는 말이었다. 가슴이 뜨끔했다.
  "골탕 먹이려고 한 게 아닌데요."
  내가 적극 항변했다.
  "짜식들이…… 이유야 어떻든 당사자가 골탕 먹었다잖아."
  고래가 갑자기 언성을 높이는 바람에 우리는 찔끔했다. 다른 건 하나도 겁 안 나는데, 그걸 핑계로 또 우리를 지구대로 끌고 가지 않을까 싶어서였다. 더 이상 찍소리 못하고 잔뜩 졸아 있는데, 다행히 고래가 그 문제는 건너뛰었다.

"발발이처럼 싸돌아다니지 말고 지금 바로 어르신 찾아뵙고 인사드려. 그 할아버지 아니었으면 너희들은 바로 노고지리통 신세를 졌을 거야. 요즘 폭행이 얼마나 무거운 죄인지 알지?"

"모르는데요."

순신이 퉁명스럽게 대답했다. 고래는 아직 양철동이 집을 나간 사실을 모르는 모양이었다.

"이 아저씨는 척 보면 알아. 그 정도 상해면 최소한 오 년은 푹푹 썩을 거야. 그러면 너희들 인생은 끝이야."

고래는 우리가 아무것도 모르는 바본 줄 알고 말도 안 되게 뻥을 쳤다. 지나가는 행인들이 우리가 무슨 죄를 지은 줄 알고 힐끔거렸다.

"앞으로 사고 치지 말고 모범생이 되어라. 다시는 어르신께 친구니 뭐니 버릇없이 굴지도 말고, 알았냐?"

우리는 고래의 말을 들은 체 만 체하고 버스 정거장으로 갔다.

양철동의 고향으로 가보기로 했다. 그가 갈 곳이라곤 아무리 생각해도 그곳 말고는 없었다. 양철동의 고향은 무궁화호 열차를 타고 한 시간쯤 가서 이십 분쯤 북쪽으로 걸어 올라가면 있었다. 어느 날 양철동이 그렇게 귀띔해 주었다.

"어른들은 왜 우리의 말을 믿어주지 않는 걸까?"

버스를 기다리며 내가 물었다.

"머리에 똥이 꽉 차서 그래."

순신이 어른처럼 대답했다.

"만일 양철동이 죽어도 안 오겠다 그러면 어쩔래?"

"우리가 집을 지켜주겠다고 맹세하면 돌아올 거야. 양철동도 우리의 실력을 봤잖아. 멧돼지도 이제 우릴 함부로 덤비지 못할 거구. 문제는 여우야."

"여우가 왜?"

"멧돼지는 꼬리가 하나지만 여우는 꼬리가 아홉 개야. 그 꼬리가 언제 신출 기묘한 조화를 부릴 줄 몰라. 문제는 꼬리야. 여우의 신통력은 다 그 꼬리에서 나오거든." 그러고는 순신이 내 귀에 대고 속삭였다. "골뱅아, 유비무환이란 말 들어봤지? 이순신이 제일 좋아했다는 그 말, 말이야. 유비무환은 빠를수록 좋아. 양철동을 데려오면 즉시 작전 개시할 거야. 작전 성공만 하면 게임 끝이야."

"그게 계획대로 잘 될까? 여우는 교활해 유인하기도 쉽지 않을 거구. 설령 유인한대도 결사적으로 저항할 텐데……. 여우 엉덩이하고 허벅지 봐봐. 뻗대는 힘이 장난이 아닐 거거든."

"그래서 너의 협조가 절대적으로 필요한 거야. 내가 여우를 유인해 놓으면 즉시 에스오에스를 보낼게. 그러면 총알같이 달려와. 설마 우리 둘이 힘을 합치면 그까짓 여우 하나쯤 못 자빠뜨리겠어. 암튼 찍소리 못하게 꼬릴 잘라 놓고 보는 거야."

나는 순신의 결심을 보자 으스스한 한기를 느꼈다. 순신이 말한 '꼬리 자르기'의 의미를 알고 있었기 때문이었다.

"골뱅아, 내가 왜 교회 다니는지 모르지?"

어느 날 순신이 말했다. 순신이 도장에 나오지 않아 운동을 마치고 순신의 집으로 갔을 때였다. 순신은 침대에 누워 있었다. 순신의 얼굴은 차마 눈 뜨고 볼 수 없을 만큼 부어 있었고 온몸에는 멍투성이였다. 내가 알기 전부터 순신은 교회를 다녔다. 교회는 태권도장 위층에 있었다. 내가 거절했지만, 언젠가 순신이 나보고 교회 같이 다니자고 꼬드기기도 했다. 순신은 내게 한 번도 그 이유를 말한 적이 없었지만, 나는 진작부터 알고 있었다. 교회뿐 아니라 태권도장을 다니는 것도 불곰 때문이란 걸.

"모르긴 왜 몰라. 다 아니까 잔말 말고 가만히 누워 있어."

내가 안타까워 말했다.

"그래. 네가 알고 있는 그대로야. 불곰을 때려죽이고 싶었거든. 그래서 예수님께 소원을 빌러 다녔던 거야. 그런데 씨팔, 이제 소원이 한 가지 더 생겨버렸어."

순신은 허리가 결려 바로 눕지도 못하고 새우처럼 구부린 자세로 중얼거렸다.

"그럼, 이게 불곰 짓이 아니었어?"

뜻밖이었다. 내가 놀라 물었을 때 순신이 나직이 대답했다.

"여우야. 정확히 말하면 여우의 사주를 받은 너구리들이야."

"너구리들이 왜?"

"얼마 전에 내가 여우에게 선전포고를 했거든. 한 번만 더 양철동을 괴롭히면 가만두지 않겠다고 말이야. 그래서 너구리들을 동원해 기습 공격을 감행한 거야. 두고 봐. 다시는 낯짝 쳐들고 덤비지 못하도록 강간해 버릴 거야. 그러니까 골뱅아, 내가 에스오에스 때리거든 좀 도와줘."

순신은 한 번 한다면 하는 성격이라 나는 덜컥 겁이 났다.

버스가 왔다. 이 버스를 타고 가다 다섯 번째 정거장에서 705번 버스로 갈아타면 양철동의 고향으로 가는 역으로 갈 수 있었다. 역으로 가기 전, 역 옆에 있는 은행의 현금자동인출기에서 불곰의 카드로 맥시멈으로 현금을 인출하기로 했다.

우리는 지난여름 양철동과 함께 그 역을 이용해 물놀이를 간 적이 있었는데, 그때 거기에 은행이 있다는 걸 알았다.

순신이 자동인출기에서 현금을 뽑을 동안 내가 미리 기차표를 사 놓으려고 역 대합실로 들어섰을 때였다. 무심코 바라본 여자 화장실 앞에서 엄마처럼 생긴 여자가 용변을 보고 나오다가 바지에 묻은 무얼 떼어내고 있었다. 허깨비가 보였나 싶어 한 번 더 바라보니 진짜 엄마였다. 결혼식에 간 엄마가 왜 여길? 나는 얼른 몸을 숨기고 주위를 살폈다. 아니나 다를까 선글라스를 낀 불곰도 뒷짐 진 채 주위를 얼쩡거리며 우리를 잡으려고 독이 올라 있었다. 나는 기겁하고 뛰어나왔다.

"기어이 한판 붙자, 이거지."

순신이 내 말을 듣고 전의를 다졌다. 순신은 불곰이 이미 눈치 긁고 카드도 정지시켜 버렸더라며 침을 퉤! 뱉고는 육두문자를 날렸다.

"어쩌지?"

"어쩌긴. 다른 루트를 뚫어야지."

내가 초조해 하자 순신이 늠름하게 말했다.

우리는 호주머니에 든 돈을 다 긁어모았으나 채 삼만 원도 되지 않았다. 그 돈으로는 양철동을 찾기에 턱없이 부족했다. 그렇다고 여기서 포기할 수는 없었다.

우리는 논의 끝에 시외버스를 이용하기로 했다. 버스로 가면 기차보다 시간이 배로 걸린다고 언젠가 양철동이 말했지만, 추격을 피하기 위해서는 어쩔 수 없었다. 순신은 시외버스 정류장으로 가는 버스를 타자마자 여자 친구와 친구들에게 에스오에스를 보냈다. 순신에겐 초등학교 때부터 사귄 여자 친구가 있었다. 이름이 촌스러운 형숙인데, 얼굴은 예뻤다. 아직 거기까진 못 갔지만 키스는 몇 번 해본 적이 있다고 빼겼던 순신이었다. 나는 키스는 고사하고 손목 한 번 잡아본 계집애도 없는데, 그럴 땐 순신이 무척 부러웠다. 순신의 여자 친구와 친구랑은 시외버스정류장 옆 버스정거장에서 접선하기로 했다. 만일 거기까지 추격해 온다면 이젠 피하지 않겠다고 순신이 별렀다.

순신의 여자 친구와 친구들은 의리가 있었다. 약속한 버스정거장에서 삼십 분쯤 기다리자 속속 얼굴을 드러냈다. 어떤 친구는 오천 원, 어떤 친구는 만 원, 어떤 친구는 돈과 교통카드를 순신에게 쥐어주고 돌아갔다. 형숙은 엄마의 지갑을 슬쩍했다며 거금 오만 원을 순신의 손에 쥐어주었다. 심지어 걔는 순신이 배가 고프다니까 우리를 분식점에 데리고 들어가 김밥과 우동까지 사 주었다. 걔랑 헤어질 때는 너무 고마워 내가 괜히 눈물이 났다.

다행히 엄마와 불곰은 정류장까진 잡으러 오지 않았다. 마침내 버스가 출발하자 우리는 승리의 도취감에 하이파이브까지 했다.

양철동의 고향마을에 도착했을 때는 뉘엿뉘엿 해가 저물었다. 마을은 작고 고즈넉했다. 마치 텅 빈 동굴 속 같았다. 우리는 느티나무가 서 있는 마을 입구의 회관으로 들어갔다. 다섯 명의 할머니들이 둘러앉아 화투를 치고 있었다.

"별일이다. 양철동이가 뉘고? 오늘따라 양철동이를 찾는 사람이 이리 많누."

우리가 양철동을 찾으러 왔다고 하자 어떤 할머니가 화투를 계속 치며 중얼거렸다. 우리가 좀 자세한 말씀을 부탁드리자 다른 할머니가 친절히 답해 주었다. 오전에는 부녀 되는 사람이 다녀갔고, 오후에는 부부 되는 사람이 다녀갔다고 했다. 그리고 물었다.

"학상들은 그 사람과 어찌 되우?"

우리는 그제야 멧돼지와 여우, 엄마와 불곰이 다녀갔다는 걸 알았다.

"친구인데요."

"친구 할아버지인데요."

내가 순신의 말을 얼른 고쳐 대답했다. 순신이 잽싸게 백팩에서 양철동의 사진을 꺼내 보여주었다. 자세히 들여다보던 한 할머니가 양동철이네, 했다.

"맞다. 양동철이네."

다른 할머니들도 이구동성으로 말했다. 그제야 우리는 이유는 알 수 없지만 이곳에서는 '양철동'을 '양동철'로 부르고 있다는 걸 알았다.

"그러면 덕천양반 집으로 가봐. 여기 왔으면 그 양반한테 안 갔을 리 없어. 둘이는 막역지우였으니께."

어떤 할머니가 말했다.

우리가 그 집의 위치를 묻자 방금 말한 그 할머니가 대답 대신 치던 화투를 던지고 일어났다. 우리는 그 할머니를 따라 덕천양반 댁으로 갔다.

덕천양반 댁은 마을 제일 위쪽에 있었다. 사랑채와 안채가 있는 집에 할아버지, 할머니만 살고 있었다. 길 안내해 준 할머니가 자초지종을 말하자 할아버지가 그 사람 여기 안 왔는데……, 했다.

우리는 별수 없이 돌아섰다. 마을까지 들어오는 막차는 이미 떠나고 없었다. 우리는 마을회관 앞에서 할머니와 작별하고 무작정 걸었다. 밤이 되자 기온이 떨어져 추웠다. 마을이 끝난 벌판을 가로질러 내려올 때는 바람 끝이 매서웠다. 면소재지까지 내려왔을 때 길가에 학교가 보였다. 폐교였다. 우리는 가 봐도 딱히 갈 곳이 없었기 때문에 폐교로 들어갔다. 그래도 헛간이나 폐가보다 학교가 덜 무서웠다. 우리는 열 수 있는 교실을 찾아 들어갔다. 그 교실도 처음엔 잠겨 있었지만 몇 번 자물쇠를 잡아당기자 문고리가 뽑혔다. 우리는 그곳에서 뜬눈으로 밤을 지새웠다. 서로 보듬고 있어도 추위는 누그러지지 않았다. 너무 추우면 잠이 오지 않는다는 걸 그때 처음 알았다. 창문 밖으로 보이는 별들과 달이 모두 둥둥 떠다니는 얼음 알갱이와 조각으로 보였다. 하룻밤이 일 년처럼 느껴졌다.

다음날 우리는 크림빵과 우유로 아침을 때우고 다시 그 할아버지를 찾아갔다. 우리가 부인의 무덤이라도 확인하고 싶다고 하자 고맙게도 할아버지는 무슨 사정인지는 모르나 어린 학생 같은데 마음 씀씀이가 기특하다며 버스를 타고 읍내 오일장에 가려던 걸음을 돌렸다.

무덤은 마을에서 그리 멀지 않은 산비탈에 있었으나 초라했다. 오래 방치해두었던지 무덤 같지가 않았다. 어디에도 양철동이 다녀간 흔적은 없었다. 그 친구가 여기 오면서 나 안 보고 갔을 리 없지. 할아버지는 무덤가 바윗돌에 걸터앉아 담배를 피우며 중얼거렸다. 우리는 그 할아버지로부터 양철동에 대한 새로운 사실들을 알게 되었다. 양철동의 부인은 오래 전 무슨 병으로 죽은 게 아니라 애를 낳다가 죽었고, 양철동에게는 슬하에 자식이 없고 지금 아들이라고 자처하는 멧돼지는 친아들이 아니라 양자로 들인 자식이라고 했다.

우리는 그 할아버지에게 혹시 양철동이 찾아오면 꼭 연락해 달라고 전화번호를 적어주고 마을을 떠났다. 우리는 혹시 몰라 읍내 장터를 찾아갔다.

내가 양철동의 사진을 들었고, 순신이 미리 준비해온 광고지를 들었다. 반 절 모조지에 매직펜으로 쓴 거기에는 '친구를 찾는데요'란 문구와 양철동의 인적 사항과 인상착의가 적혀 있었다. 우리는 그것을 들고 사람들이 많은 곳이면 어디든 찾아가 양철동의 존재를 알렸다. 우리의 행세를 보고 신기하다고 사진을 찍거나 기특하다며 격려해 주는 이가 있는가 하면 뒤에서 수군거리는 이도 있었다. 그러나 우리는 상관하지 않았다. 우리의 목적은 오직 양철동을 찾는 데 있었기 때문이었다.

장이 파할 무렵 우리는 다시 시내로 돌아왔다. 그리고 딱히 갈 데가 없었기 때문에 늦도록 거리를 배회하다가 양철동의 집으로 갔다. 양철동의 집은 불을 때지 않아 썰렁했으나 방바닥에 전기장판이 깔려 있어 그런대로 견딜 만했다. 우리는 그렇게 여러 날을 무던히 버텼다. 혹시 엄마나 불곰, 멧돼지에게 발각될지 몰라 새벽같이 나와 오밤중이 되어서야 도둑고양이처럼 숨어들어 피곤한 몸을 뉘곤 했다. 그러면서 우리는 매일 역, 시외버스정류장, 지하철, 극장, 백화점 등 사람들이 많이 모이는 곳이면 어디든 찾아가 장터에서처럼 사진과 광고지를 들고 도움을 청했다. 어디든 사람들의 반응은 비슷했다. 그러나 우리는 역시 개의치 않았다.

나는 그동안 꼭 한 번 엄마가 궁금해 휴대전화를 열어본 적이 있었다. 그새 엄마의 문자가 산더미처럼 쌓여 있었다. 나는 엄마가 그렇게 욕을 잘하는지 몰랐다. 세상에 욕이란 욕은 그 문자 속에 다 들어 있었다. 그래도 우리 엄마니까 차마 그 내용을 여기에 공개하지 못함을 널리 이해해 주기 바란다.

아무튼 우리가 신문사를 찾아가 도움을 청해 보기로 한 것은 그로부터 열흘이나 지난 뒤였다. 어린 소견에도 그런 옷차림과 얼굴로 찾아가서는 안

될 것 같았다. 그동안 한 번도 씻지 않았을 뿐만 아니라 옷도 갈아입지 않아 꼴이 말이 아니었다. 그리고 그 무렵에는 우리의 수중에 돈이 다 떨어져 보충이 필요한 시기였다. 그래서 순신과 나는 먼저 우리 집부터 잠입했다. 엄마가 일하러 나갔을 확실한 시간에 맞춰 감행했다. 집은 고요했고 거실의 불도 꺼져 있었다. 그런데 안방에서 불빛이 번져 나오고 있었다. 엄마가 일하러 나가면서 깜박했나 싶어 살그머니 문을 여는 순간, 내 평생에 잊지 못할 광경과 직면하게 되었다. 엄마는 침대 위에 누워 있었다. 엄마 곁에는 또 한 사람이 누워 있었다. 불곰이었다. 우리와 눈이 마주치는 순간, 우리가 놀란 것보다 엄마와 불곰이 더 놀랐다. 어른이 그렇게 놀라 허둥대는 것은 그때 처음 보았다. 우리는 더 이상 그러고 있을 수가 없어 그대로 집을 뛰쳐나왔다. 황망히 엘리베이터에 몸을 실었을 때, 순신이 바닥에 찍 침을 갈기며 이죽거렸다.

"어른 새끼들은 다 저렇다니까."

친구야 그동안 고마웠어. 너희들과 함께 지내는 동안 참 행복했어. 영원히 잊지 못할 거야. 어쩔 수 없었어. 집을 사수하기 위해서는 이 방법밖에 없었어. 미안해. 마지막으로 한 가지만 부탁할게. 너희들 말고는 아무도 못 들어가도록 방문을 새 자물쇠로 잠가 줘. 자물쇠는 책상 안에 있어. 나대신 집을 꼭 지켜줘. 안녕.

결국 그 편지가 양철동과의 마지막이 되고 말았다. 그 이후 우리는 더 이상 양철동의 소식을 들을 수 없었다. 물론 다음날 우리는 양철동을 찾고자 부끄러움을 무릅쓰고 신문사를 찾아갔다. 우리의 사연을 들은 기자 아저씨가 고맙게도 우리의 소행을 미담으로 포장해 크게 기사화해 주었지만, 양철동의 소재를 제보해 주는 사람은 없었다. 대신 우리만 유명세를 타게 됐다. 매스컴의 위력이 그렇게 대단한 줄은 그때 처음 알았다. 기사가 나간 이후 우리를 보는 눈이 달라졌다. 당장 엄마와 불곰의 태도가 백팔십도로 바뀌었다. 우리를 붙잡으면 때려죽일 것 같던 엄마와 불곰은 우리의 속이 그렇게 웅숭깊은 줄은 몰랐다며 꾸중은커녕 격려와 칭찬을 아끼지 않았다. 학교의 태도도 달라졌다. 학교는 당장 순신의 등교 금지를 해제해 주었고, 나의 무단결석도 넉넉한 가슴으로 포용해 주었다. 무엇보다 반가웠던 것은 포식자들이 더 이상 나를 괴롭히거나 따돌리지 않았다는 점이었다.

나는 지금도 양철동의 편지와 함께 우리의 삶을 바꿔준 그 기사를 스크랩해 소중히 간직하고 있다.

친구를 찾는데요

신문기사의 제목이 그랬다. 기사 중앙에는 나, 양철동, 순신이 어깨동무를 하고 V 자를 그리며 웃고 있는 사진이 실려 있었다. 양철동의 생일 때 용재가 휴대전화로 찍어준 것이었는데, 사진 밑에는 이런 설명이 붙어 있다.

60년의 나이차를 극복하고 아름다운 우정을 쌓고 있는 세 친구의 모습. 친구 양철동의 75회 생일을 기념하며 해맑게 웃고 있다.

나는 그 사진과 기사를 볼 때마다 지금도 왠지 눈물이 난다.

양철동이 생존해 있다면 올해 꼭 90세가 된다. 백세 시대에 아흔이면 충분히 살아 있을 나이이므로 우리는 아직도 그 희망을 버리지 않고 있다. 그러나 양철동이 없는 동안 계절만큼 많은 변화가 있었다. 양철동이 그토록 지키고자 했던 집은 흔적 없이 사라지고 지금은 그 곳에 초고층 아파트가 세워져 있다. 용재 할머니는 사 년 전에 세상을 떠났고, 멧돼지는 노름과 사기죄로 교도소에 갔다가 작년에 풀려났다. 고래는 그해 겨울 다른 지구대로 옮겼다.

우리에게도 크고 작은 변화가 있었다. 엄마와 불곰이 이듬해 봄 결혼하는 바람에 나와 순신은 본의 아니게 형제가 되었다. 내가 순신보다 생일이 달포 정도 빨라 순신은 내 동생이 되었다. 특성화고 자동차 정비학과를 졸업한 순신은 현재 카센터를 운영하고 있고, 나는 3년제 전문대학을 졸업한 뒤 삼 년 도전 끝에 상시계약직 집배원이 되어 오 년째 근무하고 있다. 그리고 진짜 중요한 사건이 하나 더 있다.

나는 아직 여자친구조차 없는데, 내 동생 순신은 오늘 결혼식을 올렸다. 순신의 신부는, 놀라지 마시라 여우다. 어떤 과정을 거쳐 예쁜 형숙과 헤어지고 우악스런 여우와 엮이게 되었는지 나로선 알 수 없지만, 결과적으로 그렇게 됐다. 그런 걸 보면 세상이 참 요지경이란 생각이 든다.

나는 지금 신혼여행을 떠나는 순신 부부를 공항까지 배웅해 주고 돌아오는 길이다. 돌아오며 그때 일을 뒤돌아보니 왠지 눈물이 난다. 혹시 이 글을 보신 분 중에 양동철의 거처를 알거나 알고 있는 사람을 아시는 분은 꼭 연락해 주기 바란다. 그분에게는 내 동생 순신이 신혼여행에서 돌아오면 함께 찾아가 고마움을 전하고 반드시 후사하겠다는 것을 약속드린다. 죽기 전에 친구를 만나야 하는 이유는 수백 가지가 넘지만, 딱 하나만 들라면 사과다. 그토록 지키고자 했던 그의 집을 지켜주지 못한 데 대한 진심어린 사과.

시간이 지날수록 환해지는 풍경

"오늘 무슨 날이야? 어느 아파트에 조기가 달려 있는 걸 봤어. 넌 못 봤니?"

아파트 정문으로 들어설 때였다. 지나가던 아가씨가 친구에게 종알거리는 소리를 귀동냥해 들었을 때만 해도 나는 아무런 느낌이 없었다. 그녀가 헛것을 보았거나 친구를 놀리려고 일부러 그랬거나. 설령 사실이라 해도 설마, 했던 것이다. 그런데 아니었다. 사라의 아파트 태극기 꽂개에 꽂힌, 그것도 대형 조기(弔旗)가 두루미처럼 유유히 날개를 펴고 있었다. 깃대 끄트머리에는 하얀 국화도 한 송이 꽂혀 있었다.

어? 나의 첫 반응은 그랬다. 그와 동시에 그자의 상판대기가 두루뭉술하게 떠올랐다. 성이 탁 씨고 교수라 했던가? 적어도 나보다 몇 살은 더 먹었을 것 같은, 탁한 얼굴이었다. 탁은 열쇠뭉치를 내게 건네며 들릴락 말락 한 목소리로 이죽거렸다.

"두고 봐. 기껏 육 개월이야."

그러곤 자신이 마신 아메리카노 일회용 컵을 구겨 쥐고 일어났다. 나는 그때나 지금이나 그자의 말을 믿지 않았다. 아니 의도적으로 무시했다. 결국 그자의 말이 맞았다. 정확히 육 개월은 아니지만 그즈음이었다.

어디에도 그런 낌새가 없었다. 나는 평소와 다름없이 사라가 잠속에 빠져 있는 모습을 확인하고는 나이키 백팩을 메고 현관을 나왔다. 간밤에 꿈도 없었고, 여느 때처럼 구립 도서관의 지정석에 앉아 육 개월 앞으로 다가

온 9급 공무원 채용 시험에 박차를 가하고 있을 때도 마음이 평온했다. 나는 점심때 사라와 한 차례 문자메시지도 주고받았는데, 그녀의 언어에서 아무런 느낌을 받을 수 없었다.

집으로 들어서자 모든 사실이 명료해졌다. 고즈넉한 주방 식탁 위에는 오리 모양의 도자기 수저받침대에 짓눌린 메모지가 놓여 있었다.

일주일 내로 새로 들어올 거야.

메모지에는 밑도 끝도 없이 그 한마디만 적혀 있었고, 하단에는 새로 들어올 머저리(실은 행운아)의 연락처가 적혀 있었다. 적절한 시기에 서로 연락해 열쇠를 인계하라는 뜻이었다. 나는 유유자적 달리던 자동찻길이 갑자기 뚝 끊어진 기분이었다. 어디서부터 잘못되었는지 악몽처럼 혼란스러웠다. 나는 사태를 수습하기 위해 사라의 냉장고에서 파울라너를 꺼내 마셨다. 사라의 허락 없이 냉장고의 문을 열기는 그때가 처음이었다. 파울라너는 이 집에서 제일 흔한 소모품이었다. 사라는 네 캔에 만 원 하는 그것 외는 마시지 않았다.

첫날, 파울라너를 마시며 사라가 말했다.

"이것도 심대한 우연이라고 생각해요. 한 생명체의 지구 출현도 엄청난 우연인데 그 생명체가 수십 년을 각자의 궤도로 운행하다가 이 작은 공간에서 조우했으니 얼마나 장대한 우연이겠어요. 혹시 마음의 변동이 생기면 언제든 저요? 해주세요. 꼭 언어가 아니라도 좋아요. 내가 이해할 수 있는 그런 기호이면 다 오케이예요. 단 최소한 일주일 정도의 말미는 주셔야 해요. 물론 나도 그럴 거고요. 가끔씩 우리 집 태극기 꽂개를 유심히 관찰해 봐요.

없으면 진행형, 축기면 오, 조기면 엑스란 뜻이에요. 전 평범한 건 딱 질색이거든요. 첫 우연을 위해 건배할까요?"

사라가 제시한 입주 계약서에 정식으로 사인하고 난 뒤였다. 입주 계약서에는 입주 조건과 수칙이 기재되어 있었다. 사흘 전 구두로 전해 들었을 때와 대동소이했다. 사라는 인연이라고 해야 할 자리에 굳이 우연이란 말을 사용했는데, 나는 그녀가 태극기 운운할 때 솔직히 귀담아 듣지 않았다. 뜬금없이 웬 기 타령? 평범한 거 싫어한다더니 진짜 그러네. 그런 정도였다.

나는 아파트 정문 맞은편 공인중개사사무소에서 처음 그녀를 만났다. 그무렵 나는 최악의 상태였다. 거처를 옮길 때마다 정확히 한 단계씩 내려앉아 더 이상 내려갈 데가 없던 상황이었다. 내가 자존심 따위는 접고 숙식만 해결할 수 있는 공간이면 어디든 좋으니 월세가 가장 싼 방이 나와 있는 데가 없느냐고 물었을 때, 오십 전후쯤으로 보이는 여성 중개사는 나를 잠깐 일별하더니 한번 일어서 보라고 했다. 그러고는 나를 상하전후를 훑어보고는 어딘가로 전화했다. 한 시간 뒤 다시 와 보라고 해 갔더니 웬 여자가 응접 소파에 앉아 있었다. 사십은 넘어 보이고 오십은 안 되어 보이는 여자였다. 여자는 굳이 나를 데리고 사무소 옆 건물의 스타벅스로 갔다. 여자는 상당한 미모의 소유자였고, 깔끔했다. 깔끔한 외모답게 성격도 심플하고 쿨했다. 에스프레소를 마시며 여자가 말했다. 자기는 밤마다 극심한 공포증과 불면증에 시달린다. 그런 까닭에 자기가 호출하면 언제든지 달려올 수 있어야 한다. 아침에는 기상하자마자 제일 먼저 자신의 수면 상태를 체크해야 하고 필요시 즉시 응급조치와 비상조치를 취해야 한다. 이 조건에 동의해야 입주가 가능하다. 대신 방세는 물론 일체의 주거비는 받지 않겠다. 동의할 수 있느냐고 물었다. 세와 주거비를 받지 않겠다니. 나는 귀가 번쩍 열렸다. 나에게 이보다 더 좋은 조건은 없었다. 내가 즉시 동의하자 여자는 허락대신 다시 몇 가지 지켜야 할 규칙을 열거했다. 규칙이란 것도 별 게 아니었다. 허락 없이 사생활을 침범해서는 안 된다, 묻는 말 외에 먼저 말을 꺼내서는 안 된다, 집에 사람을 데려와서는 안 된다, 지나치게 큰소리로 전화를 주고받아서는 안 된다, 식사와 청소와 빨래는 스스로 해결해야 한다, 단 자기가 부탁하거나 요구하는 일은 특별한 경우가 아니라면 수행해야 한다, 거기에 따른 수고비는 알맞추 지불하겠다, 등등이었다. 역시 내가 즉각 동의하자 여자가 말했다.

"앞으로 사흘 말미를 드릴게요. 그래도 마음의 동요가 없으면 연락하세요."

나는 하루가 급했지만, 어쩔 수 없었다. 나는 그 사흘을 누나들의 집을 전전하며 보냈다.

파울라너의 힘은 셌다. 머릿속으로 둥둥 떠다니던 허탈, 암울, 낭패의 덩어리를 서서히 잘게 부수었다. 심지어 파울라너는 악몽마저 단꿈으로 바꾸어 놓는 신비한 힘을 가지고 있었다. 단꿈 속에서 나는 다섯 번 도전 끝에 9급 공무원 채용 시험에 합격해 의젓한 공무원이 되어 근무 중이었다. 9급 교육행정직으로 발령을 받은 나는 그해 아리따운 여자와 결혼해 남매를 낳고 강이 빤히 바라보이는 전망 좋은 고층 아파트에서 깨소금을 빻고 있었다. 나는 꿈속에서 설마 이게 꿈은 아니겠지, 깨소금을 빻을 때마다 그렇게 중얼거렸다.

"조기가 바람에 펄럭입니다. 하늘 아래 나지막이 펄럭입니다."

나의 단꿈을 무참히 짓밟은 것은 탁이었다. 정확히는 탁의 전화였다. 나

238

는 그자가 그때까지 내 폰 번호를 저장하고 있었다는 게 신기했다. 성도 이름도 모르는 아내와 딥 키스 끝에 방사를 치르려는 찰나였다. 영화의 한 장면처럼 폰의 멜로디가 방정을 떨었다. 꿈속에서도 나의 현명한 손이 과거의 기억을 더듬어 즉각 방정을 죽였지만, 폰의 멜로디는 루프를 걸어놓은 CD처럼 일정한 간격으로 부활했다. 화가 펄펄 끓었다. 꼭지가 돌아버린 내가 육두문자를 날리려고 폰을 귓가로 가져가자 난데없는 동요가 귓속으로 흘러들었다.

"누구요?"

내가 한밤중에 손말명을 만난 목소리로 물었을 때, 전화기가 대답했다.

"육 개월, 예언자요."

나는 금세 탁이란 걸 알았다. 탁은 아파트 맞은편 스타벅스에 있다고 했다. 이제 적이 아니라 동지가 되었으니 그 기념으로 아메리카노를 사겠다고 유혹했다.

"일없소."

나는 즉각 전화를 죽였지만, 뻔뻔스럽기 이를 데 없는 탁의 상판대기가 궁금했다. 만약 그자의 얼굴이 떠올랐다면 굳이 스타벅스를 찾는 수고 따위는 하지 않았을 것이다. 그런데 안다고 생각한 그자의 얼굴이 막상 생각하니 도무지 생각나지 않았다. 나는 마치 그 이유가 전적으로 그자의 탓이라도 되는 듯이 치를 떨었다.

날은 이미 벌겋게 발기한 한낮이었고, 단꿈에 황홀했던 방은 사라가 보았다면 기절초풍했을 빈 캔들과 안주 부스러기, 과자봉지, 콧물과 정액 닦은 휴지조각들이 난분분 널려 있었다. 나는 혹시나 싶어 사라의 방으로 가 보았다. 없었다. 사라는 간밤에 귀가하지 않은 것이 확실했다. 집에 오지 않는 날의 사라는 대개 단골 절에서 묵거나 주치 병원에 입원했다.

나는 삼십 분 뒤 커피숍으로 갔다.

"일 분만 늦었어도 날 못 볼 뻔했소."

탁은 육 개월 전에 앉았던 그 자리에 앉아 옆면이 황금색으로 빛나는 두 툼한 성경책을 읽고 있었다. 한 시간 뒤에 갔어도 그렇게 말했을 것 같은 느긋한 자세였다. 머릿속의 잔영은 코끼리였는데 생각보다 날씬한 곰이었다. 이목구비도 제법 살아 있었다. 나는 육 개월 전처럼 어색하게 마주앉았다. 그리고 전투적으로 물었다.

"용건이 뭐요?"

"없소."

"그럼 왜 불렀소?"

"전화로 말하지 않았소."

나는 어이없었다. 아메리카노 그란데가 내 앞에 놓여 있었다. 그래도 공짜니까 나는 뚜껑을 땄다.

"종교가 뭐요?"

한 모금 마시고 내려놓자 탁이 물었다.

"없소."

"그럼 왜 사오?"

"무례하오."

"섹스 할 여친은 있소?"

"가겠소."

"갈 데는 있소?"

"댁이 알 바 아니오."

나는 커피를 숭늉처럼 마셨다. 뜨거웠지만, 꿀꺽꿀꺽 마셨다. 아메리카노가 이윽고 바닥을 드러낼 즈음이었다. 오른손 새끼손가락으로 다랍게 콧구멍을 후비던 탁이 작업 걸듯 말했다. 눈은 여전히 성경책에 박은 채였다.

"보아하니 딱히 갈 만한 데도 없는 듯한데 나와 합방하면 어떻겠소. 여기서 그다지 멀지 않은 옥탑방에 월세로 있소. 댁이나 나나 뻔할 뻔 자데 한 푼이라도 아껴야 하지 않겠소. 나는 낮에 방이 필요하고 댁은 밤에 방이 필요하니 딱, 아니오. 세도 지분의 10% 감해 드리리다. 단, 한 달에 두 번 정도의 일요일 밤은 내가 써야 하오. 내 여자 친구가 섹스 하러 오오. 그땐 내 차를 무료로 대여해 드리고, 그날의 세는 정확히 계산해 감해드리겠소."

"생각만 해도 끔찍하오."

나는 일언지하에 퇴짜를 놓았지만, 하늘이 무너져도 솟아날 구멍이 있구나 싶었다. 탁은 잘 생각해 보라며 그제야 성경책을 덮었다.

"결심이 서면 언제든지 연락하시오. 살아보니 자존심이 최대의 적입디다."

탁은 일어나기 전, 가벼운 충고의 고명을 뿌리는 노련함도 잊지 않았다.

나는 그 다음날 탁에게 전화했다. 하루를 건너 뛴 것은 최소한의 자존심이었다. 탁은 즉시 똥차를 끌고 가겠다고 화답했다. 탁은 1993년산 로얄 프린스를 소유하고 있었다. 나는 즉시 이삿짐을 꾸렸다. 이삿짐이래야 캐리어 두 개면 족한 중고 노트북 하나, 몇 벌의 옷, 몇 권의 공무원 채용 수험서와 예상 문제집, 세면도구, 몇 가지 조리도구와 자그마한 이불보따리가 다였다. 한 시간 뒤 나는 이불보따리와 두 개의 캐리어를 끌고 사라의 아파트에서 나왔다. 그리고 머저리의 폰에 열쇠는 경비실에 맡겨놓을 테니 언제든 찾아가라는 문자메시지를 남기는 것으로 이사 절차를 마무리했다.

탁의 옥탑방은 사라의 아파트에서 그리 멀리 않은 산 밑 고지대의 일반 주택에 있었다. 대문 옆 뒤란에 있는 지그재그 모양의 시멘트 계단으로 오를 수 있게 되어 있는 이층 옥상이었다. 샌드위치 패널로 지은 네 평 크기의 방 하나와 두 평 정도의 주방, 한 평 남짓한 욕실 겸 화장실이 전부였다.

"전망 하나는 끝내줍니다."

캐리어 하나를 받아 들고 앞장서 오르던 탁이 자랑처럼 말했지만, 서북 방향으로 아스라이 보이는 강줄기 외는 볼 게 없었다. 그나마 방 앞 꽤 넓은 여유 공간이 위안거리라면 위안거리였다. 그곳에 크롬 아령과 벤치프레스 바벨이 놓여 있었다.

대충 짐 정리가 끝나자 탁은 그래도 간단한 세리머니는 있어야 하지 않겠느냐며 쪼리를 끌고 내려갔다. 잠시 뒤 마트에서 640㎖ 페트병 소주와 독일산 돼지삼겹살을 사왔다. 점심 겸 세리머니 자리는 웨이트트레이닝 기구 옆에 차려졌다. 은박 돗자리 위에 휴대용 부탄가스 버너에 그릴을 올리고 마주앉자 제법 운치도 있었다. 나와 탁은 경쟁하듯 구운 돼지삼겹살을 상추와 깻잎에 싸 허기를 채우며 조금씩 이해의 폭을 넓혀갔다.

"예언은 우연의 일치요, 필연의 결과요?"

"후자요. 사라의 맥시멈이 육 개월이오."

"그걸 어떻게 알았소?"

"통계의 결과물이오. 선험자 중에는 삼 개월짜리도 있었소. 그러니까 최소 삼 개월에서 최대 육 개월이었소. 난 오 개월짜리었소. 물론 제 발로 나간 자도 있긴 했소만."

"기준은 있는 거요?"

"가위질은 엿장수 맘대로요."

잔이 비어 내가 채우려 하자 탁이 말했다.

"이따 일하러 가야 하오."

"혹시 대학에서 교편 잡는다 하지 않았소. 야간대학이오?"

"지난 학기에 그만뒀소. 비정년 트랙 교수가 어디 교수요?"

탁이 클클 웃으며 어깨를 들썩였다. 그러고는 대리운전기사로 갈아탔다고 덧붙였다. 갑자기 탁이 오래 전부터 안면 있는 학교 선배처럼 친숙하게 다가왔다. 나와 탁은 새삼 잊고 있었다는 듯이 고기를 씹다 말고 악수하며 정식으로 이름과 나이를 깠다. 탁이 나보다 다섯 살 위였다. 누가 그러자고 한 것도 아닌데 그때부터 자연스럽게 나는 탁의 동생이 되었다. 형이 된 탁의 입에서 나온 첫말은 동생, 뒷정리 부탁하네, 였다. 나는 그 말을 듣고도 왠지 불쾌하거나 기분 나쁘지 않았다.

탁은 저녁 여덟 시에 출타해 다음날 새벽 여섯 시에 돌아왔다. 나는 탁 덕분에 큰 변화 없이 구립 도서관에 드나들 수 있었다. 탁이 돌아올 시간쯤 기상해 체력단련을 겸해 뒷산엘 올랐다가 시간 맞추어 내려왔다. 그리고 도서관 근처의 편의점에서 아침을 사먹고 여느 때처럼 도서관으로 갔다. 아침은 주로 삼각 김밥이나 컵밥, 버거를 사 먹었고 점심은 우동이나 잔치국수로 때웠다. 저녁은 탁과 함께 해 먹었다. 저녁담당은 내 차지였다. 나는 탁이 출근하기 한 시간 전쯤 귀가해 저녁을 준비했다. 저녁은 전적으로 내 권한이었다. 어떤 종류의 저녁을 올려도 탁은 불평하지 않았다. 언제나 첫술을 뜨고는 큰소리로 굿! 하고는 엄지척 해 주었다. 하루 중 나와 탁이 대화를 나눌 수 있는 시간은 한 시간 남짓한 그때뿐이었다. 탁은 수저를 내려놓자마자 쫓기는 사람처럼 양치질하고는 허둥지둥 계단을 내려밟았다. 그때부터 다음날 아침 여섯 시까지 탁의 옥탑방은 오롯이 나의 것이 되었다. 혼자만의 시간에도 나는 허투루 보내지 않았다. 어쩔 수 없이 불쑥불쑥 잠처럼 잡념이 밀려올 때면 득달같이 화장실로 가 간단하게 해결했다. 그러고는 이 생활이 빨리 청산되기를 소원하며 시험공부에 매달렸다.

가끔 사라와 그녀의 아파트가 떠오르기도 했다. 내가 왜, 무엇 때문에, 사라의 선택을 받지 못했는지 궁금해지면 나는 심통이 나 있는 뇌를 달랬다. 우리가 알지 못하는 뭔가가 있을 거야. 신이 우리에게 탁을 만나게 해 주려고 사라를 매개체로 활용했는지도 몰라. 그러니 네가 그만 참아. 그렇게 뇌를 다독이면 마음이 차츰 편안해졌다.

그렇지만 사라는 좋은 여자였다. 막내이모처럼 느껴지는 따뜻한 여자였다. 내가 입주하던 날, 사라는 현관문을 활짝 열어놓고 나를 환한 웃음으로 맞았다.

"어서 와요, 미스터 리."

사라는 나를 그렇게 불렀다. 어떤 날은 '미스터'라고만 부르기도 했다. 커피숍에서 첫 미팅이 있는 날 사라는 내게 성씨를 물었고, 말하자 사라는 즉석에서 '미스터 리'하고 불렀다. 그러고는 자신을 소개했다. 사라라고 해요. 날 부를 일이 있을 때는 그냥 '사라'라고 불러 줘요. 나는 아직도 사라가 그녀의 본명인지 아닌지도 모른다. 그건 탁도 마찬가지였다. 우리는 단지 그녀의 요구대로 그렇게 불러주고 있을 뿐이었다.

사라의 아파트는 독특한 구조로 되어 있있다. 애초에 그런 구조었는지 그녀가 그렇게 구조 변경을 했는지 알 수 없지만, 현관을 들어서면 바로 화장실과 내가 묵던 방과 주방이 있고 좁은 복도를 따라 들어가면 사라가 생활하는 방과 거실, 주방이 있었다. 말하자면 한 지붕 두 가족이 독립적인 생활이 가능한 구조로 되어 있었다. 사라는 자신의 공간 안에서만 생활했다. 심지어 목욕이나 용변도 내실에 딸린 욕실 겸용 화장실만 사용했다.

내가 묵던 방에는 사라의 내실과 연결되어 있는 비상벨이 설치되어 있었다. 나는 비상벨이 울릴 때 말고는 사라의 영역을 침범하지 않았다. 사라는 낮 시간 동안에는 가끔 외출하는 것 같았지만, 밤에는 거의 집에 머물렀다. 내가 귀가할 무렵이면 늘 집에 있었고, 현관으로 들어서면 용케 알고 나를 다정하게 맞았다. "저녁은 어쨌어?" 습관처럼 그렇게 물어주었다. 어느 순간부터 사라는 내게 반말을 사용했다. 내겐 오히려 그게 더 편하고 좋았다. "먹었어요." 내 대답도 늘 그랬다. 실제로 저녁은 대부분 해결하고 돌아왔다.

사라의 비상벨은 수시로 울렸다. 어떤 때는 하룻밤에도 여러 번 울리기도 했다. 밤 열 시 이후였고, 그러면 나는 만사를 제쳐놓고 달려갔다. 그럴 때의 사라는 낮과는 전혀 다른 모습을 하고 있었다. 정말 공포에 사로잡혀 온몸을 떨었다. 그럴 땐 열 살도 안 되는 철부지 아이 같았다. 무엇이 사라의 영혼을 공포가 장악하는지 알 수 없었지만, 나의 임무는 그 공포가 사라의 몸에서 빠져나갈 때까지 산파 같은 역할을 해 주는 것이었다. 때로는 어르고 달래고, 때로는 사라가 해 달라는 대로 한바탕 난리를 치르고 나면 공포도 제풀에 지쳐 슬며시 물러나곤 했다. 공포가 빠져나간 사라의 몸은 식은 땀으로 축축했고, 사지는 해면체처럼 녹느스러졌다. 사라는 그대로 이승잠에 빠져들었고, 그때서야 나는 사라로부터 해방될 수 있었다. 그런데 정작 문제는 사라가 전날 밤의 공포를 전혀 기억하지 못한다는 데 있었다. "어머, 그런 일이 있었어? 세상에……." 사라와 문자를 주고받다가 무심코 내가 그런 토끝을 내비치면 사라는 마치 남의 일처럼 반응했다.

어떤 날은 안대를 착용한 자세로 반듯이 누워 잠이 오지 않는다며 나를 호출하기도 했다. 그런 날은 책을 읽어 주기를 원했다. 신기하게도 사라가 요구하는 책을 읽어주면 시나브로 잠속으로 빠져들었다. 사라가 요구하는 책은 마르셀 푸르스트의 『잃어버린 시간을 찾아서』였다. 왜 그 책이 사라의 잠을 부르는 신비한 작용을 하는지 미스터리했다. 사라는 공포의 밤과는 달리 불면의 밤은 정확히 기억했다. 내가 그렇게 자신 있게 말할 수 있는 것은 다음날, 시간을 계산해 수고비를 쳐주었기 때문이었다. 그래서 비상벨이 울리면 나는 은근히 불면의 밤이 기대되곤 했다.

"잤냐?"

언젠가 탁이 물은 적이 있었다.

"그걸 말이라고 해. 형은?"

"미쳤냐."

"그렇지?"

그랬다. 어떤 날은 사라의 적나라한 모습을 본 적도 있었지만, 나는 이상하게 사라 앞에는 성욕이 일어나지 않았다. 임무를 마치고 방으로 돌아와 자리에 누웠을 때, 뒤늦게 불끈해 난감한 경우가 있긴 했지만……

내가 물었다.

"혹시 그 땜이 아닐까?"

"그랬으면 즉각, 이거였을걸."

탁이 오른손으로 목을 긋는 시늉을 해 보였다.

사실일지도 모른다. 사라는 그런 타입의 여자는 아니었다.

탁은 일요일 밤엔 일하러 나가지 않았다. 탁의 여자는 그때를 맞추어 두

주에 한 번꼴로 찾아왔다. 대개 오후에 와 다음날 꼭두새벽에 돌아갔다. 나는 꼭 한 번 탁의 여자를 본 적이 있었다. 이사하고 처음 온 날이었다. 작았다. 키가 백오십 센티미터가 될까 말까 한 작은 체격이지만 몸매와 얼굴은 강단져 보였다. 교회에서 만난 후배이고 시골에서 교사로 재직하고 있다고 했다. 탁이 그렇게 소개한 모양인지, 탁의 여자는 나를 탁의 진짜 동생으로 알고 있었다.

"안 닮으셨네요."

나를 처음 본 탁의 여자가 웃으며 말했다. 나는 굳이 부인할 필요성을 느끼지 못해 애매하게 웃는 것으로 대답을 대신하고는 성큼성큼 계단을 내려밟았다. 다음부터는 탁의 여자가 오는 날이면 아예 옥탑방으로 올라가지 않았다. 밖에서 저녁을 해결하고 사라의 아파트 독서실에서 늦도록 공부하다가 탁의 차 안에서 잠을 잤다. 차 안에서 자는 날은 슬픔과 쓸쓸함과 잡념으로 잠을 설쳤다. 어떤 날은 미치도록 민희가 그립기도 했다. 민희는 내가 세번 떨어지자 부모에게로 갔다. 죽어도 안 간다던 민희였다. 민희의 부모는 호주에서 살고 있었다. 민희가 대학 삼학년 때 이민 갔다. 이유는 아빠의 병간호였지만 죽어도 안 간다던 그때에도 민희 아빠는 교통사고 후유증으로 시난고난하고 있었다. 나는 그런 민희를 붙잡을 힘이 없었다. 자그마치 십년 간 이어온 민희와의 인연이 그렇게 허망하게 끝났다. 민희가 떠나던 날, 나는 울며 혼자 강소주 여덟 병을 마셨다. 마시고 죽고 싶었다. 그러나 생명은 인연보다 질겼다. 민희는 떠났어도 나는 죽어지지 않았다.

탁과 탁의 여자는 어둑한 꼭두새벽에 옥탑방을 내려왔다. 탁은 언제나 내려오며 큰소리로 기척했다. 탁의 기척이 들리면 나는 반사적으로 몸을 일으켰다. 탁은 그 차로 여자 친구의 시골 근무지까지 바래다주었다. 나는 그

때부터 탁이 돌아올 때까지 비로소 내 소유가 된 방에서 숙면을 취할 수 있었다.

여자 친구가 오지 않은 날의 탁은 차에서 잤다. 내가 주방에서 잘 테니 굳이 그럴 필요까지 없다고 진심으로 말했음에도 탁은 이번이 마지막이라며? 나의 등을 쳐주곤 담대하게 일어섰다. 나는 탁이 고마웠다. 탁은 사귈수록 바특한 진국처럼 느껴졌다. 탁의 말은 사실이었다. 이번이 다섯 번째고, 마지막이었다. 아니, 마지막이라고 나는 다짐하고 있었다. 솔직히 세 번 떨어지고 나는 영원히 그만둘 생각을 했었다. 세 번 떨어질 동안 잃어버린 것이 너무 많았다. 인간에 대한 예의, 믿음, 친구들. 무엇보다 힘이 되던 모친과 민희를 잃었다. 나는 그 모든 것이 그것 때문인 양 서러웠고, 그래서 더 외롭고 비참했다. 그 후 나는 몇 년 간 수험서와 담을 쌓고 택배회사와 건설 현장을 전전하며 일했다. 분주히 계단을 오르내리고 자재들을 져 나르며 '잃음'을 잃고 싶었다. 그러나 나의 뇌는 그것을 받아들이지 않았다. 뇌는 끝없이 나를 유혹했다. 그래도 내가 유혹되지 않자 죽은 모친까지 꿈속으로 끌어들였다. 결국 내가 졌다. 이번 한 번만, 한 것이 네 번째였고, 진짜 마지막, 한 것이 이번이었다.

탁도 꿈이 있었다. 삼 년 정도 일하지 않아도 될 만큼의 돈이 모이면 절에 들어가 소설을 쓸 거라 했다. 탁은 작가가 되는 것이 어릴 때부터 꿈이라 했다. 그 꿈을 위해 탁은 낮에는 번역일(혹은 총알택배), 밤에는 대리운전, 새벽에는 신문배달로 전력투구하고 있었다. 결혼은 언제할 거냐고 물었더니 그건 그 다음 문제라 했다. 여자 친구와 합의된 사항이라고 했다. 나는 탁이 진지한 눈빛으로 말하는 계획을 듣고서야 탁이 왜 그렇게 짠돌이로 살아가는지 이해가 됐다.

세상살이란 게 빵만으로도 살아갈 수 없지만, 공부만으로는 더더욱 살아갈 수 없는 것이었다. 나는 월세와 생활비 충당을 위해 도서관이 휴무하는 월요일엔 숫제 '알바의 날'로 정해놓고 인력 시장으로 갔다. 인력 시장으로 들어오는 일감이란 게 대부분 막일이기 때문에 공치는 날은 그다지 많지 않았다. 나는 그 하루 번 돈으로 일주일(혹은 이 주일)을 버텨야만 했고, 그러자면 탁 이상으로 짠돌이 생활을 하지 않을 수 없었다. 내가 작년 벽두에 유일한 위안이던 담배마저 끊은 것도 그 때문이었다. 그러지 않고는 답이 안 나왔다. 그러나 흡연욕구는 성욕만큼이나 끔찍했다. 처음 몇 달 간은 오직 담배밖에 생각 안 났다. 어쩌다 한 개비 얻어 피우면 세상에서 그보다 더 좋은 맛은 없었다. 세월이 약이라는 어느 유행가 가사는 진리요, 길이었다. 어느덧 금연 삼 년차인 지금은 그 욕구도 조금씩 잦아져 이제는 꿈속에서나 가끔 추억처럼 맛좋게 피울 뿐이다.

탁과 생활한 지 삼 개월이 지나면서부터 나는 사라의 아파트를 지나칠 때면 무심코 태극기 꽂개를 힐끔거리는 버릇이 생겼다. 태극기 꽂개는 여전히 텅 비어 있었지만, 시간이 지날수록 궁금증이 일기 시작했다. 대체 어떤 놈일까. 그자의 상판대기를 보지 않고 덜렁 열쇠뭉치를 맡기고 나와 버린 게 후회되기도 했다. 그 묘한 감정은 갈수록 상승 곡선을 그렸다. 탁도 나와 비슷한 감정을 가지고 있었던 모양이었다. 어느 날 저녁을 먹으며 탁이 말했다.

"한번 볼래?"

"가능할까."

"프랑스 나옹께서 이런 말을 했을걸. 내 사전에는 불가능은 없다."

"노노. 방금 대한민국 탁옹께서 하셨지."

"베리 굿."

나는 솔직히 탁의 거드름을 믿지 않았다. 그러나 탁은 내가 생각한 이상이었다. 일주일 뒤 탁이 나에게 문자메시지를 보냈다.

와라. 쭉쭉으로.

일요일 늦은 오후였다. '쭉쭉'은 스타벅스 건물 이층에 있는 생맥줏집이었다. 쭉 봐 왔지만, 한 번도 쭉쭉 하러 가보지 못한 '쭉쭉'이었다. 나는 즉시 백팩에 예상문제집을 쑤셔 넣고 '쭉쭉'으로 갔다. 정말 있었다. 그러나 그자를 보는 순간 나는 나의 상상력이 얼마나 형편없는가를 실감했다. 나는 밍크고래급은 아니더라도 적어도 참다랑어쯤은 될 것이라 확신했다(사라는 원체 큰 덩치를 선호했다). 그런데 이건 참다랑어는 고사하고 전형적인 토종 명태였다. 명태 중에서도 비쩍 마른 하등품 명태. 하긴 요즘 토종 명태의 씨가 말라 귀하신 몸이 되긴 했지만. 게다가 앞머리가 M 자로 벗겨진 늙다리였다. 아무리 줄여 잡아도 십 년 연상은 되어 보였다. 사라의 사람 보는 눈이 이 정도밖에 안되는가? 나는 실망했다.

"어떻게 꼬셨소?"

돌아갈 때 내가 물었다.

"내가 누구냐. 대한민국 탁 기사 아니냐."

목소리가 거만해 나의 귀에는 꼭 탁 형사로 들렸다.

"차라리 안 보는 게 나았을 뻔."

"그래도 비혼 보다 결혼이 낫다."

"딩동댕."

나는 골목 입구 마트에서 640㎖ 페트병 소주와 다섯 개 들이 해물 라면 한 봉지와 천 원에 세 봉지 주는 보리 건빵 여섯 봉지를 샀다. 보리 건빵은 탁이 유일하게 즐기는 군음식이었다. 어쨌든 그자를 대면시켜준 감사와 500cc 생맥주 한 조끼 사 준 보상 차원으로 팔천이백 원을 썼다. 그 돈이면 내게는 거금이었다.

복숭아 먹다 반 토막 남은 벌레 본 기분이라 공부하기는 글렀고, 오는 주일인 탁의 여자가 갑작스런 유고로 못 오게 되었다니까 한잔하기 딱 좋은 밤이었다. 나와 탁은 라면 네 개를 끓인 양은 냄비, 페트병 소주, 배추김치, 봉지를 뜯은 보리 건빵을 가운데 펼쳐두고 퍼질러 앉았다. 냄비에서 올라오는 구뜰한 김이 콧속을 자극하자 행복지수가 쑥쑥 올라갔다.

"유고가 자주 생겼으면 좋겠수."

"다음 주에는 토요일에 온대."

씨부럴.

나와 탁은 사이좋게 똑같이 나누어 먹었다. 심지어 김치와 건빵 쪼가리까지. 그리고 양치질하고 나란히 누웠다. 배가 부르니까 세상이 만만하게 느껴졌다.

"뭐하는 놈이래?"

탁이 잠들기 전에 내가 물었다.

"백수래."

"여태 뭘로 버텼대?"

"나라에서 재워주고 먹여 줬대."

"그럼?"

"그래."

"얼마?"

"십 년."

"살인?"

"말론 누명 썼대."

"죽고 싶었겠군."

"지금은 살고 싶대."

"억울해서?"

"사라 만나서."

"개코도 복이라곤 눈곱만치도 없어 뵈더만."

"복은 복령처럼 숨어 있다."

"눈이 삤지."

"이제 신경 *끄자*."

"불도 끕시다."

나와 탁은 그날 처음 합방했다. 탁의 잠버릇은 더티했다. 코골이에 끝없이 무언가를 중얼거렸다. 게다가 나를 여자 친구로 착각해 수시로 올라타는 바람에 나는 잠을 설쳤다. 그럴 때마다 사정없이 배때기를 걷어차 밀어냈지만, 소용없었다. 그것만 빼면 그래도 기억해 둘 만한 아름다운 밤이었다.

그날 이후 나는 사라와 사라의 아파트를 잊었다. 사라에 대한 좋은 이미지와 사라의 아파트를 분쇄기에 넣고 미련 없이 돌렸다. 그리고 나는 심기일전해 코앞으로 다가온 시험공부에 전념했다.

두고 봐. 늙다리를 선택한 걸 뼈저리게 후회할걸. 내가 웬만하면 이렇게 뚜껑이 안 열린다. 그 늙다리가 나보다 나은 게 뭐가 있어? 살인범인 건 진

짜 몰랐을걸. 오냐, 잘 먹고 잘 살아라. 퉤! 공포가 에이즈처럼 전염돼 둘
다 뒈져버려라.

애먼 책에다 한바탕 악담을 쏟아 붓고 나자 흐물흐물하던 글자들이 차츰
졸깃졸깃해졌다.

시험을 보름쯤 남겨두고 나는 시골 형님 댁을 한 번 다녀와야 했다. 이번
만큼은 생략하고 싶었지만, 그랬다간 밴댕이 속인 모친이 시험 보는 나의
머릿속으로 잠입해 지우개로 분풀이할지 몰라 어쩔 수 없이 내려갔다. 평
소 모친이 좋아하는 콜라와 돼지 목살 두 근을 사들고 들어서자 모친 제상
을 차리던 형님이 말했다.

"나는 안 오는 줄 알았다."

방에는 아들을 서울대 보낸 큰누나와 석녀인 중간누나와 이혼한 막내누
나가 앉아 있었다.

"차를 놓쳤습니다."

나는 거짓말했다.

"공부하느라 얼굴이 많이 수척해졌구나."

아들을 서울대 보냈다고 말끝마다 유세인 큰누나가 말했다.

"올해는 확실해?"

몰래 동료 강사와 연애하다가 발각되어 이혼당한 막내누나가 물었다.

"어."

나는 성의 없이 대답했다.

"합격이란 말이냐 마지막이란 말이냐?"

아들을 서울대 보냈다고 걸핏하면 남 무시하는 큰누나가 따져 물었다.

"둘 다."

"안되면 내려오너라. 나하고 농사짓자."

형님은 하우스 참외 농사를 짓고 있다. 형님은 경찰 채용 시험에 세 번 떨어지고 내려갔다.

"농사보다 기술 배우는 게 낫지, 오빠는. 우리 집에 오너라."

아직도 임신할 수 있다고 착각하고 있는 중간누나가 말했다. 중간누나는 그 바닥에서 꽤 소문난 중국집을 하고 있다.

"작은언니 말이 맞아, 오빠."

매형에게 쿨하게 자신의 연애를 인정한 막내누나가 말했다.

"싸우지 마라. 내가 벌써 찜해 놨다."

아들을 서울대 보냈다고 삼 년째 공장 정문에 현수막을 걸어놓고 있는 큰누나가 말했다. 큰누나는 제법 큰 직물공장을 하고 있다.

형제들은 모두 내가 마지막이 되기를 바라는 것 같았다.

나는 모친에게 큰절하며 이번 한 번만 제발 좀 도와달라고 간절히 빌었다. 이번 한 번만 도와주면 나중에 저승 가서 동해물이 마르고 닳도록 효도하겠노라고 맹세했지만, 모친은 끝내 대답이 없었다. 나는 뿔이 나 음복을 마치자마자 막내누나의 아우디에 얹혀 돌아왔다. 막내누나는 지하철역 입구에 차를 세우며 "우리 집에서 자고 갈래?" 했지만, 나는 그냥 내렸다. 인기 학원 강사인 막내누나는 딸 하나와 강아지 두 마리, 고양이 세 마리와 함께 팔십 평 빌라에서 살고 있다. 아, 참, 한 사람 더 있다. 필리핀 출신의 가정부. 그래도 나는 네 평짜리 탁의 옥탑방이 편했다.

나는 돌아오자마자 이를 악물었다.

"축기가 바람에 펄럭입니다. 하늘 높이 아름답게 펄럭입니다."

분쇄기에 넣었던 사라의 아파트를 다시 떠올린 것은 탁 때문이었다. 토요일 정오 무렵, 마지막 필기시험을 보고 시험장을 빠져 나올 때였다. 액정화면에 탁이 떠 통화 버튼을 누르자 예의 동요가 귓속으로 흘러들었다.

"뭐, 축기?"

조기가 아닌 축기란 말에 머리 뚜껑이 열렸다. 탁의 말이 믿어지지 않아 나는 잰걸음으로 사라의 아파트로 가 보았다. 사실이었다. 탁의 말처럼 대형 태극기가 햇살에 젖어 눈부시게 펄럭이고 있었다. 깃대 끄트머리에는 붉은 장미 한 송이가 꽂혀 있었다. 완전히 맛이 갔군. 나는 화를 참지 못해 헐근거렸다.

탁은 소주와 삼겹살과 부탄가스 버너를 준비해 놓고 나를 기다리고 있었다.

"동생, 수고 많았네."

"사라는 변태야."

탁의 위로에도 나는 화가 풀리지 않았다.

"신경 끄기로 했잖은가."

"그런 형은 왜 가 보셨수?"

"그자가 먼저 전화했어."

"기고만장했겠군."

"자기 생애에 이런 봄날이 올 줄은 몰랐대. 따따블로 로또 맞은 기분이래. 그래서 가 봤어."

"앞으로 그쪽으로 머리도 안 돌릴 생각이오."

"대한민국의 자랑스러운 예비 공무원께서 사소한 것에 목숨 걸면 쓰나.

미리 축하주나 받으시게."

나는 마지못해 탁의 술을 받았다.

나는 술을 마시며 하늘이 두 쪽 나도 이번만은 기필코 붙어야 한다고 생각했다. 합격하면 제일 먼저 사라를 찾아가 이렇게 거드름을 피울 생각이었다. 와신상담이란 고급스런 말을 알려나? 나를 위해 조기를 척하니 달아주시니 눈물 나게 고맙더군. 제 눈에 안경님은 잘 계시나? 그 순간 사라의 표정이…… 나는 궁금했다.

나는 그 절정의 순간을 위해 차분히 기다리기로 했다. 원래 기다림이란 피를 말리는 시간. 나도 예외는 아니었다. 나는 그 시간을 잊기 위해 매일 인력시장으로 출근했다. 나의 마음은 날마다 바뀌었다. 어떤 날은 틀림없이 합격할 같은, 황홀한 기분에 젖었다가 또 어떤 날은 도저히 안 될 것 같은, 절망적인 기분에 빠지기도 했다. 꿈도 그랬다. 평소 나는 꿈을 잘 꾸는 편이 아니었다. 그러나 기다림의 시간 동안 매일 밤 꿈이 꾸였다. 꿈에 따라 나의 마음도 하루 종일 일희일비했다. 기다림의 시간 동안 나의 신경줄은 오직 그쪽으로만 쏠려 있었다. 길을 가다가 미끄러져도 불합격의 징조인가 싶어 가슴이 쿵 내려앉았고, 어쩌다 주머니의 소지품이 떨어져도 자신의 경솔한 행동이 자꾸 곱씹혔다.

모친은 무정했다. 이제는 도와주지 않아도 좋으니 합격인지 불합격인지 그것만이라도 살짝 알려 달라고 매달렸지만, 모친은 끝내 응답이 없었다.

기다림도 지쳐 나의 마음이 다 끓은 물처럼 차분해져 갈 무렵이었다. 여느 때처럼 온 삭신이 풀려 흐물흐물한 걸음새로 돌아오니 탁이 뭘 잘못 먹었는지 미쳐 있었다. 탁의 얼굴은 붉게 젖어 있었고 입에서는 붉덩물 같은 기괴한 웃음이 쉴 새 없이 뿜어져 나오고 있었다.

"왜 그래?"

내가 놀라 어깨를 잡고 흔들어도 탁의 웃음은 멈추어지지 않았다. 내가 안 되겠다 싶어 119를 부르려고 휴대전화를 집어 들었다. 그제야 탁이 나의 손을 제지하며 내 앞으로 신문을 던졌다. 탁이 손가락으로 찍은 곳에는 한 중년 커플의 동반 자살 사건이 단신으로 나와 있었다. 미친 게 확실했다. 내가 다시 휴대전화를 집어 들자 탁이 말했다.

"꼼꼼히 읽어 봐."

나는 꼼꼼히 읽어 봤다. 확실했다. 나는 다시 휴대전화를 집어 들었다.

"다시 읽어 봐."

나는 다시 읽어 봤다. 나의 마음은 변하지 않았다. 나는 얼른 폰을 집어 신병훈련 시절 뺑뺑이 선착순 때처럼 재바르게 119를 눌렀다. 솥뚜껑만한 탁의 손이 헤살하는 바람에 9 대신 그 아래 #를 눌렀다.

"벼엉신. 사라야."

"사라?"

"똑똑히 읽어 봐."

나는 똑똑히 읽어 봤다. 기사만으로는 도저히 알 수 없었다.

"솔직히 말해봐."

"뭘?"

"심심해 깜짝 쇼한 거지?"

"직접 가 봤어, 이 사람아."

나는 그만 맥이 풀렸다.

"죽음의 공포로부터 영원히 탈출하기 위해 공포의 죽음 속으로 들어간다. 사라가 욕실 거울에 남긴 명언이야."

탁이 말했다. 그리고 주기도문을 외듯 사라의 명언을 열 번쯤 곱씹었다.

"우리가 사라를 잘못 봤어. 사라는 위대한 철학자였어. 인류사에 길이 남을, 불멸의 명언을 남기기 위해 지금까지 치열하게 공포와 싸웠던 거야. 정말 존경스럽지 않냐. 프로세스도 철학자답더군. 그리스식과 로마식의 퓨전이라니……."

탁이 말했다. 그리고 다시 주기도문을 외듯 사라의 명언을 열 번쯤 곱씹었다.

"곱씹을수록 머릿속이 환해진단 말이야."

말을 마친 탁이 신문지로 얼굴을 덮고 벌렁 드러누워 또다시 낄낄대기 시작했다.

어릴 적 모친 말로는 웃다가 울면 똥구멍에 털 난다고 했는데, 나는 탁의 똥구멍이 궁금해 내 것부터 먼저 확인하기 위해 화장실로 갔다.

그해 마지막 도전에도 나의 꿈은 끝내 이루어지지 않았지만, 그럼에도 불구하고 마음이 담담할 수 있었던 것은 시간이 지날수록 환해지는 풍경 때문이었다.

해설

기원과 맞닿는 이야기들

엄창석(소설가)

내 영혼의 상태는 시간의 길 위를 전진하면서

그것이 끌어 모으는 지속으로 끊임없이 부풀어간다.

−앙리 베르그손, 『창조적 진화』에서

1. 시간의 문 앞에서

1969년 2월, 영국 케임브리지에서다. 아침 열 시에 보르헤스라는 일흔 살 노인이 찰스 강이 바라다 보이는 벤치에 앉아 있었다. 마침 그 벤치의 다른 쪽 끝에 웅크리고 있던 스무 살쯤 된 청년이 휘파람을 불었다. 휘파람의 음색과 멜로디를 듣다가 노인은 깜짝 놀란다. 오래전에 무너졌던 어떤 정원과 죽은 사촌이 떠올랐던 것이다. 노인은 두려워하면서 휘파람을 부는 청년을 돌아보았다. 청년의 얼굴은 자신과 무척 닮았고, 곧 그자가 보르헤스인 것을 알게 되었다.

이것은 아르헨티나 작가인 호르헤 루이스 보르헤스의 단편소설 「타자」에 나오는 대목이다. 작가의 실명을 화자로 사용한 이 소설에서, 일흔 살의 보르헤스가 자신의 과거인 스무 살의 청년 보르헤스를 만난다. 우연히 한 장소에서 조우한 두 보르헤스는 각각 다른 시간대에서 건너온 자들이다. 그러니까 한 사람은 다른 사람의 과거이고, 다른 사람은 한 사람의 미래다. 작가는 이런 기괴한 장면을 독자에게 납득시키기 위해 두 인물이 서로를 꿈꾸고 있는 것으로 설정했다.

하지만 우리는 이런 상황을 이해하는 데 그다지 어렵지 않다. 우리는 자주 혹은 거의 매 순간 '내' 속에 깃든, 다른 시간대로부터 건너온 누군가를 (자신을 포함해) 만난다. 기억으로든, 심리적으로든. 그렇지 않은가. 하루 동안에 우리는 얼마나 많이 옛일을 생각하고 거기에 젖어 있는가. 앙리 베르그손에 따르면 과거는 그 자체로 우리의 몸속에 '순수기억'으로 보존된다. 지속적으로 보존되는 이 순수기억은 개인이 가진 고유한 체험들의 축적이다. 이는 당연한 것처럼 보인다. 그런데 사실은 과거(순수기억)를 함유한 시간의 결은 나무둥치 속의 나이테처럼 매우 섬세하고 은밀히 작동한다. 때로 거의 부재하다시피 한다. 베르그손은 순수기억이 현재에 이르면 의식의 문밖으로 쫓겨나며, 그래서 망각으로 존재하는 것이라고 설명한다.

이연주의 소설집 『슬픔의 무궁한 빛깔』에는 다양한 관점의 시간들로 직조된 단편들이 실려 있다. 인물들은 각자 자신만의 시간을 응축하고, 배양하고, 혹은 무의식의 잿더미 속에 묻어 둔다. 많은 소설이 과거를 활용하지만 이연주 소설의 과거는 인물들의 고유성과 기질의 뿌리가 자라는 곳이다. 이연주 소설이 그려내는 인물들은 과거가 아니면 설명될 수 없다. 그에게 과거는 단순히 지나간 옛날 일이 아니다. 그곳은 수초와 산호가 자라고 심해어가 태어나는 깊은 바다처럼 각 인물의 기질과 개성이 생성되는 살아 숨 쉬는 지점이다. 좀 더 자세히 들여다보면 과거의 양상은 작품마다 다르다. 어떤 인물에게 시간(과거)은 고착돼 있기도 하지만 현재와 불화(不和) 상태에 놓이기도 한다. 때로 나선형으로 점차 확대되면서 현재를 뚫고 나간다. 그는 과거를 시간이라는 관념으로 받아들이는 것처럼 보인다. 그런 점에서 이연주 소설은 독특하다. 그는 인물들에게 시간을 부여하는 데 능한 작가이다.

「자전거 훔쳐 탄 녀석」에서의 시간(과거)은 베르그손의 말처럼 의식의 문 밖으로 떠밀려서 '망각으로 존재'한다. 현직 교사인 이재훈은 '그 옛일'을 완전히 잊은 채 살아가고 있다. 어느 날 이재훈은 자기 반 학생인 김상진이 수백만 원이나 되는 고급 자전거를 훔친 혐의를 받고 있다는 것을 알게 된다. 학교가 떠들썩해진 절도 사건을 상진 어머니와 상담하는 동안에도 '그 옛일'은 이재훈과 무관하게 멀리 떨어져 있었다. 반 아이의 절도 사건에 불과했던 것이다. 하지만 그즈음부터 김상진의 절도 사건이 존재의 격막에 흠집을 내며 밀려들고 있었는데, 그조차도 이재훈은 깨닫지 못한다.

그런데 고교 시절 사망한 친구 순호의 집으로 그의 기일에 맞춰 방문하는 날이었다. 순호의 여동생과 만나면서 '망각으로 존재'하던 옛일이 수면 위로 떠오른다. 드디어 여자 친구 소희를 두고 순호와 사랑을 다투던 옛일에 직면하게 되고, 소희와 순호의 죽음이 바로 '자전거'와 관련 있다는 진실이 오랜 망각에서 깨어난다. 단축 마라톤 시합에서 이기는 자가 소희를 차지하자고 사춘기 소년들끼리 약조를 했고, 이재훈은 시합에 이기려고 자전거를 훔쳐 타는 속임수를 쓴 것이다. 여자 친구 소희는 그 속임수를 몰랐겠지만, 순호는 이미 속임수를 알고 있었다. 순호의 유언장에 이렇게 쓰여 있었다.

재훈아. 나다. 네가 이 편지를 받을 때쯤이면 나는 소희와 (하늘나라에서) 재미나게 놀고 있을 것이다. (중략)

다만 항간에 떠돌고 있는 소문이 사실이 아니길 바란다. 설마 착하고 정직한 네가 고작 단축 마라톤에서 나를 이기려고 비겁하게 자전거의 힘을 빌렸겠냐. 나는 지금도 믿고 싶고, 믿는다. 그날, 몰래 자전거를 훔쳐 탄 녀석이 네가 아니라 우리의 우정을 시기한 놈들이 꾸며낸 유령이라는 것을. 앞으로도 우리의 우정, 변치 말자. (「자전거 훔쳐 탄 녀석」, 29쪽, 괄호는 필자)

마라톤 경기에서 진 순호에게 절교를 당한 소희가 그 충격으로 실족사를 하고, 순호도 따라 자살을 해서, 마치 『로미오와 줄리엣』 같은 식상한 비극적 사랑을 담고 있는 것처럼 보인다. 그러나 단편 「자전거 훔쳐 탄 녀석」에서 나타나는 죽음을 불러온 아이들의 사랑은 비극성이 눈에 띄지 않을 만큼 웅숭깊다. 사춘기 때 저지른 친구에 대한 배신이 성인이 되면서 의식에서 사라졌거나 망각된 지점을 짚고 있는 것이다. 현재에 전혀 관여하지 않던 과거가 어느 순간 의식의 울타리를 파괴하면서 존재의 일부임을 선언하고 있기에 이 소설은 주목된다.

이와 다르게 「세상에 없는 토끼와 호랑이」에서는 순수기억이 망각 속에 묻히지 않고 고스란히 남아 있다. 오히려 예민하게 부풀거니와 한편으로는 타인과 불화를 일으킨다. 노부부가 한적한 시골 마을에서 함께 살고 있다. 교장으로 퇴임한 남편은 병석에 있는 아내를 10년간 성심껏 간병한다. 아내에게 옛 얘기를 들려주거나 소설책도 읽어주는데 그중에 전래동화에 나오는 토끼 꾐에 빠져 호랑이가 꼬리를 냇물에 집어넣어 냇물과 함께 얼어버린 '토끼와 호랑이' 이야기도 자주 들려준다. 어느 날 그 이야기에 귀 기울이던 아내는 느닷없이 남편의 멱살을 틀어잡고 "네 이놈 토끼야!" 하고 소리친다. 단정하고 기품 있는 집으로 시집을 와서 모든 집안 대소사를 처리하는 품성을 지닌 아내에게 그 모든 행위가 도리어 한으로 남아 있는 것이다. 그것이 "뭉쳐서 화병이 되고 그 화가 자라서 말경에는 사악한 요물이 되어 너희 오매의 영혼을 사정없이 물어뜯은 것"으로 변했다. 순수기억을 담은 시간은 남편에게 숭고한 삶의 위엄을 안겨주었지만, 아내에겐 "사악한 요물"로 변하게 만들었다. 시간은 이처럼 각자에게 다르게 작용한다. 그렇다면 그 이유는 무엇인가. 곰곰이 우리 자신을 돌아보게 하는 작품이다.

「아주 특별한 조등」에 이르면 우리는 시간을 객관적으로 목격할 수 있는 것처럼 느껴진다. 보이지는 않으나 도시 외곽으로 산 너머로 강물이 흐르듯이, 존재의 시간은 어디서든 누구에게든 넘실넘실 흐르고 있다는 명백한 사실을 이 소설을 통해 목격하게 된다.

어느 날 앞집에 조등(弔燈)이 걸렸다. '나'는 앞집 할머니가 작고한 거라고 짐작한다. 평소 본 바로 그 할머니는 나이가 많은 데다 죽음의 그림자가 늘 깔려 있었기 때문이다. 그런데 응당 그럴 거라는 확신과 다르게 앞집 할머니는 살아 있었다. 그럼 누가 죽었다는 건가? 앞집 아주머니가 이웃에게 장례 떡을 돌리는 데도 누가 죽었는지 짐작할 수 없다. '나'와 아내는 온갖 추측 끝에 그 집 딸이 키우는 요크셔테리아 애완견이 죽은 것으로 단정한다. 요즘 애완견으로 난리를 치는 경우가 없지 않은 것이다.

그러나 소설은 놀라운 반전을 준비하고 있었다. 그 집 아주머니에 따르면 조등을 걸기 며칠 전, 할머니가 새벽에 갑자기 깨어나 아들에게 "네 아비가 돌아갔으니 조등을" 달라고 소리쳤다는 것이다. 할아버지가 휴전 직전에 월북했다고 한다. 할머니는 할아버지가 아직도 생존해 있다고 믿는 모양이다. 할머니는 이제 남편이 죽었으니 조등을 내걸어라고 "벽 쪽으로 누워서 조등 타령만 하는데 잘못하면 큰일"날 것 같아 어쩔 수 없이 달았다고 한다. 오래 전에 헤어져 모두가 까맣게 잊고 있던 할아버지가 할머니에게만 변하지 않고 살아 있었던 것이다. 식구들은 이해 못할 할아버지의 죽음을 기리는 조등이 거둬지고 난 다음날이었다. 소설은 이렇게 끝맺는다. 이 단출한 한 줄의 문장이 보기 드물게 깊이 와닿는다.

김민수 씨 댁 대문 문설주에는 할머니의 죽음을 알리는 불그죽죽한 조등이 조곡 속에 흔들리며 내걸려 있었다.(「아주 특별한 조등」, 153쪽)

이 소설이 뛰어난 점은 존재의 시간이 서로 다른 각각의 인물들은 그 만큼 다른 영역 속에 있다는 사실을 뚜렷이 보여준다는 데 있다. 우리들 각자가 고유의 사멸되지 않는 시간을 몸에 지니고 있는 것이다.

망각으로 존재하거나, 정지되어 있거나, 눈에 띄지 않지만 지하수처럼 흘렀던 시간이 「마지막 봄날」에 와서는 안타깝고도 아름답게 산화(散華)한다. 끊임없이 유동하다가 현재의 삶이란 바위에 부딪혀 산산이 부서지고 있는 광경을 이 소설은 보여주고 있다. 화자인 노파는 열아홉 살에 시집와서 스물셋에 남편을 전쟁으로 잃은 여자이다. 아버지 없이 자란 아들이 결혼을 했는데 또 월남전에 참전하여 전사하고 만다. 청상으로 살아온 시어머니와 공교롭게 같은 청상이 된 며느리가 서로 정애를 나누지만, 시어머니는 자기처럼 고달픈 길을 걷지 말라고, 그토록 거부하는 며느리를 시집보낸다. 그 뒤 며느리는 노파에게 생일마다 선물을 보낼 정도로 갸륵하다. 소설은 사업에 망한 둘째 아들을 위해 집을 팔게 되는 계기로 옛 며느리와도 작별하러 그녀의 집으로 찾아가는 것에서 시작된다. 귀가하는 며느리를 먼발치에서 확인한 후 돌아서는 노파의 심중은 섬세하기 이를 데 없어서, 오히려 아름답게 느껴진다.

노파는 걷다 말고 자주 길섶에 코를 풀었다. 달 보기에 부끄러워 애써 삼키고 삼켜도 콧물은 자꾸만 인중으로 흘러내렸다. 노파는 치맛자락으로 인중을 훔치다가 소스라치게 놀라 그 자리에 얼어붙었다. 그제야 그냥 묶어놓고 온 해피 생각이 났다. 먹이도 깜빡했다. 이를 우짤꼬, 노파는 자신의 **쥐정신**을 타박하며 발을 동동 굴렀다. (「마지막 봄날」, 64쪽. 강조는 필자)

청상의 삶이란 어떤 것인가. 모르긴 하되 생활고, 설움, 고독, 질시 등이 스펀지처럼 한 몸에 가득 담겨 있는 삶이 아닐는지. 가부장제, 여성 억압 같은 얘기는 여기서 하지 말자. 저마다 삶의 실존이 있는 것이다. 청상의 삶을 이루는 요소들을 모두 더하면 아마 자제(自制) 혹은 인내(忍耐)란 말로 귀결되지 않을까. 노파는 옛 며느리를 단지 먼발치에서만 보고 돌아섰으며, 아들의 사업 빚이란 말을 꺼내지 않았으며, 동네 사람들에게도 슬픔을 감춘다. 그는 홀로 산속으로 떠나는 것이다. 키우던 해피(개)만 그녀의 마음을 알아챌 정도이다. 자신이 가진 모든 것을 타인에게 넘기는 넉넉함은 노파가

기나긴 청상의 시간을 품고 살아왔기 때문인 것 같다. 그 청상의 시간이, 집이 경매로 넘어간 이 시점에 이르자 산화의 길을 선택하고 만다. 그녀가 아무에게도 부담을 주지 않으려고 산속으로 들어가는 것도 청상의 시간 속에 존재했기 때문에 가능한 일일 것이다.

하나 덧붙이자면 이연주의 문장은 아름답다. 결곡한 언어를 자연스런 문장에 담아 삶 속의 잔흔을 들추어낸다. 위의 문장에서 강조한 쥐정신이나, 꽃잠, 소락소락, 머슬머슬하다, 기스락 같은 잘 쓰이지 않는 단어들을 적절한 위치에 배치하여 뜻을 잘 몰라도 의미가 느껴질 뿐 아니라 풍성한 감각을 독자에게 제공한다.

2. 아이러니

인물들에게 시간의 깊이를 부여하는 데 탁월한 역량을 가진 이연주 소설은 이와 연관된 또 다른 기법을 펼쳐 보이는 바, 그것은 아이러니이다. 아이러니는 생각하는 것과 반대의 것을 말하거나 말의 표면적인 의미와 다른 해석을 요구하는 기법이다. 은유, 직유, 환유 등 다른 수사학적 기교와 달리, 아이러니는 해석 행위를 통해서 인식된다. 그리고 어떤 상황에 관한 사실과 그 상황에 관한 등장인물의 이해가 다르다는 것을 독자가 알아차릴 때 극적 아이러니라고 하는 효과가 발생한다. (『소설의 기교』, 데이비드 로지)

이연주 소설에서 자주 만나는 극적 아이러니는 인물들 간의 시간적 격차를 배경으로 일어나는 점이 이채롭다. 마치 도랑물 위에 물레방아를 설치해 놓은 것처럼, 그래서 도랑 수면으로 흐르는 물과 물레방아의 바퀴 위를 흐르는 물의 낙하가 동시에 일어나면서도 이질적인 운동을 하는 것처럼, 서로 다른 시간대에 머무는 인물들이 한자리에 만나서 극적 아이러니를 발생시킨다.

㉠「자전거 훔쳐 탄 녀석」에서 화자는 간부회의를 하기 전에 부장 앞에서, "저번 사진 속 자전거 탄 아이, 말입니다. 그 아이는 김상진이 아니라 바로 접니다. 그러니 부장님, 김상진 대신 저를 벌해 주십시오."라고 말한다. 지금 절도 사건이 벌어져 뒤숭숭한 교무실에서 화자는 과거의 사건을 현재에 끌어올린다. 과거가 현재에 접목되면서 죄의식이 생성되고, 이로써 서사의 결말이 극적 아이러니를 형성한다.

㉡「석류와 RAINBOW」에서도 극적 아이러니를 쉽게 만날 수 있다. 초등학교 6학년 때 전학 온 성유란이, 모두가 부러워하는 도시풍의 여자애인데, 그 시절 같이 지내던 친구들이 어른이 되어서도 자주 만남을 갖던 중에 성유란의 소식을 궁금해 한다. 어느 날 성유란이 학교 교사인 나를 찾아온다. 어릴 때부터 남다른 용모와 차원이 다른 이미지를 지녔던 것처럼 수십 년 만에 만난 그녀는 믿기지 않을 만큼 빼어난 외모를 하고 고급 승용차를 끌고 나타난 것이다. 그녀는 어릴 때 '나'를 좋아했다고 고백까지 하는데, 이 모든 것이 소설 막판에 준비한, 그녀가 꽃뱀으로 전락했다는 아이러니를 극대화시키기 위한 서사적 전략이다.

해석을 통해 드러나거나 이야기가 전복되는 극적 아이러니는 매우 어려운 서사 기법에 속한다. 독자의 예상을 단순하게 뒤집는 표면적인 반전은 흥미를 잃게 할 뿐 아니라 이야기의 신뢰를 떨어뜨린다. 현진건의 「운수 좋은 날」이 뛰어난 아이러니인 까닭은 예상을 뒤집는 이야기의 전환에 있는 것이 아니라 인력거꾼 김첨지에게 쏟아진 오랜만의 행운마저 아내의 죽음이라는 것과 연결되어 있다는, 비극적 일상성을 보여주었기 때문이다. 그런 점에서 ㉢「아주 특별한 조등」과 ㉣「공처가 고상한」은 매우 성공적으로 아이러니를 구사한 작품들이다.

「아주 특별한 조등」은 어느 날 앞집에 내걸린 조등으로 '누가 죽었는가'라는 의문을 수수께끼처럼 따라가다가, 지금 이곳에 살지 않은 사람의 조등임이 밝혀진다. 그전까지 한집에 살고 있는 가족 누구도 할머니의 심중을 눈치 채지 못했다. 할머니가 조등을 달아달라고 요구할 즈음에야 비로소 '도랑으로 흐르는 물과 물레방아를 타고 떨어지는 물의 낙하가 동시에 일어나는 이질적 상황'이 오랫동안 한 집안에서 진행되고 있었음을 알게 된다. 숨었던 진실이 노출되는 순간에 아이러니는 위력을 발휘한다. 이런 극적 아이러니를 통해 한 생애가 짊어진 낡고도 바랜 저 동굴 속의 진실과 조우하게 되는 것이다.

「아주 특별한 조등」과 어깨를 겨눌 만큼 아이러니에 성공한 작품은 「공처가 고상한」이다. 화자인 '내'가 사립 여고에 근무하게 되면서 자칭 '공처가'라고 하는 고상한 선생을 만난다. 고상한 선생은 별명에 어울릴 만큼 행사 도중에도 "공처께서 당장 오라 하십시다." 하며 자리를 털고 나갈 만큼 자타가 인정하는 공처가이다. 좀 유머스럽긴 하지만 어찌 보면 시시껄렁한 얘기를 끌고 가고 있는 게 아닌가 싶은데도 점점 수위를 높이는 공처가 얘기가 흥미로워 눈을 떼지 못한다. 이윽고 고상한 선생은 "공처께서 박봉이라고 돈을 더 벌어 오라고 명하십니다." 하면서 학교를 퇴직하고 학원으로 옮긴다. 학교보다 학원이 더 수입이 좋지만 순박한 고상한 씨가 학원에 적응하기란 쉽지 않다. 그리고 십오 년 후, 고상한 씨의 부고가 날아든다.

장례식장에 조문을 다녀온 뒤 '나'의 출판기념회를 계기로 만나게 된, 고상한 씨의 아내라고 생각했던 여인에게서 뜻밖의 얘기를 듣는다. 그 얘기는 지금까지 소설이 노출해온 고상한 씨의 내력을 완벽히 뒤집은 내용이다. 학교 근처의 한식집에서 만난 고상한 씨의 아내는(사실은 고상한 씨의 여동생) 그가 유품으로 남긴 서명 시집을 내게 전달하며 이렇게 말한다.

"결혼하고 오 년도 채 안 되었을 거예요. (중략) 올케언니가 불의의 사고를 당했어요. 큰 교통사고였죠. 그길로 식물인간이 되었어요. 제가 곁에 있다고 언니만 하겠어요."

"……."

나는 고개를 수그리고 수저질하는 것 말고는 할 게 없었다.

"지환, 지현이는 초등학교 들어가기 전까지 우리 엄마가 다 키웠어요. 오빠가 학교를 그만둔 것도 그 때문이었어요. 그 월급으론 병원비가 감당이 안 된 거죠."(중략)

동생분은 손수건을 꺼내 고개를 돌려 눈물을 닦았다.

"학원이란 데가 살벌한 전쟁터 아니에요. 오빠 같은 사람은 절대로 오래 버틸 수 없는 데죠. 아마 오륙 년 정도는 근근히 버텼을 거예요. 그동안 안 해본 게 없었을 거예요. 택배기사, 이삿짐센터 종업원, 건설 노동자, 대리운전기사, 세신사, 염사, 총알택배, 경비원……. 돈이 되는 곳이면 어디든 밤낮으로 뛰어다녔으니까요. 솔직히 전 속으로 사람 구실 못할 바에는…… 바라기도 했어요. 그런데 오빠는 한결같았어요. 우리 오빠지만 참 존경스러워요."(「공처가 고상한」, 127쪽)

그러니까 그의 아내는 일찍이 식물인간이 되었고, 고상한 씨는 아내를 간병할 시간이 되면 "공처께서 부르십니다"라고 둘러대며 만사를 제치고 달려

갔던 것이다. 그가 성격에 맞지 않은 학원으로 간 것도, 결국 학원에서 밀려나와 온갖 거친 일에 뛰어든 것도 아내를 지키고자 하는 사랑 때문이었다.

필자는 독자로서 한 편의 유쾌한 소설이 이토록 속 깊고 눈물 나는 이야기를 담을 수 있다는 점에 놀라워한다. 그래서 참으로 성공한 아이러니다.

3. 숭고한 인간미 혹은 탈속의 경지

이연주의 소설은 시간을 날줄로, 아이러니를 씨줄로 사용하면서 삶을 굽어본다. 시간을 세로 축 위에 세우고 서사의 횡선(橫線)에 아이러니를 두어서, 인간의 삶을 해석한다. 특히 그가 엮어내는 시간의 날줄은 매우 촘촘하고 긴밀하여 마치 인물들에게 영혼의 지도를 그려놓은 것 같다. 그들은 자신의 몸에 흐릿하게, 때로 살갗을 파고 금을 긋듯 그려진 영혼의 지도 위에서 홀로 긴긴 밤길을 걷고 있는 것이다.

작품집에 실린 몇몇 소설만큼 시간을 깊이 있게 작동시킨 작품은 쉽게 볼 수 없다. 물론 다른 많은 소설도 과거를 활용한다. 그러나 이연주 소설에서 과거는 인물들로 하여금 시간의 격막을 느끼게 하고 그것을 서사구조 속에 은밀히 잠입시켜 놓은 것이다.

그렇다면 이연주 소설이 닿는 곳은 어디일까? 그는 무엇 때문에 그토록 다양한 과거를 인물들에게 부여한 것일까? 영혼의 지도를 소유한 주인공들을 어째서 종이 한 장도 갖지 않는 주변 인물들 사이에 던져놓았을까? 그의 소설에서 주인공과 주변 인물들에게 얹힌 시간의 중량은 상당한 차이가 있다. 시간이 한 인간에게 어떤 작용을 하는지를 여실히 보여주고자 함이 아닐런가.

여기에 대한 해답으로 우선 「세상에 없는 토끼와 호랑이」를 꺼내놓을 수 있을 것이다. 작품에 등장하는 '나'의 아버지는 여든이 된 노인이다. 이 노인은 일반적으로 좀체 만나기 힘든 품성을 지닌 위인이다. 노인은 주변의 도움을 받지 않고 십 년간 혼자 아내를 간병하거니와, 끝내 자식들에게 부담을 주지 않으려고 아내와 저세상으로 떠난다. 시종 나직하고 담담한 노인의 말투는 그 행위의 진실성을 반영한다.

「마지막 봄날」의 노파도 극도의 자제력을 가진 인물이다. 그녀가 주변을 모두 정리할 때 눈물 한 방울 흘리지 않았는데, 집을 떠나 산으로 오를 때는 뒤쫓아 온 해피 앞에서 자제력이 풀어지는데, 오히려 그간 보였던 자제력의 깊이를 실감케 한다.

노파는 그만 탈기하여 그 자리에 주저앉았다. 해피가 다가와 노파의 얼굴과 뺨으로 흘러내리는 눈물을 혀로 핥았다. 노파는 이러지도 저러지도 못하고 어린애처럼 징징거렸다. 노파의 눈에서는 해피가 핥는 양의 눈물보다 더 많은 눈물이 솟구쳐 올랐다. (「마지막 봄날」, 84쪽)

「아주 특별한 조등」에 나오는 이웃집 할머니 역시 구태여 진술하지 않지만 도저한 정신의 소유자이다. 같이 살고 있는 아들이나 며느리까지 그 상황을 전혀 눈치 채지 못했던 것으로 보아 충분히 짐작할 수 있다. 이들만 아니라 젊은 나이인 「자전거 훔쳐 탄 녀석」의 이재훈과 「공처가 고상한」의 고상한도 스스로 죄의식을 드러내는 용기와 주변의 오해를 견디는 높은 정신을 소유한 인물들이다.

이연주 소설에서 인물들이 높은 정신과 숭고한 인간미를 가질 수 있었던 것은 다름 아닌 시간의 힘이다. 시간은 과거를 망각, 왜곡, 고착화시키기도 하지만 이연주 소설에서는 정화(淨化)로 기능한다. 특히 「마지막 봄날」, 「아주 특별한 조등」의 인물들로부터 울려 나오는 저 숭고미는 시간의 정화력 빼고는 이해하기 힘들 것이다.

시간에 의해 정화되어 탈속의 경지에 이른 인물들이 과연 현실적인지 아닌지가 중요하지 않다. 소시민의 일상적 모습을 흉허물 없이 노출하는 체홉 식의 인물이 있는가 하면, 온갖 역겨움을 오물처럼 덮어쓴 도스토예프스키의 인물도 있다. 반면 집요하고 굳센 빅토르 위고 식의 인물도 있는데, 낭만주의적이라는 평가도 하지만 이런 인물이 독자에게 감동을 준다. 이연주 소설은 월등한 자제력과 숭고미를 가진 인물들을 창조한다. 이연주 문학이 향하는 목표점이 이것인지 단정할 수 없으나, 적어도 『슬픔의 무궁한 빛깔』에 실린 주요 단편들은 시간을 통해 탈속한 경지의 인간형을 창조한 것으로 보인다.

이 소설집에는 「아주 특별한 조등」을 비롯해 「자전거 훔쳐 탄 녀석」, 「마지막 봄날」, 「공처가 고상한」 등의 수작들이 실려 있다. 근래 한국문학이 가벼움을 선호하고 인물 고유의 개성이 약화된 작품이 대다수여서 이 소설들은 더 돋보인다. 물론 시간을 특별한 매개로 삼지 않은 작품들도 있다. 「항구를 떠나다」, 「석류와 RAINBOW」, 「친구를 찾는데요」, 「시간이 지날수록 환해지는 풍경」은 젊은 풍으로 쓰인 작품들인데 이 역시 유쾌하게 읽힌다. 여러 가지 작법을 수행하려는 고뇌를 살필 수 있었다.

언어 조탁에 뛰어나고, 인물들에게 시간을 깊이 부여하며, 풍부한 아이러니를 사용하는 작가. 누구보다 인간애를 간직한 작가 이연주의 소설을 만나보는 것은 무척 즐거운 일이었다. 앞으로도 왕성한 작품 활동을 기대해 마지않는다.

슬픔의 무궁한 빛깔

이연주 지음

발행처·도서출판 **청어**
발행인·이영철
영 업·이동호
홍 보·천성래
기 획·남기환
편 집·방세화
디자인·이수빈
제작부장·공병한
인 쇄·두리터

등 록·1999년 5월 3일
(제321-3210000251001999000063호)

1판 1쇄 인쇄·2019년 11월 10일
1판 1쇄 발행·2019년 11월 20일

주소·서울특별시 서초구 남부순환로 364길 8-15 동일빌딩 2층
대표전화·586-0477
팩시밀리·0303-0942-0478

홈페이지·www.chungeobook.com
E-mail·ppi20@hanmail.net
ISBN·979-11-5860-705-0(03860)

이 도서의 국립중앙도서관 출판시도서목록(CIP)은 서지정보유통지원시스템 홈페이지
(http://seoji.nl.go.kr)와 국가자료공동목록시스템(http://www.nl.go.kr/kolisnet)에서
이용하실 수 있습니다.(CIP제어번호: CIP2019043639)

이 책은 2019년 대구문화재단의 개인예술가창작지원으로 출간되었습니다.